ラルフ・ウォルドー・エマソン 著
Ralph Waldo Emerson

# イギリス的国民性

## English Traits

マテーシス 古典翻訳シリーズ XIX

高橋昌久 訳

風詠社

# 目次

凡例 6
訳者序文 8
第一章：イギリスへの初訪問 10
第二章：イギリスへの航海 30
第三章：国土 38
第四章：人種【Race】 47
第五章：能力 73
第六章：風習 97
第七章：真実 109
第八章：性格 119
第九章：逸楽の国 134
第十章：富 142
第十一章：貴族制 158
第十二章：大学 181

第十三章：宗教 194
第十四章：文学 208
第十五章：『タイムズ』紙 233
第十六章：ストーンヘンジ 244
第十七章：人々との思い出 259
第十八章：結び 266
第十九章：マンチェスターでの演説 274

エピロゴス 279

# 凡例

一．本書はラルフ・ウォルドー・エマソン（1803-1882）による English Traits を Ralph Waldo Emerson, English Traits, Kindle Edition, 2012. を底本として高橋昌久氏が翻訳したものである。

二．表紙の装丁は川端美幸氏による。

三．弊社の刊行物では外国語から日本語のカタカナに転写する際は、極力その国の現代語の発音に基づいて記載する方針を取っているが、古典ギリシアの文物に関しては著者の方針を優先し、再建音でカタカナ記載している。尚訳文本文に登場する物は可能な限り脚注にて現在の発音に基づいたカタカナでの発音を記載している。

四．「訳者序文」の前の文言は、訳者が挿入したものである。

五．本書は京緑社の kindle 版第四版に基づいている。

There are no hearts like English hearts,
Such hearts of oak as they be;
There is no land like England,
Where'er the light of day be:
There are no men like Englishmen,
So tall and bold as they be!
Alfred Tennyson « The Foresters »

オーク材で成るイギリス人の心臓
と匹敵するような心臓は他にない
どこに日の光が当たろうと
イギリスのような土地は他にない
背がとても高く大胆な
イギリス人のような人々は他にない！
アルフレッド・テニスン『森林労働者』

# 訳者序文

ラルフ・ウォルドー・エマソン（一八〇三―一八八二）はアメリカの思想家であった。『自己信頼』や『自然』が代表作とされており、歴史的に重要な人物だとされている。

ただ、私の本音を言えば、彼の思想は優等生的で通俗的な水準を出ないと考えている。実際に思想史、哲学史の本においても彼の考え方を本格的に取り上げる本は少ない。歴史的に重要ではあるが、それは現代においてもそのパワーを持つかと言われれば、断定的に肯定することは出来ない。

他方で、本作の『イギリス的国民性』はそれらの作品を凌駕する出来である。イギリスに関して徹底的に調べられており、それでいて単なる事実の羅列にはなっていない。エッセーとしての味わいがあり、文学的な面白みもある。とにかく読んでいて楽しい作品だと私は思う。ただ、イギリスに対して興味を持っていることが大前提だが。

この本が書かれた頃（一八五〇年辺り）イギリスは世界最大の国であった。絶頂期は多少過ぎていたと思われるが、それでもなおその世界への影響力は甚大であった。その行為から学校の授業で世界史を学んだ人からは「ブリカス」と言われたりもするが、勝者は意図しようとすまいと敗者を虐げるものであり、植民地を築いたことによりイギリスの文学等が開花したと言っても過言ではないかもしれない。イギリスが絶大なパワーを持っていたことは厳然たる事実である。

だがこの本が書かれてからすでに百五十年経過している。二度の凄惨な戦争が起き、更に近年ではインターネットをはじめＩＴの台頭により他の国もそうだが、イギリスの有様は大きく変容している。そのためこの作品に書かれていることも今となっては該当しない部分も多々出てくるであろう。それ故現代ではこの作品もまたそこまで価値のないものなのかも知れない。しかしその判断は読者に委ねたい。

# 第一章：イギリスへの初訪問

私は二回イギリスに行ったことがある。一八三三年に、シチリア、イタリア、そしてフランスの短い旅から帰ってきた時で、ブローニュを渡ってタワー岸壁からロンドンに上陸した。通りにはわずかな人しかいなかった。そしてイギリスの土地を初めて歩いた時の喜びを今でも覚えていて、その時はアメリカ人の画家と一緒に、ロンドン塔からチープサイド街とストランド街を通って、ラッセル広場の宿へと歩いて行った。そこはいい部屋があるとして前から推薦されていた。最初は何ヶ月もの間、旅行者が生意気にも批評するという習慣から己を抑制せざるを得ず、何せアメリカと同じく英語が通じるので何か喋れば今までとは違い意味が理解されてしまうからだ。店の看板はやはり英語であり、祖国アメリカの名前がドアの札に書かれてあった。そして公私問わず建物はもっとアメリカ的で見慣れた入口を呈していた。

その頃の殆どの若い人たちのように、私もエディンバラの文学者と『エディンバラ・レビュー』に大いに傾倒していた――ジェフリー、マッキントッシュ、ハラムからスコット、プレイフェアそしてド・クインシー。そして私の読んだ彼らの書物は少なく漫然としていたが、

三、四人の人たちの顔を見たいという気にさせた。コールリッジ、ワーズワース、ランドール、ド・クインシー。そして批評誌に新たに現れた新進気鋭の寄稿者、カーライル。そして私の体調が優れず旅に出ることを勧められ、ヨーロッパにこうしてはるばるやってきたのはこれらの人々に引き寄せられたのがその専らの理由である。もしゲーテがまだ存命であったなら、私はドイツも彷徨い歩いたことだろう。私が今しがた挙げた名前の他には（というのもスコットはすでにこの世にいなかったので）、イギリスでは会いたいと思うような人はいなかった。その例外がウェリントン公爵なのだが、彼とはウィルバーフォースの葬式でウェストミンスター大聖堂で会った。若い学者は世間に自分の内心を提示することができるような人と過ごすことが幸福なのだと思うものだが、彼らもまた自分の考えに囚われていて、自身を相手方に尽くすことができないことを考えないのだ。文学的成功は、最良の交際力を殆ど破壊するものである。というのも相手とこの上なく立派に交際するには陽気な闊達さが必要なのだが、それが奪われてしまうからだ。それ故海と陸を渡ってきて著名な文士たちと拝謁することは、居酒屋や農地で無名だが正しい良識を持ち、対等な生活をする同志を見捨ててしまっていることも有り得ることなのだ。だが私は作家というのは彼らの著作より優れていることはわかっていて、頭脳明晰な人ならこれらのデメリットをさっさと蹴りをつけて、相手に現実的な満足や、交際したという思いで、そしてもっと大きな地平をもたらしてくれるだろうという、最初から私が思い込んでいるものをいつまでも疑わなかった。

一八三三年の私の旅出の日誌を振り返ってみると、どこかの観光地を訪れたというメモ書きから何か言うに値することは見つからない。だが私は人を訪ねたことについて書いた記録をいくつか書き写していて、それらの文章はとても立派で世界的に知られている人物たちについて書いているものであり、それらの輝かしい個性を少々仄めかすにあたって丁重に謙りながらここに記していく必要があるだろう。

フィレンツェでは、アメリカ人の彫刻家であるホレーシオ・グリーノウが特に際立った芸術家だった。顔つきはとても器量がよくて体格もとても立派だったから、よく言われていたように彼の創作したメドラの顔や巨大なアキレウスの粘土像は彼自身を理想化したものだとしても許されるだろう。グリーノウは卓越した男であり、情念的で雄弁性を備えていて、彼の口にする意見は気品と威容がある。彼はギリシア人たちが派閥や親類で共同して作業をしたと考えていた——中心となる天才が友人たちに作品の構想を示してそれによって創作熱が沸るのであり、誰かが力尽きて倒れてしまえばまた新たな同じだけの情熱を持った製作者が作業を続けるのであった。このようにして仕事を引き継いでいき、各々の箇所全てに天才の煌めきが行き渡り仕上がるまでそれが続くのだ。石材のような扱いにくいものを素材とするならばこれは必要なことであった。そして自分たちが疑いを持ちながら嫉妬し合うようなやり方で創作していて、ギリシア人のような共同作業をしない限りは、芸術は絶対に栄えないと考えていた。この人の考え方にはこのような同じ高潔さの息吹があった。彼は厳密で深い男だ。ギリシア人の賛同者でゴシック芸術には穏やかではいられなかった。一八四三年に刊行された彼の建築理論は、ラスキン氏が建築において道徳性を見ようとする流行した考え方を一足先に告げているものだった。尤も両者の芸術史の捉え方は正反対だったが。私は彼から個人的な手紙をもらっているからもらったものだが、同じギリシアの時代について述べている――その中で自分の理論の概略を概ね次のように述べている。「設計における私の理論は次の通りです。用途と敷地に基づいた構造と形状を科学的に取り決める。用途の重要性の変化の度合いに応じる形で特徴を強めること。色彩と装飾について厳密な構造的な法則よって編成され多様化され、各々決定にははっきりした理由があること。その場しのぎや虚飾は全て即刻排除すること」

グリーノウは共通した友人を通してランドール氏の招待状を私に届けてくれた。ランドール氏はサン・ドメニカ・ディ・フィエーゾレに住んでいた。五月十五日に私はランドール氏と夕食を共にした。上品で礼儀正しく、美しい景色を見晴らす立派な邸宅のゲラルデスカ荘の中で多数の絵画に囲まれながら暮らしていた。彼についての本をいくつか読んだ推測や、幾つか耳にした逸話で大袈裟に捉えた結果、アキレウスのよう短期で手に負えない癇癪持ちの性格を持っている印象があった。このような捉え方が正しいのか間違っているのかはわからないが、確かにこの五月の日に彼の高慢ちきな精神は礼儀というヴェールに覆われていて、主人として最大級に忍耐強く温和であった。彼はフィレンツェの至る所に生えている美しいシクラメンを讃美し、ワシントンにも敬意を示した。そしてワーズワース、バイロン、マッシンジャー、ボーモントそしてフレッチャーについて話した。確かに自分の意見を断定的な口調で喋り他人を驚かすことを好み、変わらぬ過去に対して可能なら彼のイギリス人的な気まぐれを表明することができたなら満足していた。フィリッポスとアレクサンドロス大王の親子の関係も例外でないなら、偉大な男は未だかつて偉大な息子を持ったことがない。そしてフィリッポスを息子よりも偉大な男だとしている。芸術においてはギリシアのものが好きで、彫刻の場合はギリシア人だけのものしか好まない。ウェヌス像を何よりも好み、その次にはこの家にある展示室であるアレクサンドロス大王の頭である。ミケランジェロよりもジャンボローニャを好み、絵画ではラファエロを好む。ペルジーノや初期の巨匠たちが流行しようとしていることにも賛意を示す。ギリシア人の書いた歴史だけを彼は唯一優れたものだとした。そしてそれに次いでヴォルテールのものがくる。マッキントッシュや私の最近の友人たちを称賛させることは出来なかった。モンテーニュは心の底から好んでいて——そしてシャロンも好んでいるが、それはあまり良い判断であるとは言えないように思える。ドジェランドが『ルーカスの幸福論』そして『ルーカスの神聖論』に負っていると考えたことに私は驚いた！サウジーのことをたくさん聞かれてうんざりしたが、そもそもサウジーとは一体誰なんだ？

ランドール氏は金曜に私を朝食に招待してくれた。その金曜日に私はしっかりと訪問したが、今回はグリーノウも同伴していた。すぐに彼はユリウス・カエサルの六歩格【ヘクサメトロス】の詩を数行吟じつつもてなしてくれた！——それはドナトゥスの一節だと言った。チェスターフィールド卿を必要以上に褒め称え、他方バークについてはけなし、ソクラテスについても貶した。世界の三人の偉人として、ワシントン、フォーキオン、ティモレオンを挙げたが、それはまるで果樹栽培家が「小さな果樹園」に植える最良種の梨を三本か六本カタログの中から選び出すような感じで挙げたのであり、最後に三人の名前の語尾が同じ音なのだと注意することも忘れなかった。「偉大な人間というのは犠牲を払うものであり、自分の牛を百頭殺すのだが、それが神や英雄たちによって消費されるのか、ハエに食われてしまうのかわからないものだ」と彼は言った。一度私はアミーチ教授を訪問したことがあり、倍率二千（と言われていた）にまで拡大できる顕微鏡を私に見せてくれたので、それをどのように使用したのかを語って聞かせた。ランドールは昆虫学を嫌いだと言っていたが、すぐにその後「崇高というのは一粒の塵にある」と述べた。私は彼に最近の作家について言及して冷やかしたが、ハーシェルについては全く知らず、その名前を聞いたこともないとした。ある部屋では絵画がいっぱいに掛けられていて、彼はそれを客人に見せるのを好んでいたが、特にある作品の前に立って「これがドメニキーノの作品だと断言してくれるなら五十ギニー出してもいいのだが」と言った。私は彼の書斎も見たいと思ったが、客人の一人であるH――氏は、ランドール氏は書物を人にやるので、自分の家に十二冊以上はないと教えてくれた。

自由を享受していることを示すかのように、ランドール氏はイギリス人が喜びに耽るようなことに彼は大いに愛情を示す。何かの偶然によって文学へと身を入れたが元々は軍人であり、軍人らしい素晴らしい頭脳、独断性、激烈で尽きることのない強さを有していて、その中では彼はあらゆる文体や文の色合いについて熟知していて、それでいながら行動や英雄に対するイギリス人らしい貪欲さがある。成し遂げたことが肝要なのであり、それに対して何と言われるのかは問題ではない。一歩踏みだして書き出した独創的な文章は、あらゆる中傷よりも価値のあるものだ。ランドールは奇妙なくらいイギリスにおいて過小評価されている。大抵は無視されている。そして時には批評家たちに手ひどく攻撃されることもある。批評家というのは正しくもあれば間違っていることもあり、そしてすぐに忘れ去られる。だが年を経ていくにつれて、学者たちはランドールの多数の優雅な文章、忘れ去られることのない叡智と機知そして憤怒に回帰してゆくに違いない。

八月五日、ロンドンからハイゲイトに行き、コールリッジ氏によろしく言っておいてほしいと認めた。正午に近かった。コールリッジ氏は今寝ているがもし一時以降に来てくれるならお会いしたいと口答で返事を伝えてくれた。一時に再訪すると、小柄でがっしりした体格で、輝くような碧眼と朗らかな顔色をした老人が杖に体を寄せながら現れた。嗅ぎタバコを無遠慮に使っていて、それが蝶ネクタイと綺麗な黒のスーツを台無しにしてしまった。彼はオールストンを知っているかを尋ねてきて、ローマにおいてオールストンを知った時に味わった彼の長所や営みについて温和に話して聞かせてくれた。彼はティツィアーノ風のなんたる巨匠だ等々。

それからチャニング博士についても話した。最終的にはユニテリアンになってしまったのは筆舌に尽くし難い不幸だとした。こう言うと、彼は突然ユニテリアン主義の愚行と無知――その著しい不合理さについて熱弁を振るった。机の上にあったウォーターランド司教の本を取り上げて、その見返しに自分が書いた二、三ページの文章を熱心に読んだ――これらの文章はおそらく「省察の助け」に入っていると思う。息を吸うために言葉が途切れた時、私は「そちらの考えは高く評価しますが、私はユニテリアンとして生まれ育ったことをお伝えしなければなりません」と口を挟んだ。「そうだ、そうだろうと思っていた」と言って、そのまま同じように続けて行った。「不思議なことだな。聖パウロの教義――三位一体の教義で、ユダヤ人のフィロンによれば、キリスト以前にユダヤ人の教義となっていたものを多数の時代において当然に黙認されていたものが、僅かなプリストリの人たちがそれをわざわざ否定したりするなんて等々。チャニング博士――私が尊敬していた人物――いや尊敬しているというと嘘になる、そうではなく大いな関心を持って眼を向けている人物――そんな彼がこのような考え方をするなんて実に残念なことだ。私がチャニング博士と会った時、私は彼に対してキリスト教の美しさと素晴らしさだけを愛しているように思える――つまり彼は善徳を愛しているが、真実を愛しているのではないと仄めかした。そして君に言うのだが、この世界では善徳を愛しているのを十人知っているが、それに対して真実を愛するのは一人だけだ。だが善徳それ自体故に愛するよりも、真実それ自体を愛する方が遥かに徳高いことなんだ。私（コールリッジ）はユニテリアン主義について全て完全に知っている。なぜならかつて一度ユニテリアンだったからであり、そしてそれがどれほどのいかさま宗教なのかもよくわかっているからだ。かつて『ユニテリアン主義の期待の星』と言われたことがある」。コールリッジはなおも定義、いやむしろ浄化を続けた。「三位一体説は現実的なものだ。神という観念は本質的なものではなく、むしろ超本質的なものだ」。そして二元論や四元論について語り、さらに他にも色々語ったが、記憶に残っているのは次の言葉だけであった。「意志によって人は人になるのだ。なぜなら、もし通りで誰かが私を押して、その結果私の隣にいた人を私が溝へと押し投げてしまったなら、すぐに私は『溝に押したのは私ではない』と叫ぶことだろう。つまり私の意志でやったわけではないということだ」。そしてこの言葉もあった。「ここイギリスで自分の信仰を主張し、私も同様に主張するなら、私の方が薪のより燃えている側ということになる」

話が一旦途切れたので、私はアメリカのあらゆる信仰者の読者があなたの作品を読んでいると告げ、フレンド誌の第三巻における独立教会のパンフレットからの「抜粋」は根拠のある引用なのかどうかを尋ねた。彼は、それは本当に自分が持っている『ある一人の独立教会員による抗議』という題名のものあるいはそれに類したものから引用したものだと答えた。私はその引用文はとても素晴らしく、引用元の作品全てを見たいと伝えた。「そうだ、その男は真実のカオスであったが、神は秩序の神であるという知識に欠けていた。だがあの文章は全文を通して読むよりも引用において読んだ方が心打たれるものであるのは間違いないよ、何せ私が篩にかけて選んだのだからね」と彼は言った。

私が暇を告げてたち上がろうとすると、「君が詩を好むかどうかはわからないが、受洗記念日について最近私が書いた詩行をいくつか繰り返したい」そして立ったまま強いアクセントで十か十二の行を暗唱した。次の語句でそれは始まった。

キリストの名で神の子として生まれて

彼はそれまでどこを旅したのかを尋ねてきて、私がマルタ島やシチリア島へと赴いたことを知ると、二つの島を比較しながら「自分がシチリアから戻ってきた時にロンドンの司教に言ったことをここでも繰り返すが、そこは政治経済を学ぶのにとても優れた場所だ。というのもその街ならどこでもいいから政府はどのような政策をとったのかを尋ねてみればいい、その逆から正しい政策がわかるからさ。あれほど善良で賢明な立法と正反対なものが見事にされているものはないよ。政府があの楽しい庭に持ち込んできたものは三つしかなく、すなわち、疥癬、天然痘、そして空腹さ。他方でマルタでは、ムスリムの血を半ばもつ住民の不毛な岩場を人口豊かな土地にしてしまい、法律と精神の効果がはっきりと見られる」と言った。部屋から出て彼は隣室でオールストンの絵画を見せてくれて、「画商のモンタギューが一度訪ねてきたことがあり、この絵に眼を向けながら『まあ、いい作品をお持ちですな』と言ってきた。これが昔の巨匠の作品だと思っていたのだろね。後にこのカンヴァスに背を向けたまま、まだ話しながら、手をあげてそれに触れながらこう叫んだ。『何てことだ！この絵画はまだ描かれてから十年も経過していない』。――あの人間の触覚はとても繊細で熟練したものだな」

私は彼と一時間ほど一緒にいたが、彼の会話の大部分を思い返そうとしても無理である。それは彼の著書で書かれた段落の多数と被ることがある――もしかすると全く同じかもしれない――それほど容易く彼はある種の平俗に落ち込むのである。私がある程度予期していたように、この訪問は会話をするためというより顔見せのためであり、私の好奇心を満足させる以上のものはなかった。彼はもう年老いていたし考え方も凝り固まり、新しい相手にして身を傾けてその人間と一緒に考えを共にすることはできなかった。

エディンバラから私はスコットランドのハイランズへと行った。帰り道ではグラスゴーからダンフリースへと行った。そしてローマから持ってきた手紙を届けたいという意図があり、カージェンパトックへと行こうとした、それはグラスゴー教区にあるニスデールの農場であり、十六マイル離れている。その近くを通る駅馬車はなかったので、私は宿屋から貸し切りの馬車をとった。荒涼としたヒースの生い茂る丘に家があり、孤独な学者は己の強靭な心を養っていた。カーライルは若い時から読者から身を隠す必要のない作家であり、丘の農場において知れず世から隔離されている身でありながら、ロンドンの真髄をその手に彼らしく掴んでいるような、完全に世間に長けていた人間であった。彼は背が高く痩せていて、絶壁のような額をしていて、冷静沈着で、会話における非凡な力を容易く発揮する。北方のアクセントを明らかに楽しそうに鳴らし、活き活きとした話をたっぷり話し、それに彼が眼を向けるものを何でも浮び上がらせる、流れるようなユーモアが添えられていた。馴染みある対象物を冗談を交えながら陽気に話すのを耳にしていると、すぐに彼のラースとリーマスに馴染むようになり、結構な神話になる運命のことについて知るのはとても愉快なことだった。その対象は少なく孤独な男は「十六マイルの周囲内において話し相手となるのはダンスコアの牧師だけであった」。それ故書物が必然的な彼のテーマとなった。

彼の話において親しい事物については全て彼固有の名前が付けられていた。『ブラックウッド誌』は『砂雑誌』であり『フレーザー誌』はより生命に近づいているものとして『ぬかるみ誌』、何らかの計画の失敗を伺わせる痕跡のあるところの近くの道路の一部については「最後の六ペンスの墓」であった。天才についてあまりに褒めることが彼の気に障れば、彼は自分の豚が示す才能について賛美することを大いに口にした。その哀れな動物を長い時間をかけて工夫を凝らして檻の片隅に閉じ込めたのに、その豚は大いなる判断力を示して、板を剥がす方法を見つけ、カーライルの裏をかいたというのだ。とはいえ、それでもなお人間は地球上で小柄ながら最も創造力を持った人物だと看做していて、ほとんどの歴史話よりも――「私が死ぬことによって世界は何たる芸術家を失うのか！」——ネロの死について好んだ。どのような真理にせよ、それを明示する人間を彼は尊敬する。一度アメリカについて大いに訊いてきて、またそれについても多量に飲んだ。ランドールの本質は単なる反逆性だが、それはアメリカ的な本質なのではないかと訊いてきた。アメリカについて知っている最良のことは、労働すれば食事にありつけるということだ。彼はステュアートの本を読んだことあるが、ニューヨークのホテルで長靴について訊いた時、通りの向こう側へと案内されて、マンゴーが自分の家で七面鳥の丸焼きを食べているのを目にしたのである。

私たちは本について語った。彼はプラトンを読まず、ソクラテスもけなしていた。そして強いて挙げるなら、ミラボーが英雄であるとした。ギボンについては古き世界から新しき世界へと繋ぐ華麗な橋であるとした。彼自身が読む書物は実に多種多様であった。『トリストラム・シャンディ』は『ロビンソン・クルーソー』に次ぐ彼の愛読書であり、ロバートソンの『アメリカ史』は早くから愛読していた書物であった。ルソーの『告白』は著者が決して馬鹿ではないことをわからしめたものだった。そして彼がドイツ語を勉強し始めてから十年経ったが、それを始めたのはその言語において彼が見出しているものを見つけられると助言をした人がいたからだった。

現代の文学については絶望視した皮肉的な捉え方をしていた。宣伝において大型書店が一年に払う途方もない額について彼は計算して示してくれた。これからはいかなる新聞紙も信用されず、いかなる本も売れず、書店は破産に瀕しているとした。

彼はイギリスの、あの混雑した国の貧乏なことや、官公が果たすべき義務を放棄していることについて繰り返し言及した。「政府は貧乏な人たちにどうするべきか教示するべきだ。貧しいアイルランド人がこの辺の荒野に彷徨ってきます。私の妻はアダムの子たちには皆食べるべきパンを与えると決めていて、そのために隣家にも行かせます。だがそんな彼らに食事を与えることができるかもしれない何千エーカーもの土地がここにあるのですが、誰もそのような貧しいアイルランド人に対して荒野の方に出て耕作せよとは言わないのです。彼らは稲村を焼いたりして、それによって金持ちたちに自分たちの要求を叶えさせるように仕向けるのです」

私たちは長い丘を歩いていき、山頂の雪の冠も消えたクリフェル山を眺め、そしてワーズワースの住んでいた地域へと降りていった。そこで私たちは腰を下ろして、魂の不滅性について語りあった。このようなことについて語り合ったのはカーライルのせいであるというわけではなかった。そのようなテーマについて取り組むことによって、己の鋭敏な精神を壁にぶつけるような質ではないし、身の置き所がないような部分に身を追い込むような事なんてしないからだ。だが彼は誠実で真実で、時代と時代を繋げる微妙な鎖についてははっきりと認識していて、全ての出来事はどのように将来に影響を与えるかも捉えていた。「キリストは十字架にかかって死んだのですけど、それがあそこにあるダンスコア教会を建て、その結果私と貴方が引き合わされたのです。時間というものは相対的な存在にしか過ぎません」

彼は学者らしい捉え方ですでにロンドンに目を向けた。ロンドンは世界の心臓であり、その人間の大集団だけは素晴らしいと言った。彼は巨大な機械を好んだ。人々は皆、各々の持ち場をもつ。パン屋の少年は毎日決められた時間に窓にマフィンを持ってきて、その少年についてロンドン人が知っていることはそれが全てであり、知りたいと望むのもそれ全てである。だがそれが立派な人物を産み出している。ロンドンの特定個人を何人か挙げたが、その中でも彼の友人で文学者の一人であり、ロンドンが彼にとってとても大きな益を授けた彼の知っている中で最も優秀な人間について殊更に言及した。

八月二十三日、私はワーズワース氏に敬意を払うためにライダル・マウントへと向かった。娘が父を呼び寄せてくれ、やってきたのは飾り気のない、年老いた白髪の男で、好感を抱けるとは言えず、緑の眼鏡で顔が変に見えた。彼は腰を下ろして、とても慎み深く語りかけてきた。ちょうど旅行から戻ってきたばかりであった。彼の健康は優れてはいたが、弁護士二人と歩いている時に転倒してしまった時に歯を折ってしまい、その時にこのことが四十年前に起きることがなくてよかったと言った。それを聞いて弁護士たちは彼の人生観を称賛した。

アメリカについて言うべきことが多大にあり、そのことは彼の好みの話題を持ち出すのに都合も良かった――今社会というのは表面的な知識の伝達によって教育されていて、それは道徳的な面での教育の割合が釣り合っていないとした。学校はてんで駄目だ、知識を伝えることなど教育ではない。知識の教育よりも環境の教育の方について考えを寄せる。法律を犯す違反があるかどうかというより、法律を犯したことにはならない違反があるかどうかが問題である。道徳的な罪を彼は恐れているのであり、社会はどのようにして重大な損害を受けずにこの根本的なものから逃れるのだろうか？逆説的には思えるかも知れないが彼はこんなことも言った。社会的な絆をもっと強くするためにアメリカには内戦が必要だと。「アメリカには何か卑俗さがその振る舞いにおいてあるのかも知れないが、それは重要なことではない。それは開拓者的な性質に起因するものだ。だが私はアメリカ人があまりに金儲けに没頭しすぎではないかと思うのだ。そして第二には政治にも身を入れる。彼らは政治に卓越した存在になることが目標であり、それを手段として活用しない。閑暇のある階級――端的に言えば、紳士階級――が欠けているので、共同体に対して栄誉的な気風を授けることはない。イギリスでは――確かにイギリスでは毎日行われているが――決して口にされることがないことをアメリカでは第二階級の人でも高々と語られていると耳にしている。アメリカにおいて知りたいことは教会や学校がどのくらいあるのかということではなく、どのような新聞があるのかということだ。丘の麓にいる私の友人であるハミルトン大佐はかつて一年間アメリカで過ごしたことがあったのだが、その新聞は実に酷いもので、国会議員がスプーンを盗んだことを糾弾しているのだ！」イギリスにおいて新聞に課せられている税を撤廃することに彼は反対していた。革新派は新聞の税は知識に対して課す税だとされるのだが、この理由から税を廃止すると卑しい新聞が氾濫してしまうというのだ。彼は自分が政治的な側面について言及するのは、私と全ての善きアメリカ人に道徳性、保守性等々を陶冶することを強く示すためであり、先日イギリスにおいて選挙法改革案の時に見られたような国民の暴力を持ち出すようにしないためである――それはドロルムが予言していた。最近彼を訪れたチャニング博士との会話について一回か二回仄めかした（博士が座った椅子に彼は手を置いていた）。

会話のテーマは、今度は本に移った。ワーズワースはルクレティウスをウェルギリウスよりも遥かに高く詩人として尊敬している。それは彼の理論体系故にではなく、理論体系は大したことないらしく、だがその描写能力にあるとした。何を説明するにおいても信仰は必要であり、神の存在の予知と人間悪とを調和させるのにも必要である。クザンについては（彼の説論については私たちは皆ボストンにおいて読んでいたのだが）名前しか知らなかった。

私は彼がカーライルの批評記事や翻訳を読んだことがあるのかと尋ねた。カーライルについて時々正気を失っているように思えると述べた。そして今度は、彼はゲーテの『ヴィルヘルム・マイスター』について痛烈に批判し始めた。それはあらゆる姦淫に満ちているとした。それは昆虫が空を飛びながら交配しているかのようだった。第一部より先を彼は読んだことがない。あまりに読んでいて気分が悪くなり部屋の向こう側にまで本を投げつけたとのことだった。私はこのような激しい怒りに対して軽蔑を抱き、その書物の優れた点についてできるだけ弁護しようとした。そして礼儀としてもう一度目を通してみると約束してくれた。カーライルはこの上なく晦渋に書くと述べた。聡明であり深遠ではあるが、誰の共感をも拒絶した。コールリッジもっとわかりやすく書いてほしいと常々思っているが、そのコールリッジですらもっと明晰に書くのだ。私を庭園へと連れていってくれて、何千もの詩行を創作するインスピレーションとなった砂利道を見せてくれた。目はとても炎症を起こしている。だがこれは彼にとって読書を除けば損失であるという訳ではない。というのも散文を書くことは決してなく、そして詩について言えば、数百行を書き下ろす前に暗記して頭の中に抱えているからである。スタファの旅行から帰ってきたばかりであったが、三日以内にフィンガルの洞窟について三つのソネットを書き上げ、私に会うために呼ばれた時彼は四つめを書いている最中であった。「もし私の詩について興味があるのなら、これらの詩について聞きたいでしょうね」と言った。私は喜んでそれに同意した。少しの間己を集中させてから彼は立ち上がり、一行一行、三つのソネットを全て大きな躍動を持って吟じた。二番目と三番目の詩は彼のいつものよりも優れた出来栄えであるように私には思えた。三番目のものは花に寄せた詩であり、それらの花は、特に白いフランス菊は、洞窟の巌の上にたくさん生い茂っているとした。二番目のものは「音楽の洞窟」という洞窟の名前を暗示している。一番目は蒸気船でこの洞窟を訪れる男女の有様について描いている。

この朗読は全く思いがけない驚くべきものだったので――彼、老いたワーズワースが私から少し離れて立っていて、庭の小道で学校少年のように熱弁を私に対して奮っているその様――そのことは思わず笑い出してしまいそうなことだった。だが私はこの詩人と会うためにはるばるやってきて、彼が私に詩を吟じてくれていることを省みると、彼が正しく私が間違っていることがわかり、喜んでその詩の朗読に身を任せた。印刷された少しばかりの作品を読んだだけでも、彼の未刊行の詩の作品を所有したくなるということを話した。それに対して彼は、自分は自作の刊行に急いでいるわけではない。なぜなら自分は書き改めることが多々あり、印刷された後ではいかなる変更も歓迎されることはないからだとした。だが存命中であろうと死後であろうと、自分が書いたものは全て刊行されるとした。「『ティンタン・アビー』は大衆において好まれる作品であったかのようだが、もっと思索的な人たちは『小旅行』の第一巻とソネットを好むとした」と私は述べた。「そうだ、それらの方が優れている」と彼は言った。彼は自分の作品の中で何より感情に触れる作品を好んでいるとした。何であれ教訓的なもの——社会思想等々のもの——はすぐに消失していくかも知れない。だが真理と感情が結合したもの【κτῆμα ἐς ἀεὶ】は何であれ、現在においても通用するものであり、未来においても然りである。彼は『高貴な心のスペイン人に寄せて』のソネットを引用したが、これと『二つの声』を彼は他のどの作品よりも好んだ（と私は理解した）。そして明白な喜びを以て『雲雀に寄せて』もの詩行も引用した。この点に関連して、彼はニュートンの学説について、その学説もいつかは古びてしまい忘れ去られるかも知れない、とした。そしてドルトンの原子論もまた然りであると。

私が暇を告げようとした時、彼はイギリスにおいて普通の人間がどのような仕事をするのかを私に示そうと思い、若い聖職者を囲った庭へと案内してくれた。その庭の土地をその若者に与えたのであるが、とても風流を添えながら地取りされていて、自然の力を存分に活かしていた。そして彼は宿へと戻るためのもっといい道を教えようと言ってきた。一マイルたっぷり一緒に喋りながら歩き、時には単語や詩行を示そうと立ち止まることもあり、最終的にはとても親切に私と別れ、平野を横切って帰っていった。

ワーズワースは真理に素直に固辞することによって名誉を保ち、悪目立ちしようとすることも極力避けていた。だが彼は自分の思想の狭い限界によって人々を驚かせた。この会話ひとつで判断するならば、彼は限定された純然たるイギリス人的な精神という印象を私に与えた。一般的な素直さと調和によって滅多にない気高さを彼は手に入れたような人物だ。だが彼の自分の従事している分野から離れると、彼の考え方はなんの価値もなかった。同情と気楽さを愛好し、ある方面においては抜群に優れていながら、その他の方面については妥協することによりその長所を台無しにする人物は決して少なくないのだ。

## 第二章：イギリスへの航海

私の二度目のイギリスへの訪問はランカシャーとヨークシャーの工員クラブからの招待に依るものだった。このクラブはニュー・イングランドの青年組合に非常によく似たやり方で個々に組織されていたが、一八四七年には「労働組合」に結合され、二十から三十の市や町を抱え込み、やがてそれが中部にある諸々の州へと広がっていき、さらに北のスコットランドにもそれが伸びていった。私は気前のいい条件の下、これら全てに対して一連の講演をする依頼を受けた。この要請はマンチェスターの最も友好的な集団によってあらゆる種類の申し出、支援と快適さのあらゆる保証の下で行われたもので、実際にこの約束を十分に履行してくれた。その報酬額はこの国での同じように講演時のものと同額であった。ともかくとして、この額は私の旅行費用を補うのに十分で、その上この申し出はイギリスとスコットランドの内部を見るのに絶好の機会を提供してくれた上、各都市で私のことを待っていてくれた知性的な友人たち家庭や委員会も利用することができた。

私はそこまで喜んで出発していたわけではない。私は旅行が得意ではなく、このような大きな旅行においても実りある時間を十分に案出できたことも今までなかった。だがこの招聘は何度も繰り返されていつも以上に暇がある時にされていたもので、当時私は並大抵でない研究によって少々疲れていた時だった。私は変化と強壮剤が欲しく、そしてイギリスが私に持ち出されてきたのだった。それに少なくとも海の激しい魅力と健康増進的な効果もあった。それ故定期船ワシントン・アーヴィング号に船室をとって、一八四七年十月五日の火曜日にポストンから出発した。

金曜日の正午、その時は百四十三マイル進んだだけであった。敏捷なネイティブ・アメリカンならそのくらいの距離泳ぐことはできただろう。だが船長は少しすればこの船の持っている速さを示してくれると請け負ってくれて、その間は板片、木材、削り屑が浮かんでいる間を這うように進んでいった。それらはメインとニューブランズウィックの川が氾濫して、海に吐き出したものである。

一日分の航行を四日かけて進んだ後の土曜日の夜にようやく嵐がやってきて、風は吹き北西風から船は押しやられていき、索具や帆は張った状態になった。この大した船は日夜ずっと魚のように海を突進して進んでいった。その速度によって船舶は振動し、海の距離を滑るように進んでいき、水平線から水平線へと滑走していった。セーブル岬を通り過ぎていって、バンクスの所にまで届いた。陸の鳥はもういない。鴎、ウミネコ、家鴨、海燕が泳ぎ、潜り、周囲を飛び回った。漁夫はいない。船はバンクスを通り過ぎる。五つの帆船を追い抜いていき、朝には遥か東にいたのに、日没時には遥か西端にまで来ている——海の上では長いレースで後から追い抜いていくのは至難とされているのに——それでも必死になっているかのように駆け抜けていった。ボストンからリヴァプールまでの海上最短距離は二千八百五十マイルである。船舶はこの線を進んで百五十マイル分を省略する。帆船は三千マイル以下の近道を取ることができず、大体はそれよりも多くの距離を進む。我らが有能な船長はいよいよという時まで最高帆を張り続け、補助帆を上げたり下げたりしながら、絶えず直線航法をとって、少しでも余計な回り道はしないようにする。周到な警戒心は船の鉄則である——ひたすら注意を向けて、利便性を活用し命を無駄にしない。この船が建立されて以来、船長は船に乗っている間は日中着から着替えて寝るようなことはなかった。「航海においては様々な利点があるのだが、そのうちの一つに安全性が含まれることはない」とサアディーは言う。だがこれらの深淵を急いで乗り越えていき、その際どのような危険に直面していくにしても毎日の数百マイルの危険、つまり突風、衝突、波の打撃、海賊、寒風、雷といったものからは確かに逃れているのだ。一時間単位で見てみれば蒸気船の方が危険性は大きいかもしれないが、速度は安全であり、二十四日間の危険性がここでは十二日間になる。

私たちの船舶は七百五十トンとして登録されていて、貨物等全てを含めたらおそらく千五百トンしたことだろう。主橋は甲板から橋頭から百十五フィート、船首から船尾までの甲板の長さは百五十五フィートである。船を擬人化しないことは不可能であり、誰もがあらゆる点においてそうする——こいつの振る舞いは利口だ、こいつは舵についてちゃんと気を遣う、こいつは鴨のように泳ぐ、こいつは鼻を水に突っ込む、こいつは港をじっと見ている等。そこであの不思議な団体精神【esprit du corps】、これによって自分が触れるもの全てを愛するようにさせるのだが、このような精神によって誰もがその船の航海性能について擁護するようになるのだ。

意識ある船はこのような賛辞全てを耳にしている。一週間で千四百六十七マイル進んだが、夜の時間の今、自分の後を走っている今日二時に出港した蒸気船に対して耳を向けているらしい。そして航行速度を速め、時速十一と半ノットで灰色の南風を受けながら飛ぶように走る。この船が通るところには不知火が輝き、波濤が崩れる遥か向こうにまでそれが広がっていく。その光によって私の腕時計で今は九時四十五分だというのがわかった。赤道の近くで、小さな文字をそれで読むこともできる。そして手桶で汲み上げてきた発光虫を、航海士はカロライナのジャガイモのような形をしていると説明してくれる。

トマトやオリーヴに対してと同様、海上生活も好きになるには努力が必要だと考える。制限、冷たさ、振動、騒音、そして悪臭はどうしてもついてまわる。部屋の床は二十、三十度の角度で傾斜しているので、毎朝目を覚ますとだれかが自分の寝台をひっくり返そうとしているのではないかという気になる。軽蔑され、ひっくり返され、家の一方へと押しやられ、倒され、汚水や悪臭や調理油によって窒息されたりするような目に進んで遭いたいという人はいない。こういった嫌なことにも最終的には慣れていくものだが、海の恐怖はもっと長く続く。海というのは男性的なもので、行動的な力の類である。見てみるがいい、私たちのような船が各々、なんたる卵の殻のように海に漂っているものか。その船は海が荒れたり穏やかになったりする度に、恐怖で放心したり、都会人らしい自惚れを発揮したりするのだ。この悲しみに彩られた集いは永遠の墓地となるのか？陸上の墓地ならば小さな穴を掘っていくのだが、このような攻撃的な海では一マイルくらいある穴と裂け目を開き、一同を口一杯に飲み込んでいく。地質学者にとって、唯一天空に該当するものが海である。地は常に流動し変化し、ある時は腫れ物のように舞い上がったりすれば、ある時には裂け目へと沈んでいき、数百年の記録によれば隆起と陥没を繰り返しつつ絶えず揺れ動いているのがわかる。だが海の方はその水位は変わらぬままである。もし海の轟きが私たちの伝統を黙らせにこようものなら、人類の歴史も長くは持たないことだろう。すでに言われてきたことだが、仮に海の水位が一世紀に一インチ分東から西へと上がったとするのならば、あらゆる街、記念碑、骨、人類の知識をゆっくりと知らないうちに呑み込んでいくことだろう。もし海がこのような大規模で永続的な災害をもたらすことができるのなら、個人的な局所的な損害をもたらすことなど訳ないことである。そして船乗りが恐れるほどには陸の人間は恐れないようだ。船長や船員が語り知らせるこのような困難や危険性は、私たちがヨーロッパへと入るための高価な入場料として十分に厄介なものである。だが正気でありながら船乗りになろうとするような不思議なことも後を絶たないものだ。そしてこの船においても、航海してから二日目にシャツ一枚を着た小さな少年が現れた。彼は金を持っていないがイギリスに行きたいと思い、船が港に停泊中にパンの戸棚に身を隠していたのだ。船乗りたちはこの少年に厚編みジャケットを着せて、ベルトにはナイフをつけた。そしてその少年は船乗りたちの後を追うように敏捷に帆に登って、「何よりも船の仕事が好きで、もし船長がこの少年のことを受け入れてくれるなら、また船へと戻ってくるつもりでいた」。船乗りは皆このような背景を持っていて、十人中九人は家出した少年である。そして彼らは皆海については嫌気が差しているのだが、プライドから離れないのだ。船員は命の危険があり、絶え間ない侮辱、そして最低水準の給料がある。航海士になると多少事態は改善されるものの、船長になったとしてもそこまでよいというわけではない。一ヶ月百ドルが高給であるとされている。もし船乗りが満足し、海にもう出ないと決心するようなことがないならば、彼らを尊敬すべきだ。

もちろん、海上の不便や恐怖といえども何かに専心している精神にとっては関係のないことだ。海上の慣習、北方の寒さ、山脈、鉱山が破壊するのは都会っ子だけである。偉大な心は立派な船乗りであるように、偉大な精神もまた立派な船乗りなのだ。そして海は立派な自然学者に対してその測り知れない秘密を提示することに躊躇わない。

悪天候や劣悪な同伴者や宿屋が最良の倹約家から奪う無駄な時間について、それを節約するために何か教養的な研究を旅する度に用意していくことはいいことだ。家だと微睡みながら読んでしまうような古典作品も地方の宿屋や商船の船尾の一室では数奇な魅力を感じたりするものだ。私の記憶としても、何年も前に船舶で書物を読むことによって得た最も幸福で実りある時間を味わうことができた。海の上で私が感じた最も大きな妨げは、船室における光が薄暗かったことである。

船には通例の船室文庫がある。バジル・ホール、デュマ、ディケンズ、ブルワー、バルザック、サンド、これらが海の神々であった。乗客の中では、才能や職業にある程度の多様性があった。私たちは経験を互いに語り合い、何かしら皆学ぶものがあった。どんなに忙しい人間でも海に来れば暇が出来てゆったりと話す。そして時には長い間気づかなかった驚くべき事実が浮かび上がり、それを収集家のような喜びで捉えるのだ。だがどれだけ好条件だろうと、航海は人にとって課せられる試練として最も厳格なものの一つである。それに比較すれば大学試験など何でもない。海上での一日は長い――これらの精彩を欠き、楽しさとは無縁の日々が唸って過ぎてゆく。だがその日数は短い――船長の勘定によればたった十五日で、私が数えたら十六日だった。最初のノロノロとした航行が終わり、一旦船が迅速に航行するようになってから数えれば、この船の速度はとても速かったので、船長は海図の上に赤インキで水路に線を一本引いたのである。これは今後の航海者たちを激励するか羨望させたりするためであった。

イギリスの国王は己の威厳を鑑みて、外国の大使たちには戦艦の船室で謁見するように仕向ける。そして大西洋を走る船舶の白い航路はこの海運的な国民の宮殿の入り口へと通じる申し分ない通路だと思う。彼らは何百年も海の主権を所有していて、他のあらゆる国民から船の通行料を取り、帆を下ろして敬意を払わせた。同じ波の上に停泊することが出来なかったり、常に流れ去っているものの所有権を握れないと訴えてオランダ人たちやその他の若き海運国からイギリス人の特権が問題視された時、イギリス側はその海峡や、海全土の底について固辞することはなかった。「あたかも、私たちは海の水一滴のために争っており、その位置やその海床についてではないかのようだ。海は国王陛下の帝国において取り囲まれているのだ」と言う。

陸に近づくにつれ、その特性が感じられてきた。そこは必然的にイギリスの影響が及んでいた。皆の頭には今や新たな体系、イギリス的な感性、イギリスへの愛情と恐怖、イギリスの歴史や社会風俗が浮かんできた。昨日、乗客たちは皆、舷檣の泡を見ながら船の速度を測っていた。今日、泡の代わりに、私たちはキンセール、コーク、ウォーターフォード、アードモアの港を通過することによってその速度を測る。海辺がいっぱいにあるように、アイルランドの緑の岸が見える。街、塔、教会、収穫物が見える。だが八百年にわたるアイルランド人の呪いは見受けられない。

# 第三章：国土

アルフィエーリは、イタリアとイギリスがそこで生活するに値する唯一の国々だとした。前者については、そこの自然が己の権利を立証していて、その国の政府によって課せられる悪に対して打ち勝つからである。後者については人為が自然を征服し、自然のままの不適切な土地を快適さと豊穣さの楽園へと変えるからである。イギリスは庭園である。灰色の空の下で、平原が鋤ではなく筆によって仕上がるまでならされてきた。街で見られる堅固は何世代にもわたる尽力を示す。最初のままに残されたものはない。川、丘、谷間、海そのもの、これらには名匠によって付けられた手を感じさせる。強く創意に富んだ人種が長い間住んでいたことが、その土地の隅々にまで最適な形で仕上がっていて、潜在能力、耕地の土壌、石切が可能な岩、主要道路と脇道、渡り場、航行可能な水を発見してきた。そして商業のための新たな経路を至る所で見出す。それ故イギリスは巨大な団体なのであり、その区域内において欲しいと思うものは全て手に入れることができる。あらゆる点で保護され快適化され、旅行者はまるで砲丸に乗ったかのように、高く低く、川や街を越えていき、山も抜けていき、三か四マイルのトンネルも通過していき、アメリカの電車よりも二倍の早さで進んでいく。そしてその状態で静かに『タイムズ』紙を読み、その巨大な通信網と報道によって、それはまるでその読者のために世界の残りも機械化したかのようである。

旅行者がリヴァプールに上陸する際に浮かぶ疑問は、なぜ、イギリスはイギリスなのか。イギリスが他の国家にまで影響を及ぼすだけの力を持つのは、一体どういう要素によってか?もし世界的に認められる国家的な天才を立証するものが一つあれば、それは成功である。もしこの千年において世界で成功した国が一つあれば、それはイギリスである。

賢明な旅行者であれば、実際の国々から最良のものを訪問しようと思うのは自然なことだろう。そしてアメリカ人にとってはイギリスへと惹かれる理由が他にもある。正しい考え方や実践に向けてアメリカ人たちが成したこと、取り組んだこと全ては、すでに定められ圧倒的な力を持つ文明化によって成されたものであるということだ。現代の文化、人々の考え方や目的は、イギリス的な考え方であり目的である。エグバート以来千年もの間注目すべき国であったイギリスは、ここ数世紀において優勢を獲得し、人類の知識、行動力、力の点において強く特徴づけられた。そのことを認めない者はそれを感じないか、それに服従することが少ないからだ。ロシア人は雪に埋もれながらイギリスになろうと目論んでいる。トルコ人と中国人もイギリス人になろうとして不器用な努力を払っている。現代社会の実用的な良識、あるいは労働、法則、主張、宗教が示している功利主義、それはイギリス精神の特性である。フランスの影響は現代の文明を形作るものではあるが、最も健全な形でイギリスに対抗できるには十分なものではない。アメリカ的な精神はイギリス的特性を、多少とも恵まれた形で引き継いだものに過ぎない。どのような書物が私たちの書斎を満たしているのかを見てみるといい。私たちが読む全ての本、全ての伝記、戯曲、小説、その形が何であれ、常にイギリスの歴史であり風俗なのだ。そういったわけである分別のあるイギリス人が一度私に「あなたが私たちに版権をくれないというのなら、あなたの教えに従い版権を与えません」と言ったことがある。

だがイギリスを社会的に、道徳的に評価しようとすると同じ困難を感じる。それはつまり、社会全体を湧き立たせ、皆が利害関係を有しているような事件を裁くために裁判官が陪審員を選ぶ困難と同じものである。警官、陪審員、裁判官は皆、同じ陣営にいる。イギリスはすべての国民を己の文明と知性と趣向によって染み込ませたのだ。それ故イギリス的な要素の専制と贔屓に対抗するためには、真面目な人間は遥か東と西の文明、古代ギリシアや東洋的な文明、更には理想的な水準となるものと比較してそれを支えとしなければならない。譬えそれはイギリス的な形式が独立した精神に焦燥感を抱かせるに至るにしてもだ。

それに、もしロンドンを訪れるつもりでいるのなら、今こそが絶好の時期である。なぜならイギリスはすでに絶頂に達したというような兆候が見られるからだ。イギリスに対する我々の興味はここ数年減少しているとされている。そういうわけでイギリスの力はもう絶頂に達した、極点だ、いやすでに衰退しているという印象が出てくるのである。

イギリスに足を踏み入れればすぐに、そこはウェールズ州を含めたとしてもジョージア州ほどの大きさしかないのに、この小さな土地は帝国ほどの広さがあると錯覚してしまう。無数の細かい要素、都会、町、聖堂、城、そして壮大で装飾された邸宅の緊密な連続、小売商人連やギルドの数と力、軍事力とその絢爛さ、裕福な人間は著名な人間、従僕や馬車の多さ――これら全てが人々の目を奪い、停止することは決してなく、その威容と無尽蔵の富の印象によってあらゆる限界を覆い隠してしまうのだ。

私に対してなされた絶対に逃してはならないというあれやこれやの力説に応えるが――そうだ、イギリスを十分に見るには百年かかる。人々が私に教えてくれたのはロンドンにあるサー・ジョン・ソーン博物館の特色――そこは収蔵品が多く適切に保管されていた――と重なるものであり、確かにイギリスは多数のものが隅から隅までいっぱいであり、街、塔、教会、別荘、宮殿、病院、救貧院がびっしりと詰め込まれている。美術史においては、クロムレックからヨーク大聖堂までは長い道のりである。それでもその間にある中間段階はこの何でも保存される島においてその痕跡を見出すことができるかもしれない。

この領土には比類のない完全性が存する。気候は緯度の割には何段階も増して暖かい。暑くもなく寒くもなく、一年全体において人が仕事をすることが出来ない時間はない。イギリスにおいては冬というものはなく、十一月のマサチューセッツ州にあるような暖かさであり、それは人間の力を消尽させてしまうようなものではなく、最大限の体の発育を許すことのできる環境である。

チャールズ二世は「イギリスは他のどの国と比べても、一年の中で戸外に誘い出す日が多く、また一日の中でも戸外に誘い出す時間が多い」と言った。また、イギリスは労働する国として木材以外の材料を全て備えている。常に降る雨——この島の幾つかの部分においては潮の度に雨が降る——によって川の水量は常にいっぱいになり、農産物の量は最高度に達する。水、石、陶土、石炭、塩、鉄は豊富にある。陸地は自然に狩りの獲物に溢れていて、どこまでも広がる荒野や丘陵にはウズラ、雷鳥、ヤマシギが住み着いており、岸辺は水鳥が飛び回っている。河川や周囲の海は魚が住み着いている。金持ちには鮭が、貧乏人には鰯や鰊が生息している。北部の湖には鰊が無数の群れを成している。その土地の人が言うには、湖は割合として水が一に対して魚が二であるとしている。

この産業上の便宜における唯一の欠点は空の暗さである。夜と昼の色合いがあまりにも類似しているのだ。読み書きをするには目は疲れてしまう。それに石炭の煙が加わるのである。工業都市においては、細かい煤や油煙が空を暗くし、白い羊を黒い羊にし、人の唾液が変色し、大気を汚染し、多数の植物を毒し、記念碑や建物を腐食させる。

ロンドンの霧は空の悪天候を更に悪化させ、イギリスの才人が天候について述べた警句「晴れた日は煙突を見上げて、雨天の日には見下げる」も、尤もなことだと思うことがしばしばある。リヴァプールのある紳士は一年に一日くらいは広間で火を焚かずともやっていけることがわかったと教えてくれた。だが他方で、この島国における莫大なまでの量の石炭の消費は、一般的な気候を和らげるものとも捉えられている。

気候が人工的なら、地理的位置もまた人工的である。イギリスはその形状において船と似ているが、仮に船だとしたなら、最良の提督でもこれほど賢明で効果的な場所になるように働かせたり停泊させることはできなかっただろう。サー・ジョン・ハーシェルは「ロンドンは地球の中心である」とした。この小売業的な国家は、商店用語を使うとするならば、地の利をよく活かしている。古代のヴェネツィア人たちはヴェネツィアが極点と赤道の中間、四十五度にあるというお世辞にいい気分に浸かっていた。まるでそれこそが絶対的な中心なのだと言わんばかりである。更に古く、古代ギリシア人たちは地球を動物に喩えるという彼らの好んだやり方で、デルフォイを地球の臍だと考えていた。ユダヤ人たちはエルサレムが中心だと思っていた。フィラデルフィアの街が、アテネ、ローマ、ロンドンの都市と同一湿度地帯にあり、それから類推する形で、それらの年と同一帝国地帯にあることを示そうとした分布図を見たことがある。それは愛国者であるフィラデルフィア人によって描かれ、その人がチェストナット通りの居住者によって上々な気分で吟味された。だが、これがチャールストン、ニューオーリンズ、ボストンへと持ち込まれた時は、それらの大都会にいた聡明な学者たちを納得させるにはどうにもうまくいかなかった。

だがイギリスはヨーロッパの側面に位置付けられていて、現代世界の正に中心部にあるのだ。

ウェルギリウスの有名な言葉によれば、哀れなブリテン人たちを世界から全く切り離した海は、全ての国家との婚姻を示す指輪となった。あの幸運な日は書物においては書かれていない――地層にのみ記されている――その日北海の波浪はケントとコーンウォールをフランスに繋いでいた古い地峡を粉砕してしまい、ヨーロッパのこの一部分に突破不可能な海壁を築き、長さ八百マイル、幅は不規則ながら三百マイルにまで届く一つの島を形作るのであった。それは国家的な力を持ったあらゆる種を豊かにするのに十分な大きさの領土であり、ヨーロッパ大陸の実りが目に入れられるくらいに大陸と近い距離にあった。そしてこの海峡を渡ろうとする者は熟練した船乗りで、嵐に遭遇することを覚悟しなければならない。アメリカ、ヨーロッパ、アジアの現在の位置からすれば、これらのブリトン人たちは地球全体においてまさに最も適切な商業位置にあり、自分たちが生産できるあらゆる品物を売り払うための市場を間違いなく手に入れることができるのだ。そしてこういった利点を更に有利にするために、テムズ川は王国の心臓部から海へと広々とした出口を掘っていかなければならず、無数の船舶が通り停泊するようにし、通商においてあらゆる便宜を図るようにしなければならない。そのためにドックや倉庫や艀によって河岸を効率よく使用することに十分に巧みな人間が必要となる。ジェームズ一世が宮廷を他に移すことによってロンドンを罰する意図を宣言した時、ロンドン市長は「陛下が臣下から遠ざかる点において、臣下たちは陛下がテムズ川を自分たちに残していかれることを望んでおります」と答えた。

地表の多様性については、ブリテンはヨーロッパの縮図である。平原、森林、沼地、川、海岸がある。コーンウォールには鉱山があり、マトロックとダービーシャーには洞窟がある。ダヴデールには美しい風景が、トア湾には極上の海の眺望が、スコットランドにはハイランズが、ウェールズにはスノードン山がある。そしてウェストモーランドとカンバーランドには小型のスイスがあり、その湖水と山々は目を楽しませ、想像力の琴線に触れるだけの十分な規模がある。それは小規模ながら便利な国である。フォントネルは、時としてそこの自然は少しばかり気取ると考え、この技術名匠たちによる国は実に人工的な完璧さがあり、最初からこの国を一つの大きなバーミンガムを形成しようとした意図があったのではないかと思わせるくらいである。自然は自問してこう言った。「我がローマもうない。新たな帝国を築くために、私は全く男性的で、野蛮な強さを持った荒っぽい人種を選ぶとしよう。荒々しい男たちにはたっぷりと競争させる。水牛に水牛を戦わせ、最も強い者には牧草をくれてやろう！何せ私の取り掛かる仕事には最高峰の意志と腕力が必要なのだから。その意志を活発に鋭敏にしたままにするために、時には鋭利な、時には穏和な北風を吹かせよう。海にはこの国民を他から引き離して、強烈な国民意識で繋ぎ合わせることとしよう。あらゆる方面における市場を彼らに与えよう。貧乏と国境戦と航海と海上の危険性と収穫の刺激によっていつまでも彼らを足元においておこう。島国――と言ってもそこまでは大きくなく、国民が大規模な市場をたらふく味わい互いに食い合うようなくらいは多くないようにし、ヨーロッパやその他の大陸に釣り合う程度にしよう」

収穫物と商品と金と共に、その文明の影響力も広がっていくに違いない。この地理的中心と精神的中心が奇妙に一致していて、エマヌエル・スヴェーデンボリは、それは国民性の所以であるとした。「イギリス人については、彼らの中でも優れた者はあらゆるキリスト教徒の中心を成しているのであり、なぜなら内面的な知性的な光を持っているからだ。このことは特に精神的世界において著しいように思える。この光を話すことと書くことの自由、つまり考えることの自由から引き出すのである」

# 第四章：人種【Race】

才気ある解剖学者は、人種というのは不滅であるが、国家は順応性に富んだ政治機構であり、簡単に変化したり破壊されたりすることを一冊の本として証明した。だがこの書き手は彼が想定した人種の理念的なあるいは形而上学的な必然性を開示して、必然の法則において存在していることを見出すことはなかった。他方で、既存の人種について厳密に測量したわけでもなく、本当の境界について定めたわけでもない。これは要点として扱いにくいものであり、理論として一般的な試金石である。一つの人種に限定してみても個人も極端な差異となれば、狼と愛玩犬くらいの違いが出てくる。だが各々の差異は感知されねど隣の影響を被るのであり、人種の始まりや終わりを線引きすることはできない。そういうわけで各々作家は人種の数を異なって挙げる。ブルーメンバッハは五つだと言い、フンボルトは三つだとする。最近探検遠征に参加し、地球上にいるとされる人種を全てその目で見たと考えているピカリング氏は、人種の数は十一だとしている。

大英帝国は（一八四八年には）二億二千二百万人の人口を持つとされている――恐らく地球

上の人口の二割かもしれない。また五百万平方マイルの領土をもつとされている。これほどにイギリス人たちは優勢なのだ。恐らくこのうち四千万はイギリス人の直系なのかもしれない。それにアメリカ合衆国を加え、そこの奴隷の数を除外すれば、二千万の人口がいて、三百万平方マイルの領土はある。そしてかなり著しいが、外国人も急速に同化されており、この合衆国をイギリスと数え合わせてみれば、イギリス系の英語の話者が六千万あり、二億四千五百万人の人口を支配している。

イギリス国内における純粋な人口数は、イギリス人口調査によれば二千七百五十万であるとされている。この人口調査を重要なものとすることは、人口を構成する国民たち各々の性質である。彼らは自由で有力な人たちであり、命の危険なく安全に過ごすことができ、最高級の価値まで持つに至った国土に住んでいるのである。現代に対して偏見を抱かせる。そしてそれも偶然や単なる数の力によってではなく、彼らの人間性と個人的な能力としての個々の数によってである。イギリス人が天才性を持つことは否定されてきた。だがそれはそれとして、高い知性を持つ者がその土壌において生まれ出でて、大きな発明を作り応用してきた。健全な肉体を持ち、戦争においても労働においても最高級の忍耐心を持っている。この人種の増殖力は世界の大部分を植民地化するに至った。大イギリスから数百万人が出ていき、一八五二年にはそれが一日あたり一千人以上となるのだが、その埋め合わせができるのかは今後の課題である。彼らは外国の人間たちから模倣されるが故に同化力を持っていると言えよう。未だ積極的であり、伝道者的であり文芸と自由の領域を押し広げている。法律は寛大であり、奴隷は彼らの下では存在しない。なんであれ人を圧迫するものがあったとしても、それは偶発的であり、一時的なものである。彼らの成功は突発的でも運が良かったわけでもなく、何百年にもわたって節操と不動心を保ってきたからである。

こういった力は人種によるものだろうか、それとも他の原因に由来するものだろうか？人は血統や人種の力については喜んで耳を傾ける。人は自分の優れた要素が大気、土壌、海、或いは鉱山や石切場のような地方の富、法律や伝統、資産によってではなく優れた頭脳に由来するものだと知りたがるのであり、その方がより自分個人が称賛されているように思われるからである。

人種の教義においても生理学的な原理が働いているものを思わせる。健全な個人において見出される骨、筋肉、あるいは主要器官等何であれ、同族の同じ箇所あるいは近い箇所において同じものや同じ器官が見出されるのである。そして祖先に存在していた精神性と道徳性の全てを子孫においても見出そうとする。人種において優位性をもたらすのは肩幅の広さ、柔軟さ、体格ではなく、機知にまで及ぶ均整である。そこで奇跡と名声が始まる。そして最初私たちは家系図を調べ、必然的に教育法についても吟味する――彼らは何を食べたのか、どんな養成や訓練を受け学校に入学したたか、それこそが生来の才知、思考の細かさ、強靭な叡智の結果なのだから――アルフレッド大王、ロジャー・ベーコン、ウィカムのウィリアム、ウォルター・

ローリー、フィリップ・シドニー、アイザック・ニュートン、ウィリアム・シェイクスピア、ジョージ・チャップマン、フランシス・ベーコン、ジョージ・ハーバート、ヘンリー・ヴェインといった人たちがどのようにして存在し得たか？これらの優美な人間性を象ったものは何か？それは大気か？海か？血統か？なぜならこれらの人たちが同時代人たちの代表的な存在だということは間違いないことだからである。よく澄ました耳は饒舌な口の側にあるものだということを常にしている。また天才は周囲から誘われたり楽しまれたりしないことについて長々と相当な頻度で話すようなことはしない。

インドの何億もの人間を北ヨーロッパの遠く隔たった島の支配下に置いたのは人種の力ではないだろうか？ケルト人は皆カトリック教徒で、サクソン人は皆プロテスタントであるということが真実であるのならば人種の及ぶ力は大きい。人種というのはユダヤ人においては支配的な力を持つ。彼らは二千年にわたって、どのような風土においてもその性格と職業を変えることはない。黒人における人種は、驚異的な意味を持っている。カナダに住むフランス人は、親元との関わりから完全に絶たれながら、自分たちの国民的特性は変えていない。それほど昔でない時に、一度タキトゥスの『ゲルマニア』をミズーリ州とイリノイ州の中央で読む機会があったが、ヘルシニア森林に住んでいたゲルマン人とアメリカの森に住むフージャー、サッカー、バジャーといった土着民との間に、多数の類似点があることを見出した。

だが人種がその本質をいつまでも保つために作用させていることも、他の力によって抵抗を受けるのである。文明というのは一つの反動であり、古き特性を喰らい尽くすのである。今日のアラブ人はファラオ時代のアラブ人だが、今日のブリトン人はカッシウェラヌスやオシアンとは大きく異なっている。各々の宗教派閥は人相上の特性からして違う。メソジスト派はメソジストの顔をするようになった。クェーカーはクェーカーの、修道女は修道女の顔をしている。イギリス人はその振る舞いを見ただけで非国教徒を見抜いてしまう。商売や職業はその顔や姿に固有の線を刻みつける。イギリス人の生活におけるある種の境遇がもたらすものはそれに勝るとも劣らない。例えば個人の自由、豊富な食料、美味しいビールや羊肉、自由取引、あらゆる種類の労働に対する高い賃金、才能や卓越した技術に対して払われる高い報酬、島国生活あるいは拡張されて居場所が不適切な才能が出て行く無数の機会とはけ口、政治や職業ストライキのために相互に団結する用意があること、そして労働と戦争の習慣に基づいている優越感。そして優越に対する欲求は味わえば味わうほど増大していく。

人種に対して働く逆作用の力を数え上げることは容易である。信用は主要な要素である。人々の持っている自然観は彼らの作る制度を決定づけるものだと言われている。精神的或いは道徳的な能力を増大させる影響力は、それが何であれ人々を国民性という枠組みや他の条件から取り出し、国民生活を過失ある妥協とさせる。

人種論のこの驚くような教義のこれらの限界性は、まだ十分な根拠がないものとしてその理論が誤っているという可能性があり他の理論があることを示唆する。私たちが見るように人種の固定的で変更され得ないという事実は、人種間の脆弱な境界線が永遠に続くものとするには論拠が弱いのである。というのも人間の歴史的な時間は、自然がもたらした時間全体の長さに比べれば一点に過ぎないものだからである。そして果物や家畜の改良といった自然史における最も瑣末で単一的な事実でも、地球年代においては価値あるものなのだ。その上更に、純粋な人種の伝説話によって国民と国家の自己愛を育むのだけれども、私たちの全ての経験は人種の特性が徐々に朧になり消失したもので、私たちの目には奇妙にさえ映る類似が至る所にある。マレー人とパプア人、ケルト人とイトニア人、サクソン人とタタール人が混じることに当惑する必要はない。私たち人間の形体において虎やヒヒの基本要素が見られるのであり、人種間にある仕切りはそこまで強いものではなく、原始の海からの飛沫が私たちを撒き散らすのだということをすでに知っているのだ。

下等生物の生物構造は極めて簡素である。単なる口一つ、ゼリー状のもの、直線上の這い虫。程度が高くなるにつれ、構造は複雑になる。私たちは純粋な家系を自慢するが、自然は感化を好むものだ。子供は両親の顔を混ぜ合わせたような顔をしており、肖像画として壁に架けられている祖先の顔からの特性を幾つか引き継いでいる。最良の国民とは最も広範に縁が続いているものである。そして世界的な交配をもたらすものとして、航海は最も国民をそれに促進させるものとして強力なものである。

イギリス人の多元的な特性は起源が混合であることを露わにしている。全てイギリス的なものは遠隔的で敵愾的な要素の融合である。言葉は混合的である。人々の名前は多様な国民の名前に由来する――三つの言語に、三か四の国民――思考の潮流も対立的である。省察と実践的技術、積極的な知性と徹底的な保守主義、世界的な冒険心と熱心な慣例主義、活動的な自由と寛大な法律、そして辛辣な階級立法がある。戦争や事業によって世界中に人々が散在しながら、皆が皆ホームシックになる。両極端な国――公爵と改革主義者、ダラムの司教と裸で無信仰な坑夫たち――何かが称賛されれば必ず忌まわしい例外があり、何かが貶されれば必ず何らかの心からの喝采をするべき点がある。

この国民が単一的であるとは思えない。だが集合的に見れば、元になったどの民族よりも優れた人種である。そしてこの人種の元となったものを探り出すことは簡単ではない。イギリスにいる人種の名前を正確に言える者が果たしているだろうか？その歴史的な系譜を辿ることが出来る者はいるだろうか？解剖学的に、或いは形而上学的に区別することが出来る者はいるだろうか？

人種を歴史的に考察していこうとすれば、満足いく結果に到達することは不可能である中――どれほど不確かな祖先に由来しているにせよ――私の眼前には間違いなくイギリス人がいるのであり、彼自身ははっきりとした特徴を示しており、それは他の場所においては見られないものだから――イギリス人の血統的な先祖は誰かという疑問については脇に置いておいても問題ないと考える。デフォーは怒る際に「イギリス人はあらゆる人種の泥沼である」と述べた。

私としては次のように信じたい。つまり、水と石灰と砂がモルタルを形作るのと同じように、幾つかの気質がうまく調合し合い、巧みに処置された相反性において、イギリス人のような徹底的な性格が生まれるのだ。全体として、同一の地域から起こって、遺伝的には同一と言えるサクソン人、ジュート人、フリース人の一つや数種族の変遷というよりも、それら全部の体質を全て合わせたものと言える。ある種の気質は、例えば八、十或いは二十もの多様な気質はイギリスの空や土壌と調和する。それは百本の梨の木のうち、八か十本の木が果樹園の土壌と適合し、他方で他の全ての調和しない木は滅びてしまうようなものだ。

イギリス人はその血統をこのように広範な国民性に由来しているわけだから、その多様な才能や特性を発展させるためには十分な海と陸の空間が必要となる。もしかすると海洋は直流電気の電池として役割を果たし、一方の極には酸性物質を、他方の極にはアルカリ性物質を配分するのかもしれない。それ故イギリスは己の自由主義的な国民をアメリカに蓄積させ、保守主義的な国民はロンドンに蓄積させている傾向がある。イギリス人種における北欧人の血は、時代を問わず常に彼らの母、海の囁きを今もなお耳にしている。またその血の中のブリトン人は自分の故郷をなお抱擁している。

また、人種以外の影響について強調するかのように、イギリス国民性について私たちが語る際に思い浮かべることは小さな地域に限定されてしまう。それはアイルランドとスコットランド、そしてウェールズを除外し、最終的にはロンドンのみとなり、つまりそこに入ったり出たりする者に限られる。ロンドンの王立美術院の展示会において架けられている肖像画は、『パンチ』誌やクラブハウスに載る公人の絵、店の展示窓の画ははっきりとイギリス的であり、アメリカ的でもスコットランド的でもアイルランド的でもない。だがそれはとても限定された国民性である。北の工業地域、農業地域に向かい、決して旅行をすることはない人たちの中に入る時、ヨークシャーに入る時、スコットランドに足を踏み入れれば、世界のイギリス人はもう目にすることはない。スコットランドにおいては、表情や風俗におけるあらゆる偉大さが急速に失われていく。地方的な熱心さと鋭利さが目立つようになる。その地方の貧困がその特色を成し、風習の粗野さが目につく。そして知識人の間では、病的な論法が見受けられる。アイルランドでは、の話だが。イギリスと同じ気候や土壌があるのだが、食物は少なく、土地とは正統な関係性がなく、政治的な独立はなく、小柄な小作人がいて、劣った場違いな人種が見受けられるのだ。

祖先と血統についてのこういった詮索は十分に認められるだろう。というのもイギリス人の繁栄ほど、人間の種類に依存する繁栄はないように思えるからだ。勇敢で賢明な人間だけがこれだけ狭い領土を偉大なものにすることができたのだろう。ボートやヨットのレースにおいてよく言われることだが、船の性能がほとんど同じものなら、勝敗を分けるのは乗っている人間だということになる。どちらかの船に最も優れた腕前の航海長を乗せてみるといい、その者が勝つことになるだろう。

だが途絶えぬ伝統を見つめて、それが漠然としていて、寓話の中に消えていっているにしても、そのことについて省察することは結構なことだ。伝統は足場をすでに固めており、阻害されることを拒絶する。星によって時間を測るよりも、キッチンの時計を見る方がもっと便利なことになっている。リンネ式のカテゴリーによって分類するのと同じように、一般的に使われているカテゴリー分類を使わねばならぬのであり、それも便宜のためであり、厳密さと最終的なもののためではない。そうでなければ、ある人種について最も的確に定められた特性が誰か新たな人類学者によって競合民族の厳密な特性だと主張されてしまい、すぐに困惑してしまうことだろう。

私はイギリス式をはっきり示すものを十二分に見出した。白く肉付きのいい赤らんだ顔つき、深彫りされた顔をした健康の体格、そして島国らしい強い口調とアクセント。あるいはその体質らしい愛嬌を持ったノルマン的な要素。あるいは顔つきや体つきにおいてアメリカ人的だと言える他の人たち。そして彼らの喋り方における特徴は大きく減り、考え方ももっと自由奔放である。以上の者をサクソン人と呼んでもいいだろう。そしてローマ人はその三種あるいは四種からなる混合血液に暗い顔つきを植え込んだ。

一．伝統がその血統の起源とするものは主に三つある。その一つ目として、世界で最古の血統がある――ケルト人である。幾つかの人種は束の間の一時的なものである。ギリシア人は今やどこに行ったか？エトルリア人は？ローマ人は？だがケルト人或いはシドン人は古い種族であり、その起源について記憶している者はなく、そして彼らが終わりを迎えるのはもっと更に遠い将来のことだろう。なぜなら忍耐心と生産性があるからである。彼らはイギリスを植え込み、海や山の名前には詩的で自然の純然たる声を模倣したものを与えたのだ。ヨーロッパの最古の記録で好意を以って記憶されている。過酷な封建的土地所有はなく、農夫が土地の所有者であった。彼らには文字、天文学、宗教文化、そして崇高な信奉があった。神秘的であやふやな特性があった。マーリンの歌や情け深く甘美なアーサー王の伝説によって中世において最良の庶民文学を産出した。

二．イギリス人は専らゲルマン人からその血を引いている。長い闘争期間の結果を知っている者ならゲルマン人はローマ人が二百十年の歳月を要してなお征服することが困難な――いや征服することが不可能な――民族であったことがわかるだろう。古代ローマ帝国において、ゲルマン人に干渉して後悔しなかった者はいないという噂が流れた。

三．シャルルマーニュはある日、ガリア・ナルボネンシスの街に足を止めて窓の外を眺めたのだが、その時地中海を航行している北欧人たちの船団を見た。その船団は大帝がいた街の港にまで入ってきて、そのことが相応に騒ぎになり自分のガレー船に動員させて戦闘態勢に入った。北欧人の船団がまた海に出て行った時、シャルルマーニュはずっとその船団の後を見ていたが目は涙に溢れた。「彼らが私の子孫たちにもたらすであろう害悪について考えると、悲しみで胸が押しつぶされてしまう」と言った。このクセルクセス的な涙には理由があった。船を建立して艤装——索具、帆、羅針盤、ポンプ——を発明し、港の出入りの働きを学んだ者は、一隻の船以上のものを獲得したのだ。例えばこの船を武装してみるといい、あらゆる海岸が思うがままになる。錨を下ろした場所で数の上で劣勢であるのなら、優位に立つために一マイルか二マイル船を走らせれば足りるのである。ナポレオンの戦術、つまり攻撃において一点集中するという戦法は、戦場を選べる立場にある者なら常に可能なのである。もちろん、彼らは陸の国家よりももっと優勢な状態で戦闘に入ってくる。そして海岸で交戦しつつ、退却において決定的に有利である。海賊商売を損なわせてしまうくらいに沿岸において十二分に人がいるのならば、その同じ技術と勇敢さは貿易商売においても役立ち得る。

スノッリ・ストゥルルソンが収集した「ヘイムスクリングラ」、つまりノルウェーの国王たちのサーガは、イギリス史における『オデュッセイア』であり『イリアス』である。その登場人物たちは、ホメロスのものと同様に、強烈な個性が立てられている。このサーガはスパルタの如き王制共和国を示している。市民の重要性の前には政府も消失してしまう。ノルウェーでは、ペルシア人の大軍のように国王の名誉のために戦い死んでいく者はおらず、登場人物として描かれるのは農奴や地主であり、その各々が名前のつけられた国王の友人そして同胞として当の本人だけでなく、父祖についてまで説明されている。人口が少なかったことが、皆に対して高い価値をもたらす。個々人はとても外見が優れた人々として描かれており、このことはただイギリス人種により類似するようにさせる。そして強い物質的な関心が強烈に見受けられるのだが、功績とその報いとしての土地を結びつけるという論理性はイギリス的な知性にとってとても重要なことである。サーガに登場する英雄たちは南ヨーロッパの騎士たちではない。フランスやスペインの空威張りは彼らを堕落させてはいない。彼らは本質的に農民であり、厳しい人生が所有物を守るように仕向けた。武器を断固とした態度で使うのだが、それは騎士道としてでは決してなく耕地のためである。農地の技術については相応に取り扱うことに長けて海岸において水も陸も慣れ親しむ形で暮らしており、半分の食糧を海から、もう半分の食糧を陸からもたらしている。彼らは牛の群れを飼っており、麦芽、小麦、ベーコン、バター、そしてチーズを有している。フィヨルドで魚をとり、鹿を狩る。これらの農民たちの王である存在はその権力も様々であり、場合によっては保安官くらいの権限しか持っていないこともある。アメリカの地区によっては冬季授業のための教師が今週はこちらで、来週はあちらで、さらに隣の農地で二週間という具合に宿泊するのだが、この農民たちの国王も全ての農場を巡回することによって地位を維持していた。王はこのことを客としてその地区に養われに行くと言っている。そしてこれは貧しい国において貧しい王が、自分の農地を去り王国中に己の税を集めに行く際に命を繋ぐことができる唯一の方法である。

これらの北欧人は基本的に優秀な人間たちで、良識を持ち、堅実性、弁説に長け、迅速な行動力を持っている。だが殺人癖に走るという奇妙な癖がある。彼らにとって人間として主に迎える結末は殺すか殺されるかにある。櫂、鎌、銛、かなてこ、つるはし、熊手は殺人として便利な魅力的な代物だからそれだけ好まれる。ユングヴィ王とアルフ王のように、夕食後一組の国王たちは楽しみとして己の剣を相手の体に突き刺そうとする。アルリック王とエイリーク王のように、また別の一組の国王たちは戯れとして朝からに馬に乗って遠出して、近くに武器がないと乗っていたそれぞれの馬の口から馬銜を外して互いの頭をそれで粉砕しようとする。テントの網や外套の紐を見つけると誰か、妻や夫や何よりも国王の首をそれで縛りたくなる。農夫は熊手さえ持っていれば、それをダグ王に突き刺す。インギャルド王は六人の国王たちを酔っ払わせてから焼き払うことに多大な愉悦を感じる。北欧人のように、生命力に溢れていながらそれを取り払うことにとても熱心だった紳士はかつていなかった。喧嘩相手を見つけることができないと、エギル王のように牛の角によって心地よく血塗れになったり、農耕王アーヌンドのように地滑りによって殺されていく。スウェーデンではオーディンはベッドで死んだ。だが老衰によって死を向かえるのは不幸を言い表す諺だ。スウェーデンのヘイク国王は戦場において敵を立っていられる限り切り刻み、それが終わると死んだ部下たちと彼らの武器が積み込まれた戦船を海に出せと命じた。海の方に舵を取ると、その船の帆が張られた。一人でいたヘイクは、タールの塗られた木々に火を放ち、甲板に満足気に横たわった。風は陸から吹き、船は澄んだ焔に燃えながら島の間を進んでいき、これこそがヘイク国王の見事な最期であった。

初期段階のサーガは血塗れであり、海賊的な話である。後になると高貴な調子である。十字軍王のシグルとその弟エイステイン国王が互いに相手の美点について語る場面ほど優れたものは歴史上存在しない。――前者は兵士、後者は平和な文芸の愛好者として。

だが北欧の歴史の読者は、野生動物的な活力の結果から時代を経て生じるその報いについてしっかりと把握し、冷静にそれを読まなければならない。古代の化石世界は地球の混沌状態をおさめるのはトカゲ類やその他の巨大で恐ろしい動物によって形成されてきたことがわかるので、新たな文明の基礎はもっとも野生的な人間たちによって形成されたのだ。

ノルマン人はフランスからイギリスへと侵入したが、それは百六十年前にフランスに侵入した時に比べてはるかにひどいものだった。彼らは母語を忘れてしまってロマンス語、或いはガリア人たちの話す野蛮なラテン語を取得したのだ。そしてこの言語とともに、そこで悪徳とされる悪徳をも全て身につけたのだ。年代記においてこの征服は「悲しみの記憶」という名称がつけられている。二万の盗賊がヘイスティングスに上陸した。上院を形成することになった彼らは貪欲で残虐な竜騎兵たちであり、貪欲で残虐な海賊たちの息子であった。彼らは皆似たような存在で、抱えられるものは全て略奪し、そして燃やし、荒らし、暴力を働き、拷問し、殺し、こういったことがイギリス的なものが全て破滅に瀕するまで行われた。だが古くからの風習と富の幻想は大きいので、今も存命の偉そうな上流階級の人間は、これらの唾棄すべき盗賊の子孫であることを自慢している。自分たちの紋章に豚、山羊、ジャッカル、獅子、狼そして蛇を用いることによって、自分たちの美点をより正確に確信していることを示したのだ。彼らはそれぞれの動物そっくりの人間であった。

イギリス人は十世紀と十一世紀にデーン人と北欧人を征服した。この精力の猛烈な人々のエネルギー全てがイギリス的な容器へと注ぎ込まれた。ノルウェー、スウェーデン、デンマークの最良の人々がこれらの海賊的遠征として駆り出された結果ずっと不在だったことが、木が若い時は多数の果実を孕み過ぎてしまった結果のように、これらの国々を疲弊させることとなり、二流国になってしまった。人種のうち力あるものは移住してしまい、結果ノルウェーは空になった。オラーヴ王は次のように言った。「私の父ハーラル王がイギリスの方へと西に進んでいったら、ノルウェーの精鋭は彼についていった。だがノルウェーはあまりに人がいなくなってしまい、このような優れた人たちはもうその国内において見出すことはできず、特にハーラル王のような叡智と勇敢さを持ったリーダーはいなくなった」

これらの侵入に対しては相当遅くなった段階で反撃が行われた。それは一八〇一年、イギリス政府がネルソンを派遣してバルチック海峡のデンマーク要塞を攻撃させた時であり、また一八〇七年にカスカート卿がクヴンハウンにおいて内湾に停泊していたデンマーク全艦隊を捕獲し、兵器庫から全ての武器も奪い取り全てイギリスへと持ち帰っていった。クンガヘッラ、それはノルウェー、スウェーデン、そしてデンマークの国王たちが会合する習慣のあった街だが、今では一人のイギリス紳士によって狩猟場として賃貸されている。

最初に船に乗った北欧の海賊の身なりを整え、髪を梳き、香水をつけて、王族やガーター勲章を抱えた最も気高い騎士として仕立てるには多数の世代の経過が必要であった。だが輝かしい装飾具は全て北欧のボートにその起源をもつ。この力を礼節と信仰へと成熟させるために必要な時間は十分にあるだろう。盲人の子供は目が見えるというのは医学的な事実である。大罪人の子孫も健康的な良心を持っている。多数の卑劣で卑怯な少年も青年期になれば、真面目で寛容な若者へと生まれ変わる。

その後に続く時代も、これらオーディンの特色について完全には払拭していない。虎の熟した体内構造の根幹要素は、コーカサス人において変わることなく存在しているとされている。イギリス国民は逞しく、熾烈で、動物的な気質を持っており、何世紀にも渡る教会と文明もこれを宥めることができなかった。アルフィエーリは「イタリアの犯罪はその血統が優れていることの証である」とした。そしてイギリスについては、この腕時計は非常に硬いバネによって動くといえよう。文明化されていないイギリス人は野蛮な国民である。彼らの記録において記されている犯罪については、冷徹な悪意としてとても望ましいものとは言えないものだ。イギリス人の心にとって望ましいものは正々堂々とした一騎討ちである。下流階級における風俗の野蛮さにおいて見受けられるものは、拳闘、熊いじめ、闘鶏、処刑見物の愛好であり、そして通りでの喧嘩なのだが、これはイギリスのあらゆる階級において喜ばしいものである。ロンドン通りの呼び売り商人は臆病であることを忌み嫌う――「自分たちの拳はしっかり働かせておかなければならない。拳については皆その使い道は心得ているのだ」。パブリック・スクールは野蛮な力を発揮する場所だとして非難されているが、だがだからこそ国民に愛されているのだ。下級生が上級生にこき使われるのもこれと同じ特性である。『シェリーの生涯』の中でメドウィンは次のように書いている。ある士官学校で生徒は後輩を雪だるまに丸め込ませ、彼を部屋にそのままにしておいたが、その間他の候補生は教会へと行った——結果その後輩はずっと身体に障害を抱えることになった。イギリス人は強制徴兵、海軍笞刑、陸軍笞刑、そして学校笞刑をまだ残している。陸軍における規則はあまりにも厳格であり、笞打ちが言い渡された兵士は、いっそのこと死刑にしてくれたと懇願するほどである。笞刑は西欧の軍隊からは廃止されているが、ウェリントン公爵の認可によりイギリスにはまだ残っている。夫が妻を売り払うことも現代においても残されている。ユダヤ人は公私において迫害される格好の的になっている。ヘンリー三世は自分が借りた金の担保として、兄弟のコーンウォール伯爵に国中のユダヤ人を抵当に入れた。犯人を拷問し、自白を引き出すことは、次第にゆっくりではあるが廃止されつつある。刑法についても、サー・サミュエル・ロミリーは「私は世界各国の法典を今まで検討してきたが、イギリスのものが最悪で、食人族に相応しいものと言える」と述べた。この前の国会(一八四八年)で下院は、刑務所において行われている笞打ちと拷問について事情を聴取していた。

この国はその地理関係上、頑健な人たちが住むことになるや否や、地球の航海者や仲買人になることは避けられなかった。子供の時代から水に戯れ、魚のように遊泳し、遊ぶ道具といったボートであった。造船税が問題になった時でも、判事たちは法律について「イギリスは島国であるから、内陸の海岸といえども海運のものと看做されるべきである」とした。さらにフラーは「陸地に囲まれた国々の特性も当地を動かすのは海運的な手際の良さである」と付け加えた。ノルマン人の征服の頃から、イギリスの富について、イギリスの商人が他のあらゆる国と通称するものと看做されている。

現代におけるイギリス人は、肉体的にとても頑健で大いなる忍耐心を有している。それに比べれば他の国民はすらりとしていて彼らと比べると一回り小さく、病人かとも思われる。通りを歩いている百人のイギリス人を無作為に選び出しても、多数のアメリカ人よりも四分の一体重があると考えている。だが私が聞くところでは骨格はそこまで変わらないらしい。イギリス人は丸々としていて、血色がよく、顔立ちが整っている。少なくとも上半身はとても立派に形作られている。そして頑健で力強い体格をしているのだ。私はその頑健さについて、リヴァプールに最初上陸した時に気づいた。荷物運搬人、荷馬車屋、御者、警備員——彼らの体格は何と強固で、見事で、それでいて柔和なものだろうか。そしてそれに相応しい衣装で身を包み、相応に振る舞っているのだ。アメリカ人は古い邸宅に戻ってきて、おじ、おば、祖先の人々に囲まれている気分になる。自分の子供部屋の炉棚に掛かっている絵画はそういった人々の肖像画であった。ここではあのあれだけ心を捉えたものと同一な衣装と雰囲気でいるのだ。

イギリス人がずんぐりとした体格に育っていくのは外見上の欠点であり、特に女性にとってそれが不利になっている――背が高くてすらりとした女性は少なく、多くは背が低くずんぐりとしている。フランス人は、イギリス人の女性は左手が二本あるとしている。だがいつの時代も、イギリス人は見栄えのいい人種である。ロンドンのテンプル教会にある足を十字に組んだ十字軍騎士の青銅像、そしてウスターやソールズベリーの聖堂にある同様の像、それは七百年も前のものだが、現代において見られるイギリス人の最も立派な若者の顔と同じ様相を呈している――更に同じ性質の美しさ、いわば好意的で、勇気があり、品位が混ざったような顔つきをし、成人でありながら堕落とは無縁の若者らしいを見ることによってその美しさに惚れ惚れとしてしまうが、それはロンドンの通りにおいて日常的に見られるものなのだ。

北欧人種から出た二つの子孫はその美しさとして名高い。紀元後六百年にローマで聖グレゴリウスが捕虜の美しさに感嘆したという逸話は、その五世紀後の北欧人の年代記における証言、つまり若いイギリス人の捕虜たちの髪が流れるように長く美しいその姿に感嘆したという証言と一致する。他方で、「ヘイムスクリングラ」は登場する英雄たちの個々の美しさについて言及することがしばしばある。この金髪人種の特徴がどんな人間性を、精神的、道徳的などのような力を源泉としているかを考えてみれば――それが帝国を築いたことが新しくより素晴らしい時代を示すのだ。古き鉱物の力はやがて人間性によって屈服され、その鋤を溝に今後打たれていくようになる。蟹はどこまで行っても蟹であるのだから、究極的な人種であるというわけではないが、それでも未来のある人種なのだ。

イギリス人の顔はその白い肌と碧眼、そして開放的で血色のいい顔つきと共に決断と勇気も混じっている。ここから真理への愛、感受性、繊細な知覚、詩的な考え方が生まれてくるのである。開放的で誠実な態度、家庭的で愛情が籠った美しいサクソン人は食人種や残忍な異端審問官や暗殺者を作りだす土台ではない。そうではなく法律や、正当な貿易、礼節、婚姻、子供の養成のために、そして大学、教会、慈善、植民のために形成されているのだ。

彼らは好戦的というより勇敢なのだ。戦争が終われば、仮面が剥がれその情愛に満ちた家庭的な趣向が顔に見られるようになり、それが親切さという点で彼らを女性的にする。これらの性質の結合は国家的な伝承『美女と野獣』、或いは遥か昔の『ヘルマプロディトス物語』のギリシア神話として寓話化されている。イギリス精神には男女両性の精神性が併存している。海と植民地の女王ブリタニアについて、最近のイギリス作家が作中のヒロインを描写する言葉として ここに記載したい、すなわち「彼女は好戦的であると同時に穏和であり、穏和であると同時に好戦的である」。イギリス人はその身に勇敢と優しさという正反対の極端な性質を兼ね備えることに喜びを抱く。ネルソンはトラファルガーにおいて死ぬ前に、コリングウッド卿に彼の愛情を示し、ベッドで寝ようとするような無垢な学校少年のように「キスしてくれ、ハーディ」と言って、眠りに入る。同胞であるコリングウッド卿は、極めて愛情的で家庭的な性分を持っていた。ロドニー提督は華奢で女性的な体格に近かったが自分が恐怖に対してとても敏感であり、それを栄誉と公の義務を慮ることによってのみ克服することができた。クラレンドンの話では、バッキンガム公爵はあまりに控え目で柔和な性分であったものだから、何人かの臣下たちは彼を侮辱しようとしたが、その結果控え目で女性的な態度は最も恐るべき決断心を隠すための単なる仮面に過ぎないことに気づくのであった。そしてサー・エドワード・パリーはサー・ジョン・フランクリンについて「もし彼がウェリントン海峡を通ることができることを見出したならその探検に乗り出したことだろう。というのも決して危険に身を背けるようなタイプの人間ではなく、それでいながら一匹の蚊も払い落とすことも躊躇するほどの優しさを持っているからだ」。追い剥ぎ連中においてもこのような徳が備わっているとされる。ロビンフッドは最も優しき盗賊「涙の賊」【mitissimus prædonum】として知られている。だが自分の軍用犬がどこに身を置いているのかは十分に承知しているのだ。クロムウェル、ブレイク、マールバラ、チャタム、ネルソン、そしてウェリントンは決して侮ってはならない連中だ。そして社会の底に横たわっている野性的な力、埠頭や操縦席における獣性的な残虐さ、ショーディッチ、セブン・ダイアルズそしてスピタルフィールズの呼び売り商人たちの乱暴さ、これらを奮起させる方法をイギリス人は心得ている。

彼らは強健であり、中年になろうと老年になろうと衰えることはない。老人たちは薔薇のように赤く、それだけ歳を重ねても顔つきもいいのだ。澄んだ肌をしていて、肌色も桃が花盛りのような色合い、そして立派な歯を島中至る所に見出す。量も栄養も十分な食べ物を食べる。活力あふれる人間がミズガラシを食べ物として摂ることに耐え続けられるはずが無い。牛肉、羊肉、パン、ビールが一流の労働者にとって普通の食事であろう。優れた食事は大衆たちにとって国民的な誇りであり、従って彼らが風刺画を描くとなると、フランス人はいつも貧しくて飢えているように描き出す。タキトゥスがすでに、イギリスビールがゲルマン人たちにおいて常飲されていたことを見出していることは興味深いことだ。「大麦や小麦から葡萄酒に何処か類似した発酵飲料をつくる」。ヘンリー六世の時代における最高裁判所長のフォテスキュー卿は「イギリスに居住している者は、特定の時、つまり宗教上の儀式や懺悔の時以外は水を飲まない」と述べた。極限なまでの貧窮や禁欲的な苦行においてもイギリスにおいて決して冷たい水を飲まないように思える。古物愛好家のウッドは英イエズス会の修道士であるレイシー神父の清貧断食においても、ビールだけは飲んだとしている。「彼のベッドは屋根裏にあり、梯子を登ってそこに行く。食べ物は貧しく、彼の飲み物は一ペニー一ガロンのビールである」と言う。

彼らは他の国民に比べより多くの体力を有している。フランス王アンリ四世と同様に、男性的な訓練こそ精神を高めるための基礎であり、これにより一つの性質が別の性質を凌駕するに至らせる。或いはアラブ人流にも従えば狩猟に費やされた日数は人生の長さとして数えられない。彼らは格闘し、走り、射ち、騎乗し、漕ぎ、それから極地から極地へと航海する。食べ飲み、戸外で陽気に生き、一日と一日の間には深い眠りを仕切りとして設定する。出来る限り速く歩き、乗り、あたかも何かの急用に駆り立てられているかのように頭は前方に傾かせている。フランス人は、イギリス人がまるで狂犬の如く前をまっすぐ歩くとしている。男も女ものぼせ上がったかのように歩く。銃を扱うことができるようになるや否や、身分ある全てのイギリス人にとって狩猟は優れた芸となった。今までに例がないくらいに狩猟に夢中である。シーズンになれば貴族たちは地方へと出かけ、狩りをしたり釣りをしたりする。さらに活力ある人間は島国を出ては、ヨーロッパへ、アメリカへ、アジアへ、アフリカへ、オーストラリアへまで足を運び、狂ったように銃、罠、銛、投げ縄を、犬や馬や象や駱駝を連れて、自然におけるあらゆる獲物を狩るのだ。ホーカー、スクロープ、マレー、ハーバート、マックスウェル、ガミング、その他多数の旅行者たちがあらゆる国における狩猟記を書いた。本国に残った者たちは、拳闘、競争、跳躍、漕艇に夢中になっている。

　おそらくだが、犬や馬たちは、人間たちが自分たちのものと同じくらいに頑丈でしなやかな筋肉を持っているという事実に感謝しているに違いない。卓越した人間がいるとすればそれは何よりもまず優れた動物であるといえ、イギリス人種においてのそれは最も優れた種族であり、富があり、生気に満ちていて、胸幅も広い生き物で、ビールとご馳走を十分に摂り、多少肉がつきすぎている。動物的な人間は、動物のように、彼らの本能に依存するものだ。イギリス人は犬や馬と仲良くなれるのだ。彼の馬への愛着はそれを管理するために必要な勇敢さと器用さに起因する。馬は臆病者を見抜き、そしてそのことを決して隠そうとしない。若くて血気盛んな学者や精力旺盛な学生たちは、教授と一緒にいることよりも馬と一緒にいることを好む。彼らにとっては馬の方が遥かにいい交際相手なのだろう。馬にはビュフォンが記したものよりもっと多くの用途がある。通りを歩いてみれば、乗合馬車や荷物馬車を曳行する馬は全て乱暴であり、そしてもし私が精鋭の兵士たちを欲するのなら、厩から召集するべきだろう。これらの乗り手たちの活力にある程度の気品を備えさせてみるといい、上流社会の男女が畏敬の念を抱くような正にその性質が得られるようになる。

ヘンギストとホルサをサクソン人の祖先としていることから、彼らは騎乗術にかけては実に立派なものだ。この人種の別の系譜はタタール遊牧民たちであった。馬こそが彼らにとって全ての富であった。子供たちは馬の乳で養われ育った。タタールの草原は宗教上の宴において馬肉を食するという北欧人の長い伝統を続けているものとして未だに有名である。デーン人たちの侵入においては、襲撃者たちは上陸した所ですぐに馬を捕獲し、一瞬にして精鋭の騎士団へと変貌した。

一時期、この技術は衰退したかのようであった。二世紀前、イギリスの馬は海を越えた土地では著名な戦役を挙げることは決してなかった。そしてその理由の説明として、純粋で固有の男らしさとしてのイギリス人の特性として歩兵を常に好んだという点がある。騎乗したことによって獲得された勝利は、その武勲は人と馬との間において分けられるべきであると彼らは考えるのだ。だが二百年において変化が起きた。今では、自分たちは世界の誰よりも馬について理解していると自負するようになっており、馬は第二の自分と看做すようになったのだ。

キャムデンは次のように言う。「征服者ウィリアムは人間よりも獣を愛していたので、彼の獣に対して手を出してくる者には重い課税と懲罰を与えた」。サクソン年代記では「彼は大きな鹿をあたかも自分の父のように愛した」としている。そして裕福なイギリス人は、己の能力に従い彼の例に倣い、耕作地や共有地に侵入して獣たちを保護させた。野兎を撃つよりも人間を撃つ方が安全である、というイギリスの諺がある。厳格な狩猟法は無論、馬や狩猟者に対してイギリス国民が異常なまでの共感を抱いていることを示す。紳士たちは常に騎乗していて、馬たちを理想的な完璧な姿にした――イギリス競走馬は人工的に拵えられた品種である。二十、四十の騎乗した紳士たちが、屋根のような急勾配の丘をケンタウロスのように駆け降りていく姿がよく見られる。宿屋のどの部屋も競馬の絵が架けられているのが見受けられる。電報は毎時間、ニューマーケットやアスコットの競馬場の勝負熱を報道し、下院は「ダービーの日」として休会とする。

# 第五章：能力

サクソン人も、ノルマン人も、どちらも北欧人である。歴史はこれらの名称を正確に使うための限度を決めることは許さない。だがこれらの人間の一部がフランスに住んでいたこと、フランスの力強い土壌が彼らの血や風俗に何がしかの影響を与えたということから、ノルマン人はイギリスにおいて貴族主義として、サクソン人は逆に民主主義としてそれぞれの代表として一般的に看做されるようになった。そして確かに両方の人種から貴族も労働者も輩出されていることは疑いないが、それでも多少なりとも神話的に、片方が労働者、もう片方が享楽者の象徴としてその名前を使用せざるを得ないものと考えている。

この島国は最良の人種に対して与えられた賞品であった。支配的な人種が交互にその運を試した。フェニキア人、ケルト人、そしてゴート人はすでに試していた。そこへローマ人がやってきたのだが、その時点において彼らの運勢は絶頂に達していた。自分たちに取って代わる新たな人々に目を向けた。ローマ人は軍隊を上陸させて、野営地や要塞を築いた――やがてイタリアから悪い報せが届き、それが年を追う毎に酷い知らせとなった。ついに、道路と城壁をそのままにしたままイギリスから去っていった。だがサクソン人は真剣な態度でこの国に身を落ち着け、ゲルマン的な誠実さと粘り強さによって建築し、耕作し、漁をし、貿易をした。その後デーン人がやってきて、国を分割した。最後は、ノルマン人あるいはフランス系デーン人がやってきて、正式にそこを征服し、略奪し、統治した。だが一世紀すると、サクソン人が最も底力と長寿に富み、敗者が勝者に対して自分たちの言語を話させ、法律や慣習を受け入れさせたという事実が判明することになった。また王の直臣にサクソン族の条件をノルマン族の国王に飲ませるように要求した。そして一歩一歩、市民の自由において必要不可欠な安全性を全て生み出していき、それを設定していった。人種と場所の両特性の働きによってこの効果をもたらした。この島国は自由な労働という点では恩恵があるが、他の点では所有する価値はない。サクソン人たちはとても知性的な人種であったから、封建的なあるいは軍事的な土地所有は戦争の間しか続かなかった。サクソン人とデーン人の力は戦争において徹底的にやっつけられたので、イギリス的な名前を持つ者は農奴であるのと同義であったが、だが彼らの猛烈な活動力という国民性の強い特徴によって、国王たちから特権を奪い取ったほどである。分別と経済によって形成されている世界は分別と経済の点で世界の支配力を持っていなければならず、そして銀行員が年七パーセントの利子の貸金によって伯爵を城から追い出すのだ。軍人の高貴さも抜け目のない学問人の集団を圧迫することはできない。百代の家系も、製粉場で蒸気を使う紡績工場主に対しては何ほどのものだろう。或いはスティーブンソンとブルネルが蒸気機関車や管式の橋を発明したような、恰幅の良いリヴァプール商人の一団に対しては何ほどのものだろう。

これらのサクソン人たちは人類の手である。彼らは労苦を好み、快楽や憩いを嫌悪し、遠い将来にある利益については望遠鏡を眺めるように認める。富を築く者である――そして彼ら独特の要素を有する精神力によってそれを成す。サクソン人は自分の好みに基づいてか、あるいはただ自分のためだけに労働する。そしてサクソン人を働かせるように仕向け、不毛なイギリスから巨大な価値を抽出するようにさせるためには、あらゆる不名誉、束縛、障害を取り除かなければならず、それによって彼らのエネルギーが駆動し始める。

北欧人は自分たちが小人のトロール人たちによって包囲されていると考えた――トロール、それは一種の小鬼で、多大な労力と巧みな生産力を持っており――天来の船荷の積み卸し、大工、刈手、鍛冶屋、そして石工であり、何らかの親切心が示されれば彼らは迅速に黄金と銀の贈り物と共にそれに報いる態度をとる。イギリス歴史全体を俯瞰してみると、この夢は実現している。ある種のトロールや活動的な頭脳の持ち主が、アルフレッド大王、ベーダ、キャクストン、ブラクトン、カムデン、ドレイク、セルデン、ダグデール、ニュートン、ギボン、ブリンドレイ、ワット、ウェッジウッドといった人物の名の下に、イギリスというトロールの山に居住し、顔の汗を力と名声へと変貌させていく。

人種が優秀なら、場所もまた優秀である。この魔法がかけられた島に上陸した者で、その魔法にかからずに済んだものはいない。不毛な砂利地や辛辣な天候の魅力は全ての冒険者を労働者へと変化させた。この島に辿り着いた放浪者は皆、利益という軛に首を突っ込むか、あまりに大気が張り詰めていてどうにもならなくなるかのどちらかとなる。強者は生き残り、弱者は地面に埋葬される。イギリスの放蕩者や飲んだくれでさえ、肌は他の国民に比べて硬い。激しい気性がサクソン人とサクソン＝デーン人によって形成され、これらに触れることができたフランス人やノルマン人は、あらゆる点において馴化させられた。

イギリスにおいて生み出された全て申し分なく便宜に適った手段は、イギリス人種の拡大していく精神の成長か、或いは不可抗力的な生物と看做さなければならない。そのような頭脳を持つ人間が考え、行動するのだ。そして隣人も、譬えそれが金持ちだったり男爵や公爵と呼ばれていたとしても、同じような頭脳を与えられているのだから同じような考え方をする。そして自分の家来や小作人の考え方や行動の正しさについては喜んで認めるのだが、それが男爵的な公爵的な意志として大いに抵抗感を感じるにしてもだ。

古代、この島国はマスティフ犬の産出で有名であった。その犬は実に獰猛で、一旦その歯で何かを噛んだら、首を切り落とさなければ離れなかった。その島国の人間はこの犬のようだった。彼らは神経質で胆汁的な気質を持っていて、それは医者の伝えるところによるとそのような気質の持ち主は他人の意志に屈服することにあらゆる手段で抵抗するとしている。イギリス的な競技は力と力の取り組みで、足場を固めていき、開かれた場所で正々堂々と勝負する――

策略や誤魔化しもなく、最終的には片方か両方が粉砕されることになる。エテルワルド王はウィンボーンに身を置いて「ここで生きるか、ここで死ぬか、二つに一つだ」と言った時、自分の人種の本音を述べたのだ。彼らは術策や狡猾さを嫌い、毒も待ち伏せも暗殺もすることはない。湿布が必要になるくらいに互いに殴り合い、そして互いに握手をし、残りの人生の間ずっと友人になる。

これらの蛮族的な気風は学校で、地方の市で、選挙演説壇で、そして議会において見られる。策略はなく、真実で公平なやり取りが破られることなく——秘密投票すらこの島では行われることはない。野党の戦術は、政府のやること成すこと全てに仮借ない攻撃で抵抗することである。そして取引商売において商人は利益が見込まれることが彼にとっては大事なことであるが、騙されることはそれ以上に屈辱的なものである。

サー・ケネルム・ディグビー、彼はチャールズ、ジェームズの両王の臣下であり、イスケンデルンの海戦において大きな勝利を収めたのだが、当時のイギリス人の典型であった。「彼の体格は見栄えが良く堂々としていた。話し方も洗練していて物腰にも気品があったから、彼が世界のどこかの場所に雲から降り立ったとしても、どこであれ彼は尊敬を集めたことだろう。彼は六カ国語自由に話し、文芸と軍事における名人であった」。サー・ケネルムは『肉体と精神について』という本を書き、そこで次のように述べている。「三段論法は人生の多様性を生み、いやむしろそういった人生そのものである。それは我々の営み全てにおいて辿る足取りである。人間は、人間である以上、そういった鎖を繋げていくだけのことしかしない。何をするにせよ、この営みから逸脱するのなら、それは人間性に欠けたものとなる。或いはもしこの範囲を超えて、様々な種類の外的な営みを行うようになるのなら、逆にその技法、原因、規則、制限そしてその範を簡単な推論の連鎖の中で見出す」

この言葉にイギリス人の真髄が込められている。イギリス人は論理的でなければならない。論理に反するような利益についてはほとんど歓迎しない――あたかもそれを受け取ることは自分たちの美点を排除してしまったり、自分たちの知性をぐらつかせてしまうように。連想する能力が多大な精神には警戒心を払うのだが、それは自分たちの思考と関連したものを見ることは連続した一貫性や有益な集中力を損なうのではないかとして本能的に恐れるからだ。天才や省察することに夢中な精神に対しては我慢がならず、思考の逆りが譬えどれほど規則に適っていようと、自分たちの通例の原則に当てはめることができないなら軽蔑心を隠すことができない。また三段論法が三段論法のまま終わるのをよしともしない。なぜなら事実に格別な目線を向け、そして彼らの抱く論理はスープには塩を、釘にはハンマーを、ボートには櫂を添えるものであり、それは料理人、大工、化学者の論理であり、口先だけではない、自然に従う論理なのである。彼らの精神は自分の使う手段によって眩惑される事はなく、結果に対して繋ぎ留められている。学校の教師であったサミュエル・ジョンソンのように、自分の大前提が危うくなると三段論法から飛び出して、どんな危険を犯してもそれを救おうとする人間を愛する。彼らの実用的な視野は広く、多数の糸を手に持ちながら縺れさせることなく駆使していく。あらゆる段階を彼らは順序よくこなしていく。だがその際は小前提や大前提をごちゃ混ぜにすることのない優れた論理性を添えながら行う。彼らが用いる何種類かの方法のために起こる混乱と遅延の中にあっても決して目標を見失うことはない。精神においてはあれやこれやのことを受け入れるだけの余裕があるのだ――程度ある学問。法廷においては、判事の独立と原告の誠実さは等しく達成されている。議会においては、自由の主たる着想、立憲的な反対がある。そして法廷や議会が共に耳を貸さない場合でも、原告は沈黙しない。冷静に、辛抱強く、彼の防衛手段は来る年来る年、計算や見積もりを添えながら苦情を頑固に何度も訴えることである。だがその間、彼が自分の主張に支持者や金を取り付けることができながらも、もはや万策尽きた状態にあるのなら、心の奥底の憲章には改革する権利を行使できることが定められている。イギリス人は彼らの法案が通過することをその目で見ようとし、敗北の時を重ねながらもそれに固辞するのだ。

このイギリス的な論理に正義が注がれていくのだが、これは他の国民に比べて最も明確な形を取る――事物には二つの側面があると考え、公平な判断を望むという強い決心がその正義である。あらゆる論点において、主張した側はその主張の根拠を示そうとする。彼らは一つの論理に対しては不敬虔なまでに懐疑主義だが、事実に対しては完全に屈服する。譬えそれが機械であれ、勅許状であれ、リング上の拳闘者であれ、選挙演説台の立候補者であれ――イギリス人の世界では判決が下されるまでは判断を保留にするのだ。言葉の文句によって先導されることはなく、彼らが求めるものは実務計画、作動している機械、実用的な憲法なのであり、判断が下されるまでじっくり腰を下ろし、その論点に固辞し、先入観ある論理については全て拒否する。政治においても質問を率直に投げかけ、それに応えないわけにはいかないのだ。一体誰が税金を払うべきなのか?貿易のためにはどうするのか?麦はどうするか?紡績はどうするのか?

こういった奇妙だが公平な態度はフランス人たちを驚かせてしまう。フィリップ・ド・コミーヌは言う。「私の意見として、私が知っているあらゆる主権国家において、公共の利益が最も重んじられ、国民に最も圧政が加えられていないのは、イギリスである」と。生命は安全であり、個人の権利は保障される。安全がない自由が一体何だというのか?他方でフランスでは「博愛」と「平等」と「完全な統一」は暗殺のための名称である。モンテスキューは「イギリスは世界で最も自由な国である。仮にイギリスで人は自分の髪の毛の数ほどのたくさんの敵を持っていたとしても、いかなる危害も加えられることはない」と言った。

彼らの自尊心、因果関係に対する誠実さ、目的を達成するための現実的な論理や手段の取捨選択、これらが彼らに現代世界における指導力を授けたのだ。モンテスキューは「本当の意味で良識を備えているのはイギリスで生まれた人だけだ」と述べた。この良識は地上の生活のあらゆる条件を知覚するものであり、法的に明文化しているものもあれば不文律もあり、実践を通してでしか取得できないものであったりして、軋轢を宥めるために形成されるものである。彼らは不敬虔なまでに理論に懐疑的であり、高度な思想の面では痙攣してしまっており何も生み出すものがない。だが事実に対して無条件的に屈従をすること、そして目的を達成するための手段の選択は、蟻や蜂のように実に感嘆すべきものである。

国民の最も優先するのは実益である。彼らは梃子、ねじ、滑車、フランドル産の荷馬車馬、滝、風車、潮流を愛する。王冠の宝石と共に輝くダイアモンド「光の山【Koh-i-noor】」以上に、人間よりも賢く、極が世界の極へと向かい、世界の軸と平行した軸を持っている磁石を愛玩する。そして、イギリス人の玩具は蒸気と直流電気である。美術に関しては不器用だが、粗野なものを取り扱うのは長けている。宝石やモザイクには優れないが、製鉄業、鉱山業、羊毛梳業、製革業者に関してはヨーロッパで最も優れている。農業、排水、波、風、砂嵐、冷たく湿った心土を妨げる術を心得ている。また漁業や重要な必需品の製産――塩、黒鉛、皮革、羊毛、ガラス、陶器、煉瓦――養蜂や養蚕にも熱心である。そして堅実に組み合わせていくことによって成功していくのだ。工場主が夕食時に着ている衣装は、朝日の時は羊の背中についていた羊毛であった。紳士に招待されて食事をすると、鹿肉、雉、鶉、鳩、鶏、キノコ、パイナップルをご馳走されることになるが、これらは全てその所有地において採れたものである。家や畑に自分たちの全ての道具を整えておくという点では実に几帳面な主人たちである。全ては整然と管理されている。足りないものはなく、無駄なものもない。自分たちの棲家の建築法や間取り、着ている衣装においてその便宜性や適合性について心得ている。フランス人は襞飾りを発明したが、イギリス人はシャツをそれに加える形で発明した。イギリス人は顎の下にまでボタンがかかる合理的で、手触りは粗いが丈夫で長持ちする織地によってできたコートを身につける。もしその人が貴族であるとしても、平民より少しばかり粗末なものを身につける。彼らは地味だが頑丈な帽子、靴、コートをヨーロッパ全土に広めていった。彼らは自分の実用のためにそれに気づいたり思い出すことができないくらいにその人にとても合っているものを、一番優れた衣装していると考えている。

イギリス人は自分たちの食事、技術、生産の本質的な要素をしっかりと捉える。使う刃物類のその形状には職人としての思慮と長い経験が鮮明に現れている。適切な事物に対して彼らは出費をし、例えば蒸気船では機関の堅固さと船の頑強さにかける。北極用の船舶における申し分ない装備品が積まれていることによって、ロンドンが極地へと運ばれる。彼らは道路、水道、暖かく通気性のある家を築く。そして現代文明において直接に実用的な慣習を形成した。

貿易において、破産するはずのない人は決して破産しないと考えていて、また貿易を何よりも大事なものと捉えないのであればその人は何も獲得できないとも考えており、このような考え方において行動する。体系の真髄、詳細な部分に注意しそれを優先させること、そしてあまりに神経質にならないこと（このことはドイツ人において見られる）、これらのことが仕事の面で彼らの手際の良さの原因となり、イギリスの商業力が形成されていく。

戦争時においては戦力に目を向ける。彼らのゲルマン系の祖先であるキウィリスと意見を共にしていて、タキトゥスによればキウィリスは「神々は最も強い者の味方である」ということを信条としていたとされる。――この言葉はナポレオンが「摂理は常に最大級の大軍を寵愛した」と言った時、無意識的にキウィリスの言葉を翻訳したものである。進撃する縦列が防衛する側の者よりも重さの面で勝る場合、防衛側は壊滅することになると軍事学において言われている。それ故ウェリントンがスペインに出征していた軍に加わった時、全ての兵員を最初は武装した状態で、次に武装を解除させた状態でその体重を測った。兵力とは個々の兵士たちの重要と力に依拠するのであり、大砲は関係ないとした。パーマーストン卿は下院において、イギリスの軍隊は世界の他のいかなる軍隊よりも健康面と快適さにおいて最も配慮されているのであり、それ故に戦の日において戦場で他のどの軍隊よりも多くの兵士を戦列に加えることができると述べた。バルト海のデンマーク要塞を攻撃する前に、ネルソンはボートに乗りながら海峡を測量するという骨の折れる仕事を来る日も来る日も行なっていた。クラーク・オブ・エルディンの有名な海上戦線の突破術について、ネルソンのダブリング術、つまり味方の船舶を二隻、敵艦の船首と船尾に配置するという戦術は、ナポレオンの船舶集中の海戦術を単に置き換えたものだけであった。コリングウッド卿は自分の部下に、五分以内に三回舷側をしっかりと狙い撃つことができれば、いかなる船舶もそれに対抗することができないと述べたものだが、それの継続的な実践練習により三分半に三発当てることができるようになった。

だが自分たちより優れた人種はいないことを認識しているので、大抵最も単純な手段を用いる。考え抜いた複雑な戦術は好まず、個々の戦闘者の強さ、勇敢さ、忍耐強さにおいて勝利がある一騎討ちの戦闘を好む。索具、機関、武器の発展のためにはあらゆるものを採り入れるが、根本的な部分としては、海戦における最良の戦術は敵艦に味方の船を近づけ、一斉放射を相手が沈没してしまうまで浴びせるという点にある。これは昔からある戦法ではあるが、イギリス内外問わず決して時代遅れになったりすることはない。

革命をもたらすものは、栄養や宗教的信仰心ではなく、また血を流したくなるというような気まぐれめいた望みでもない。それは普通は財産、そして財産によって計量される権利である。イギリス人はネイティブ・アメリカンが好むトマホーク・ダンスをすることはなく、フランス人が好むような勲章や宣誓とも無縁である。イギリス人は自分の仕事とその日の賃金について平穏に気を遣う民族である。だがもし一日の賃金や、牛、公共における権利、経営している店に手を出すようなことがあれば、最後の審判まで戦う。マグナ・カルタ、陪審制裁判、人身保護令状、高等裁判所、造艦税、ローマ教会、プリマス植民地、アメリカ独立戦争、これらは皆ヨーマンの食事の権利に関わる問題であったのであり、そしてこの権利に関する問題ではなかったのなら、イギリス国民を怒らせ反抗させるには至らなかっただろう。

このようにしてイギリス人は秩序や計算の精神性を本能的に抱えているが、もっと広い視野を持つことができることも認めなければならない。だがそれにあまりに注意を向けすぎると、大きな危険をもたらしたり、精神能力を多大に発揮しなければいけなくなる。基本的に、馬は視界が遮られている時が一番力を発揮する。コネチカット風の率直な疑問「祖国ではどのようにして生計を立てておられますか」という言葉ほど、イギリス人の考え方に合致するものはない。自由、税、特権についての問題はつまり金銭問題である。ビールや肉鍋に夢中になっている重々しい彼らは、聴覚や視覚の面で遅れをとることがある。眠そうな精神は戦争や貿易や政治や迫害の鞭を受ける必要がある。彼らは燃やされている薪や街の光がなければ、原理を十分に読み取ることができないのだ。

タキトゥスはゲルマン人について「突発的な事態においてのみ力強さを発揮し、労苦を辛抱強く行うことができない」と述べている。この高貴な運命を持ったイギリス人種が、その脳のどこかに忍耐の部屋を設けることがなかったのなら、ロンドンを建設することはなかっただろう。イギリス人の辛抱強さを形成するにあたっていかなる民族や気質を引き継いだのかは私にはわからないが、打ち込んでいく釘は一本一本固く締め付けていく。運に任せるようなことはせず、事を進めていく速度も中庸を外すことがない。骨組みに関しては多大な出費をし、その報いとしての利益をじっくりと待つ。イギリスの革は七年間もの間なめし桶に浸される。シェフィールドにあるロジャー工場において、カミソリとペンナイフの製造過程を私は見せてもらったのだが、その際に運よく良質な鉄を作ることはないと教えられた。そこの工場員たちは決して手違いをすることはなく、刃を百本つくっても千本作っても全て優れたものだとしている。そしてイギリス人の仕事は全てこのような特性であり――計画されたものは全て実行されるのだ。

トールとその仲間がウトガルドに到着した時、「何かしらの技術を身につけ、他の人たちよりもその点において凌駕するのでなければ、この場所に留まってはならない」と教えられた。同じ言葉がトールの子孫たちに対しても言われている。働く国民性であるから、全ての人間は何かある技術や細部について訓練を受け、それを完璧に身につけることを目標とする。何かの分野において他の人間たち全てを凌駕すると思うに至るまでは満足することはない。中途半端にしか技術を身につけられないくらいなら、最初から皆目やらないのだ。これほど徹底的な国民はいないと考えている。最上位の身分から最底辺の身分まで、全ての人間は自分の技術の名匠になろうと考えている。

「能力を示すということは」、それは討論で喋ることの目的であるとあるフランス人は言ったが、それに対してイギリス人は「否、車輪に肩を貸すこと――仕事を前進させるためだ」と答える。サー・サミュエル・ロミリーは公の集いにおいて発言することを拒否し、下院でのみ発言をしていた。そこでは発言や演説によって法案を追加させることができるのである。下院の進行は少人数によって成されているが、とても勤勉である。サー・ロバート・ピールは「議会報告書を全て暗記していた」わけであり、同僚や競合相手も議事録を暗記していた。文民や司法の高い職位も寝転びながらできる気楽なものではなく、恐るべき量の精神的な労力を注ぎ込まなければならない勤めなのだ。多数の偉大なリーダーたち、ピット、カニング、カースルレー、ロミリー、こういった人たちは過労死してしまう。イギリス人は優れた働き手を見抜く卓越した鑑識眼を持っており、そしてクラレンドン、サー・フィリップ・ウォリック、サー・ウィリアム・コヴェントリー、アシュリー、バーク、サロー、マンスフィールド、ピット、エルドン、ピール、ラッセルのように見つけることができたなら、尻込みすることなく自分たちの能力を発揮させることができたのだ。

彼らは公の目標の追究において凄まじい熱意を持っている。個人は学問的、古物的な探究において、ナポレオンの帝国に対抗するためヨーロッパが併合して手を組んだ時に示したのと同じ執着心を見せる。その時ヨーロッパは各国が敗退していったが、それでも再起して、やがて第六回目の同盟によってナポレオンを皇帝の身分から追放したのだ。

サー・ジョン・ハーシェルは自分の父の北半球から見える星々の一覧を描いた作品を完成させるために、自国から立ち退いて何年もの間も喜望峰に滞在して、南半球の星々の書き込みも完成させ、祖国に戻り、それをさらに八年以上かけて編纂した――その完成した作品の価値が発揮されるまで三十年かかり、そしてそれがあらゆる時代にとってこの上なく重要な価値をもたらすようになったのだ。海軍省はサー・ジョン・フランクリンを探し出すために北極の遠征隊を毎年派遣し、やがて北極の浮水群とベーリング海峡をも通過することができ、地理的な問題を解決した。エルギン卿はアテネでギリシアの遺物としての壮大な遺跡を目の当たりにして、碑文を省みずに足場を作り、収集に五年間費やしてから、大理石を船に乗せて持ち帰ろうとした。その船は岩にぶつかり、底に沈んでいった。それでも莫大な出費をして潜水者の助けを借り全部海から引き上げて、ロンドンへと持ち帰ったのだ。その時彼はヘイドン、フュースリー、カノーヴァ、その他の世界中の優れた頭脳の持ち主たちによって拍手喝采を受けようとは思いもしていなかった。これと同様の事例として、サー・チャールズ・フェローズによるクサントス記念碑の発掘と研究がある。さらにレイヤードもニネヴェ彫刻を世にもたらした。

国民は自分たちが築いた広大な街に座り込んでおり、そのロンドンが皆の精神にまで拡がっているのだが、他方で彼はヴァン・ディーメンズ・ランドやケープタウンにおいて生きているのだ。着手したことを最後まで実行するという誠実な仕事振りという点において、自分自身を誇りに思い、それが他人と肩を並べているという証だとして他人に知らしめる。現代世界は彼らのものだ。彼らがそれを築き、日毎に築き上げていく。世界の商業的な関係性は余りにロンドンに集中的に引き寄せられていて、地球上のあらゆる富はイギリス国家の強さに献呈されてしまうのだ。そしても地球上のあらゆる富が戦争や洪水によって滅んでしまうことがあれば、彼らはそれに取って代わるものを作り出すことができるくらい優秀だということを自覚している。

彼らは己のサクソンの血をその航海的な特性によって示した。オーディンの鍛冶屋の血を引き継ぎ、鉄工業に従事する遺伝的なスキル。農業的で大量の麦の収穫によるイギリス人としての生まれ。そして卓越した能力とコスモポリタン的な精神によって居住可能な土地の中心地を占領することが出来るに至った。耕作し、建造し、鍛造し、紡ぎ織った。島国を一つの通路としたのだ。そしてロンドンを船舶、法定、記録保管所、学問的事務室としてよそ者を招聘する。政治的、信仰上の意見により国を追われた者たちに対しての聖域。そしてそのような都市で、ほとんど全ての活動的な人物、どこの国民であろうと、いつの日かイギリスを訪れなければならないと感じるようになる。

あらゆる実践的な活動の遂行において最良のものを成し遂げた。自分たちの熟練ぶりを見つけることのなかった戦争はない。ワットの汽室、スティーブンソンの機関車、ロバートのミュール紡績機、これらは世界の労働を発揮したものだ。文学、学問、実用技術において第一級の作品を記さなかった者はない。新たな発明や学問の発達による恩恵が期待されているのがイギリスなのだ。そしてこの広大な帝国の貿易と政治のその複雑さにも拘らず、緊急事態にも優れた知恵と実行力を発揮しながら対応していった。それは運なのか、それとも脳の部位なのか——商業的な利点なのだろうか、より優れた方法や恩恵ある着想において現れる光が、彼らの人種から発せられるのは。彼らは運命が付いてくる種族なのであり、バンシーは男の相続者は決して不足することはないとした。重要な仕事を全て任せられるだけ男を十二分に持っており、用心深い党派的な批評は有能な人間の選別について請け負う。イギリス人の勢力の旺盛さの証拠は、構造全体が立派に人の手によって築かれたという点にある。私は気候や地理が人工的であり、それは人の手によってその仕組みが形成されたかのようだと前に言った。同じ特性が王国全体に広がっている。ベーコンは「ローマは逆説に支配されない国」としたが、イギリスは対立と矛盾によって存在している。その偉大さの土台となるものはうねる波浪である。そして一部始終続く、変異の博物館である。この霧が立ち込めて雨が降りやすい国は世界に対して天文学的な観察を提供する。その短い川は水力を供給することはないが、土地は工場の音の轟きによって揺れ動く。重大な形を持つ金鉱はないが、イギリスの金の量は他のどの国よりも多い。葡萄の栽培は余りに北に寄りすぎているが、あらゆる国々の葡萄酒が船に積み込まれている。フランス人のローラゲ伯爵は「焼きリンゴ以外の果物はイギリスで熟することはない」としたが、オレンジやパイナップルの値段はロンドンでは地中海と同じくらい安い。マーク・レーン特報や税関報告はポープの自慢気に書かれた言葉の正しさを確証させる。

インドは椰子の実を誇るがよい
我々は涙ながらの琥珀や香しい木を羨むまい
我らの樫の木にはそれらの貴重な荷を抱え
それの木々が飾る領域を我らは手中に納める

祖国の家畜は絶滅してしまったが、人工的な品種がその島に満ちている。農業家ベイクウェは注文に応じて羊や牛や馬を創造し、不経済だと思われるものは全て省いた品種を作った。牝牛はその乳房を、牡牛はそのサーロイン肉のみを目的として作られた。畜舎にいれて家畜を太らせ養うというやり方に基づき、牛の精液工場を作り、畜舎を化学工場へと変換させる。川、湖、池は余りに多くの魚が釣り上げられたり、工場によって妨害されたりしたので、サーモン、カレイ、ニシンの卵によって人工的に満たされている。

チャット・モスやリンカンシャーとケンブリッジシャーの沼地は不健康で、小作料を払うためにはあまりに不毛な土地である。円筒形の下水土管やゴムの木の管を使って、五百万エーカーの不毛な土地が干拓され、アブラナや牧草の栽培として第一等地となった。気候も莫大な量の石炭の消費によってすでに温和に乾燥するようになったと信じられていたが、この新しい活動によって、霧や嵐もなくなったと言われている。このままいけば、イギリス全土が干拓され、再度海中から姿を現すこととなるだろう。最近取られた手段は、蒸気力を農業において導入することにあった。蒸気力もほとんどイギリス人だと言っても良い。蒸気力を議会に送り込んで、法律を制定されることもあるのではないかと考えている。彼は紡績をし、鍛造し、鋸のようにひき、粉砕し、送風するという働きを持っているが、やがて農夫に代わって排水、粉挽き、採掘、耕作をやるに違いない。産業人口によって作られた市場は農業を繁栄する産業、労働力を吸収する産業にまで向上させた。イギリスにおいては家の価値は土壌の価値と等しい。あらゆる種類の人工的な助力は天然的な資源よりも安価である。労働者割引列車が一マイル一ペニーの料金で載せていってくれるのに、誰が歩こうなどと考えるものか。都市部の高層ビルにおいては日光よりもガスバーナーの方が安い。ロンドンの全ての家は自分たちの水道料金を払う。イギリスの貿易は原産物の輸出のためにあるのではなく、加工品のため、或いは他国の加工品の粗悪な部分全てを改良させるためにある。メキシコ人のためにポンチョを、ヒンドゥー族のためにはバンダナを、中国人のためには朝鮮人参を、ネイティブ・アメリカンのためにはビーズ玉を、オランダ人にはレースを、天文学者には望遠鏡を、国王のためには大砲を製造した。

商務省はギリシアやイタリアの最高級の品を全ての製造業者が参照できるようにするために配置した。ミュンヘン、ベルリン、パリの最も称賛された作品が外国語から翻訳されて、巧みな描写によって描述された。彼らは新たな型と上品さを自分たちの織地製品、陶器、そして鉄製品に対して添加するためにイタリア中を隈なく探した。

近くで見れば見るほど、彼らの社会体系が人為によるものだということがわかる。法律は擬制の網である。財産は一枚の紙あるいは証明書によって誰も見たことがない金に対する利息の権利を証明する。社会の階級は制定法によって決められる。行政権と議員選出数の割合は慣習と法によって決められる。最近の選挙改正法案は墓場や廃墟や石壁に与えられている選挙権を取り上げたのだが、バーミンガムやマンチェスターにおける工場群はヨーロッパの戦争に対しての費用を賄ったのに、議員選出がなされていなかったという不当な扱いを矯正した。選挙制における議会の純潔さが議席の買収によって確保されている。外国の勢力は武装した植民地勢力によって抑えられており、本国における勢力は常備の警察によって抑えられている。乞食は自由な労働者よりも優れた生活をしており、その乞食よりも泥棒の方が優れた生活をしている。そして流刑になる重罪人は刑務所に投獄されている一般的な囚人よりもましな生活をする。犯罪は密輸、密猟、非国教主義、異教、謀叛のように知性的な要素が伴っている。イギリスでは野兎よりも人間を殺した方がましだと言われている。海上の主権は水兵の強制徴用によって保持されている。「水兵の徴用は、我が海軍の生命である」とエルドン卿は言う。国家の資力は国債を用いることによって維持されていて、「お前が金を貸してくれないのなら、どうして私はお前に金を払うことができるというのか？」という原則がある。司法の運営においては、サー・サミュエル・ロミリーは大法官庁における業務進行の遅延に対してとられた応急処置は、司法大臣が法廷に全く姿を現さないというやり方であった。教育上の体系もまた人工的である。大学はすでに滅んだような言語に刺激を与え、蘇らせるのである。教会もまた人工的である。社会の風俗や慣習もまた人工的である――人工的な人々が人工的な振る舞いをする――かくして全てがバーミンガム化されて、国民が芸術作品であるかのような国家が出来上がる――寒くて、不毛で、ほとんど北極的な島が、地球全体で最も実り多く、奢侈で、荘厳な土地として成り立っているのだ。

イギリスに住む人々は政治経済の産物として従う。荒涼とした沼地に工場が建設され、銀行が開設され、水門を流れ水のように人間たちがやってくる、そして町や都会が発展していくのだ。人はバーミンガムのボタンにとして形作られている。人口が急速に倍増したのはワットの蒸気機関からである。自分の土地を持っている地主は「小作人は利益にならないから羊をよこせ」と述べた。多数の家を破壊し、人を船に乗せてアメリカへと送り出す。イギリスは富の急激な獲得についても慣れている。「今イギリスにおいて存在している富の価値の大部分はここ一年において人間たちの手で生み出されたものである」というのがイギリス経済学者の決まり文句である。他方で、雨が三、四日降ればロンドンで数百人の餓死者を生み出す。

イギリス人の力の秘密の一つは十分な相互理解である。単に彼らが優れた精神をもって生まれるだけでなく、皆がその優れた精神を持っているのだ。どこの国民も何がしかの機知に優れた者を生み出したのであり、それが多数の国民のように一人だけと言う場合がある。だがイギリス人の知性的な構造は彼ら全員に知識や考え方の伝達を多大にできるようにさせる。彼らの国民的な思想に対し電撃的な力で触れられれば、それが一つの家族として融和し、個々が常に蓄積している力の集積を全ての人のために活用させることとなる。国土の小ささか、それとも人種の誇りや愛情なのか――硬い団結精神、連帯責任、そして互いへの信頼感をもたらすのは。

彼らの精神は羊毛のように、染色されれば服装よりも長持ちする。自分たちの主張を自分たちの人生よりも固辞する。これらの私人としては言葉数少ない家庭人は公共の目的に対して全ての熱意を湧き立たせることができ、その強い愛情が英雄の物語を紡ぐのだ。階級身分の違いは国民的な感情を割くことはない。デンマークの詩人のエーレンシュレーガーはデンマーク語で書いても二百人の読み手しかいないと不満を漏らしている。ドイツでは有識者の言葉と一般大衆の言葉がそれぞれ別になっていて、いかなる偉大なドイツ人作家の作品における感性や言葉も下層階級においては耳にされることはない。だがイギリスでは、貴族の言葉が貧弱の言葉である。議会、説教壇、劇場、どこでも話し手が立ち上がり己の思想や情念を語るのなら、その言葉は慣用語法的になる。通りを歩く人間が最良の言葉を最善に理解している。そして彼らの言語は聖書や慣習法、そしてシェイクスピア、ベーコン、ミルトン、ポープ、ヤング、クーパー、バーンズ、スコットから引き出されたように思える。この島国はかつて存在しなかった程の偉大な人間を二、三人産出しているが、彼らはその時代において孤立した存在ではなかった。人々はすぐにニュートンが発見したことをグリニッジ天文台や実際の航海において具現化させた。ハットンが地震について、ダルトンが原子について、ハーヴェイが血管について発見したことは子供でも知っている。そしてこれらの研究はかつては危険視されたが、今では一般的になっている。農場、貿易、戦争、芸術、文学、好古学において発明されたことも また同様である。偉大な能力は少々の巨人たちにおいて集積されるのではなく、国民一般の精神においで注がれ、いざとなった時に人は別の人の代わりに立つことができる。能力や階級によってバラバラになるよりも、特性面で団結することの方が多い。労働者は貴族にもなり得るし、貴族はバスケット職人にもなり得る。皆がイギリス的な体系を脳に抱えていて、自分に託されたことはよくわかっていて、その点において最善を尽くす。大臣は職杖によってイギリスを抱え込み、海軍少尉候補生は短剣の先端で、鍛冶屋はハンマーで、料理人はスプーンの窪みでイギリスを抱え込むのだ。馬の騎手はイギリスのために鞭をならし、水夫は「神よ国王を救い給え」で櫂を漕ぐ。重罪人すらも互いのイギリス的信条に誇りを持っている。政治と戦争において、鋼鉄の鉤で結んだように団結する。ネルソンの生涯の魅力はその無私の偉大さにある。そして自分が最大限にまで支えた人物たちによって最大限に支えられるという点にある。世界よりも数世代先んじており、他方である方面では現代精神を代表するよりもそれを構成する――冷静に握る文明と力のこの先駆性、密集行進法によって、一人一人歩んでいき、英雄の列が一万もの数に上がりながら行進していく。

# 第六章：風習

私はイギリス人が自分の地位について最も毅然として守り抜こうとするものと思っている。馬に対して抱いている評価、勇気と底力を持っているのだ。私がリヴァプールに到着した日に、ある紳士はその時のアイルランドの副総督について「クラレンドン卿は雄鶏のような勇気を持っていて、彼は死ぬまで戦い続ける」とふと言った。初日の聞いたこの言葉を私は最後の日にも聞いたし、イギリス人が尊重する唯一の価値は度胸【pluck】である。この言葉は美しいものではないが、この言葉によって表される特性は国民が皆持っているものである。御者もそれを持っている。商人も持っている。聖職者も、婦人も、新聞も持っている。『タイムズ』誌はイギリスで最も度胸のある新聞だと言われており、シドニー・スミスは大臣であり小柄なジョン・ラッセルは明日にでも英仏海峡の艦隊の指揮をとってやろうといってその名を知らない者はいない者となったとした。

相手を自分と同じ意見を持つように大胆に要求してきて、「はい」か「いいえ」ではっきりと答えることができないような事実上の臆病者を嫌悪する。虚飾なく、勇敢になって応じれば、相手は嫌な顔をするものの、命令等を破ったとしても大目に見てくれる。とにかく一目置かれなければならず、そうなることができたら、あれもこれも好きなようにやることが許される。

機械があらゆる仕事において利用され、それが完全になるまで昇華されているので、人間たちにとっては機械のエンジンと炉に燃料を与えること以外に気にしなければならないものはない。だが機械は定期的な奉仕を必要とし、それが疲労を覚えることはないから、管理人にとってはうんざりするくらいの骨折りとなるのだ。鉱山、鍛造場、工場、醸造所、鉄道、蒸気ポンプ、蒸気耕作、軍隊の訓練、警察の訓練、法廷の規則、そして商人の規則が、人々のあらゆる慣習や営みに対して機械的な規則性をもたらすように作用してきた。恐るべき機械は土地、空気、男女を自分の所有物として、思考ですら自由をほとんどなくなっている。

機械的な力と構造は国民に強い体質とそれに応えるだけの精神性を要求する。そして機械を相手にする人間はある程度の金属としての重量がなければならない。最終的には人生の激動かの暗示を察知し、君はこう言うだろう。一つだけ明白なことがあり、この国は心弱い人間が住むような場所ではない、自信無さ気に這い回ってはいけない、覚悟を決めろ、自分の道を行け、そうすれば道を切り拓け、尊敬を得られるだろう。

スペインを旅行するには優れた体格が必要だと言われている。私は同じことがイギリスにおいても該当すると考えている。だがその原因は別で、イギリス国民の逞しさと立派な腕力に対抗するためにである。これらのバーサーカーたちに対して対抗できるにはこちらがこの上なく真剣になってやり取りに応じること以外にないのだ、譬え彼らが単に卵やマフィンを朝食のために注文するだけであったとしてもだ。イギリス人は全身を使って喋る。彼の声の調子は腹から出るようにである――それに対してアメリカ人は唇のみである。イギリス人は宿泊する宿屋や道路においてもとても神経質で、厳格である。トーストや肉、その他あらゆる種類の便宜について口うるさく、何か疎かにすることがあったら我慢がならず大声で辛辣なことを言う。その活発さは、彼の物腰や息使いや、咳払いをするときに出てくる不明瞭な音にも表れ出るのである――全てぶっきらぼうな力が顕著に現れる。イギリス人には根気がある、緊急事態において主導権を握ることができる。精神的な性質と肉体的な性質の立派な調和と、全ての力が意志に対して服従することから生まれる、あの鉛のような沈着さを持っている。それはまるで彼の視軸が背骨とくっついていて、体の躯幹と常に一緒に動いているかのようだ。

このような力強さはお互いへの無関心さ、石のように冷酷な無視において現れる。皆が周りにいる人たちを気にすることなく自分らしく歩き、食べ、飲み、髭を剃り、衣装を身につけ、身振りをし、あらゆる態度であらゆる行動をする。ただ他人の邪魔をしたり、干渉したりしないことに注意を払う。それは彼が近隣の人たちの目線を省みないように訓練を受けているというわけではない――自分のことで本当に頭がいっぱいで、彼らについて考える余裕がないのだ。この洗練された国において皆は自分の便宜にのみを相談相手とするのだ、ちょうどウィスコンシンの孤独な開拓者のように。私はこれほど個人の特異性について自由に認容され、誰もそれを問題としない国を知らない。イギリス人は降り注いでいる雨の中を歩き、閉じた傘をまるで歩行用の杖のように振り回す。カツラやショールや鞍をつけたり、あるいは逆立ちをしたとしても、なんら注意は払われない。そしてこれを数世代もやって来たので、もはやこのやり方は血肉と化している。

端的に言えば、この島国の住民は一人一人が一つの島なのであり、安全で平穏で、接近不可能である。見知らぬ人たちの中で彼の姿を見かける時、耳が聞こえないのではないかと思ってしまう程である。目が机と新聞紙から離れることはない。如何なる好奇心も不相応の感情を見せることはない。彼らは皆、礼儀を学校で厳格に躾けられていて、その革具を取り外すことは決してない。彼は手を差し出すことはない。目線を合わせようともしない。紹介されることなしに相手の顔をまじまじと見ることは殆ど侮辱なのである。一般的な会合だろうと、特別な会合だろうと人を紹介しない。紹介するという事情が契約と同一視されるのである。紹介は誓約である。彼は自分の名前は言わない。ホテルにおいては、カウンターで事務員に名前を告げるときも嫌々ながら囁くように述べる。もし名刺に彼個人の住所が記載されていたなら、それは友情を誓われたのと同じである。そして紹介された時の態度は冷淡である、たとえ相手とお近づきになろうとし、どのように役立てるのかを追究している時ですら。

この印象的な活力についての奇妙な証として、私が講演をしていた時、いつもなら貧弱で、か細く、無能な人間に対して向けていた軽蔑的な言葉も、ここでは無礼だと思い、読み上げて言葉として投げ出すことが躊躇されたということがある。ここの恰幅のいい人たちはとても立派な肉体と個々の熱意が、私の想像力にそれほどまでに作用したのだ。

私がイギリスに到着した時は、たまたま商業的危機に迫っていた時だった。だが倒れる者は倒れさせておけ、イギリスは倒れるようなことはない、という様子が明らかに見られた。これらのイギリス人は千年もの間そこに居座っているのであり、今後も座り続けるであろう。解体をすることもなく、隣人たちのようなやけっぱちな革命などするに至らないだろう。というのも過去にあった多量なエネルギーと自制心を今も持っているからである。彼らを取り巻く力と財産は彼らが創り上げたものであり、この瞬間にも同じ堂々とした勤勉性を発揮するのだ。

彼らは積極的で、規律正しく、手際よく、几帳面で、日課と慣習的なやり方を愛好する。確かに真理と宗教を愛しているが、形式的な面では動じない。世界中がイギリスの宿やイギリスの家庭の快適さとその設備について称賛している。清潔さと人々の礼儀正しさを請け負うことができ。フランス人は清潔かもしれない。だがイギリス人は細々として点にまで清潔なのだ。ある種の秩序と完全な嗜みが彼の服装や所持品において見出される。

厳しくて湿った風土において生まれたことから、暇な時は必然的に家にいることになり、更に愛情深くて忠実な性分であるから、自分の家を心の底から愛しているのだ。もし金持ちなら私有地を購入し、邸宅を建てる。もし中流なら、家に対しての出費は惜しまない。家の外は植物でいっぱいであり、家の中は板張りが施され、彫られ、絵画が多数架けられていて、立派な家具でいっぱいである。家を飾りそれを発展し続けることは何にも増して強い情念が込められる。この家にはあらゆる珍しく高価なものが持ち込まれる。そして親子一緒に同じ場所に居続けるという国民的傾向があるので、時間が経過していくと、そこは代々の財産、贈り物、一家の冒険や武勲としての戦利品が並べられる博物館となる。銀の皿をとても好んでおり、譬え先祖の肖像画が並ぶ陳列室はなくとも、パンチボウルや深皿は持っているのだ。立派な家庭には信じられないくらいの皿の数があるのだが、最も貧しい家庭においても何らかのスプーンや鍋、教母からの贈り物があり、かつての栄華の名残を示す。

イギリスの家庭は少人数によって構成され、若者から老齢の者まで互いに数フィート離れながらずっと動き回っているので、その様子はまるで外科医が使う透明な紐によって縛られているかのようで、シャム人の双子が頑丈な軟骨帯によって繋ぎ合わせられているようである。イギリスではゆとりと文明という好ましい条件の下、世界で最も優れた婦人を創出する。そしてイギリス人の男性は愛情深く真心を備えているから、婦人たちは彼らを活気たたせ、気品を添えさせる。両性の恋愛関係と双方の態度ほど、空想的になることなく繊細で、堅固で自然や感性に基づいているものはない。一五九六年の歌では「イギリス人男性の妻は祝福を授けられている」という歌詞がある。『シンベリン』のイモージェンの感性は正にイギリス人そのものである。そしてブルータスの妻のポルキア、ケイト・パーシー、そしてデズデモーナのような女性もまた同然である。恋愛物語もルーシー・ハッチンソン夫人やラッセル夫人が示したような高貴な感情の高みには達し得ず、またピープスの日記にある平凡な散文においてみられるイギリス妻の神聖な習慣にも及ばないのだ。サー・サミュエル・ロミリーは自分の妻の死に耐えられなかった。全ての階級が気高くて愛情深い例を示している。

家庭に対する愛情は国民の枝を広く高く広げることを可能にさせる主根である。貿易と帝国の動機と目的は、国民の家庭の独立と私生活を守ることにある。家族関係に注意を集中させることほど彼らの風習を著しく示すものはないだろう。家庭への愛情は宮廷や戦地にまで及んでいる。ウェリントンはインドとスペインと自分の軍隊を管理し、よき家庭人のように戦い、借金を返済し、そしてスペインにおける軍隊の将軍ではあったのだが、公の債権者を恐れて外を歩くことができなかった。家庭や教区としての美点を発揮することはつまらなく愚かな側面も無論ある。コベット氏は一八一〇年の総理大臣だったパーシヴァルの圧倒的な人気について、次のように説明している。つまり、彼は毎週日曜日に教会に行き、大型四折版の金色の祈祷書を片方の腕に抱え、そしてもう片方には妻がぶら下がっていて、その後ろには長い列を成す子供がついてくるのだ。

イギリス人は自分たちの古い慣習、衣装、華美な行列、カツラと職杖、王笏と冠を大事にする。中世の時代が未だにロンドンの通りに潜んでいる。バースの騎士は、負傷した婦人たちを守ために誓いを立てる。金の杖を持つ侍従たちはなお生き残っている。女王の戴冠式では十一世紀の儀式がもう一度執り行われたものである。土地の世襲は彼らにとって普通である。官職、農場、貿易そして伝統はかくのように受け継がれていく。借地契約は百年も千年も続く。奉公や共同経営は生涯の間ずっと続くか、世襲である。「ホールドシップは私のところに来てから二十八年経ち、私の仕事も本も全部知っているよ」とエルドン卿は言う。使用年数が相応に経過しているというだけで許せる。ワーズワースはウェストモーランドの小さな自作農について「これらの丘の慎ましい息子の大多数は、自分たちが耕している土地が自分と同じ名前と血を持つ人々によって五百年以上所有されてきたことを自覚している」と述べている。工廠の船大工、宮廷お抱えの庭師や門番は祖父と父と息子で百年以上そこで仕事をしている。

イギリス人の力は変化を嫌うという点にも存在している。理性を実践させるのは苦手で、何においても自分たちの記憶にまず頼る。そして不平となる点を何かしら取り除き、より優れた実践方法を定めると、すぐにこれを最終的なものとして定め、それを変化させようとする意見に耳を傾けようとは思わない。

全てのイギリス人は潜在的に大法官である。彼の本能は先例を探し出すことを駆り立てる。彼らの法律において好んで用いられる言葉は「人間の記憶に遡るも、否定されることなき慣習」である。貴族は「我らは変化を欲さず【Nolomus mutation】」と言い、ロンドンっ子たちはよそ者が何らかの慣習についての理屈について問われると「それは、今までずっとそうだったのですよ」と答える。革新を嫌う。ベーコンは彼らに対して、時間が正しい改革者だと述べた。チャタムは「信頼は生長の遅い植物だ」と言い、カニングは「時と共に進む」と言い、ウェリントンは「習慣は先天的性格の十倍の力を持つ」と言った。これらの政治家は皆慣習の潮流について抵抗しても無駄だということを骨身に染みて理解しており、この理解力の鈍さ、尻尾を捉えることの不器用さを隠すために様々な立派な表現を発見してきた。

貝殻はイギリスにおいての国家の紋章であるべきである。それは波上に築かれた力を象徴するだけでなく、イギリス人が堅固に出来上がっていることも表すからである。イギリス人はタカラガイやアッキガイのように出来ている。トゲと渦巻きが形成された、或いは形成すると共に、液汁が滲み出てきて、硬いエナメル質が全身を覆うのである。礼儀作法の維持は清潔な下着の如くである。どのような美点もこの不足を補うことはなく、同時にそれさえあれば何にでも代用できることも時折ある。「それは悪趣味だ」というのはイギリス人に発音できる最も恐ろしい言葉である。だがこの漆器も、彼らにとってとても値が張るものである。ある種のイギリス人には散文的なところがあり、その木のように死んだ感じがあるという点では他の国民を凌駕するものである。声の自負心と形式主義的なところにはどこか悲しげなところがあり、まるで「全ての希望を捨てよ」と言っているかのようである。この礼節のジブラルタルには、中庸的なものは塹壕に囲まれ、強化され、堅固無比となる。上流のイギリス人はいわば記念本のようなもので、上質の羊皮紙が装丁され、分厚い加熱プレスの紙に美しく刷った版画が多く挿入されていて、貴婦人や王子が手にとるには似つかわしいものだが、中身を読んだり記憶したりする価値のないものである。

厳格な作法が宮廷と田舎家を支配する。ピアニストのタールベルクがある晩にウィンザーにおける私的な催しで女王の面前である晩演奏していると、女王がその演奏に合わせて一曲歌った。このことは噂として広がっていき、やがてイギリス全土の端の海から端の海まで震え上がらせた。この不作法が繰り返されることは二度となかった。冷淡で控え目な風習が広まっている。いかなる熱狂もオペラを除いては許されていない。はっきりしたものは全て避けられる。一室では注意をひかない声色が要求される。サー・フィリップ・シドニーはイギリスの守護者の一人だが、彼についてウォトンは「彼の機知は調和の尺度である」と述べた。

気取ったり威張ったりすることは徹底的に嫌われる。イギリス人は衣装や物腰において極度なまでに地味である。気取ることを避けて事物の核心に一直線に向かう。ナンセンス、感傷主義、大袈裟な表現を嫌う。出来る限り平凡なものを使う。洒落者として有名だったブランメルでさえ衣装は極めて簡素なものであった。公事では大袈裟な劇場的なものは全て避けようとし、私事では簡潔で核心を得ることを尊重した。

イギリスのような貴族的な国家においては、陪審員制度ではなく晩餐会こそが重要な制度である。見知らぬ者を食事へと招待する事は敬意の表明である――そしてそれが数百年と続いたのだ。一五〇〇年のヴェネツィアの旅行者は言う。「食事会に他人を招待したり招待されたりすることほど、名誉を与えるあるいは授かることはないと考える。そして苦境に陥っている他人を助けるためにわずかな額の支払いも惜しむが、ご馳走をしてもてなすためにはその数十倍の金額は喜んで出す」。晩餐は一日の終わりに用意され、家族での食事時間はロンドンでは大抵は午後六時だが、食事に招待された人間がいた場合一時間か二時間遅れて摂る。家族含め皆が夕食のために正装する。招待された客は招待状に記載された時間から半時間以内に到着する事が期待されていて、それよりも遅れてやってくることは死や負傷でもなければ許されない。イギリス的な晩餐は、大西洋岸の都市における晩餐の正にお手本となる。客は一時間か二時間座り、その後婦人たちが食卓から離れていく。紳士はさらにもう一時間、葡萄酒を味わいながらそこに残り、その後客間にいる婦人と合流してコーヒーを飲む。正餐はテーブルトークの才覚を生み出し、その才覚は極致の完全性にまで至る。その話は余りに見事であり、話の仕方も素晴らしいものから前にも話されたに違いない。ここでありとあらゆる聡明な話題が取り上げられる。通俗科学、実用的な発明、雑多な気質、政治、文学、個人の話、鉄道、馬、ダイアモンド、農業、園芸、養魚そして葡萄酒。

　イギリス的な話、洒落、そして机上において話された機知の記憶、フランスの最高級のそれと劣らないものだ。アメリカで私たちは理解力が優れている方だが、それでもイギリスと同じだけの完全性にまでは届いていない。ロンドンが引き寄せる多様な国民、そして様態の著しいコントラストは起伏に富んだ地方が絵模様ある風景を作り出すように、社会の絵模様を描き出す。他方でアメリカにおける普遍的な画一性は大草原のように精彩を欠いたものである。そして第二に、日が暮れて毎日行われる正餐の習慣は全て美点を蓄えて、利点を生み出す傾向を持つのである。多数の摩擦が全ての文章を弾丸に変えてしまった。そして時には洗練された人間とも出会うこともある。その人は全てを知っていて、全てのことを試し、何でもでき、文学や科学よりも相当優っている。彼らにやれないことなんてあるだろうか、もしやろうとすれば？

# 第七章：真実

チュートン族は心に国民的な誠実性があり、それがラテン人種との対照を成す。ゲルマン系の名前は誠実と正直の意味合いが込められている。彼らの芸術がそれの証左である。聖職者にしろ俗人にしろ、古い彫刻や挿入画付きの祈祷書にみられる顔は熱心な信仰心が込められている。この遺伝的な誠実さに、商売上における几帳面さや正確さについて加えてみると、そこにイギリス的な真実と信用が生まれるのである。政府がその取り決めを厳格に果たす。臣民たちは政府の些事についてはは理解しない。約束に対して何らかの不履行が生ずれば、かつての君主大権の時代においても、国民は到底認可できぬ不満として憤怒した。そして現代においても、政府の政策的誠実さに衒うものや、財政問題において公債支払い拒絶や不正事件が起きると、全国民は調査改革委員会を開催させる。個人においてはどれほどの些事に思われることにおいても約束が守られる。ふと出た言葉も備忘録に記され、土地台帳の如く抹消不可能である。

イギリス人の実践的な力は国民的な誠実さに基づく。真実に対する愛は本能から湧き起こり、優秀な組織を打ち立てる。自然は幾つかの動物には力を与えなかった埋め合わせとして狡猾さを授けた。だがこのことは他の動物全ての悪意を買うに至り、あたかも公然たる誤謬に対する復讐者であるかのようになった。より高等な種族たちにおいて力は金で購入することが可能なのであり、真実こそが社会状態の礎であるからそういった種族は真実に対して忠実であるのだ。人間と争うことを止めない獣であっても、互いに裏切ることはしない。「狼は獲物の貯蔵場を作り仲間をそこに連れてくるが、もし掘り返して獲物が見つからなかったなら即座に問答無用で八つ裂きにされる。イギリス人の真実性はもっと健全な動物的構造の結果に依るものに思え、まるで金銭的なやり取りが可能であるかのようである。彼らは考えていることについては素直に話し、約束をしようとはせず、他人とも率直な取引を求める。それ故仮面をつけた人物とのような取引をする必要はない。真実を知ろうではないか。誰とどこでやり合うことになろうとはっきりした線引きをしよう。アルフレッド大王、国民の彼への愛情はイギリス種族の典型を成すが、ノルマン人征服における書き手は彼のことを真実の話者、アルフレッド真実王と形容した。モンマスのジェフリーはアーサー王の伯父、アウレリウス王について「何よりも増して彼は嘘を嫌った」と述べた。北欧人グットルムはオラフ王に「王の言葉を実現することが王の仕事だ」と述べた。一家の訓言は訓戒的な言葉により成り立っており、例えばフェアファックス家の言葉はフェアファック【Fare Fac】、つまり言行一致である。ファインズ家の言葉は、言葉は契約である。ド・ヴィアー家の言葉は Vero nil verius、つまり真実以上に真実なるものなし、である。自分たちの言葉を支配する王であることが、彼らの誇りである。隠語についてもその意味を明かす場合でも「英語だとこれは……」と述べる等々。そして嘘をつくことは最大級の侮辱である。最底辺の人々の使う言葉は「誓って」【honor bright】であり、俗的な称賛は「彼の言葉は彼の絆と同じくらい固い」である。誤魔化したり言い逃れたりすることは嫌いであり、そのような意味合いを混ぜ合わせることは世論において徹底的に叩かれる。フランス的な教育を受けたチェスターフィールド卿ですらも、紳士を定義するにあたっては、真実が紳士の特徴であると断言した。そしてこれほど国民から称賛を得られた言葉を彼はかつて語ったことがなかった。ウェリントン公爵はフランスの将軍ケレルマンに対して、イギリス将軍の言葉は信用してもいいという言葉を述べたが、それは彼自身がその発言を裏付けるだけの資格を持っていた。イギリス人はあらゆる階級において、この特性において自分たちを評価し、それは真実であるよりも礼儀正しいと一般的に思われているフランス人とはこの点において違うものと考えている。イギリス人は控え目に物を言い、最上級の言葉の使用は避けて、賛辞の使用も自らを抑制し、フランス語においては嘘をつかずに発言することは不可能であると主張する。

富、権力、もてなしにおいても現実のものを愛し、仮面を被ることは中々なく、ありのままを見る。装飾を好まず、仮にそういったものを身につけるとしても小宝石となる。エリザベス女王治世下の婦人である老フラーの書いた「偽の宝石や贋作の真珠のペンダントを身につけることと同程度に、嘘を我慢して飲み込んだ」という文章を喜んで読む。土地所有欲、つまり所有物としては土地を好むが、このことはチュートン人の特徴であると言われる。建築は石造で、公私の建築物は堂々していて耐久力がある。ドックや官庁をアメリカのそれと比べると、アメリカ人が一ドルを消費するところに彼らはその数倍の一ポンドかけると言われている。地味だが高価な衣装を着て、家庭用品も地味だが金のかかるものを使用し、彼らの家や所有物も地味だが高価な仕上がりとなっていて、これがイギリス的真実性を特徴づけるものである。

彼らは互いを信頼し合い、私的なことを話す――イギリス人はイギリス人を信用する。フランス人はこのような卓越した廉潔心について痛切に感じる。イギリス人は尊敬を得るために罠を張り巡らせるようなことはせず、誠実に仕事をこなすことに注力している。フランス人は虚栄心がたっぷりとある。スタール夫人は、「イギリス人はナポレオンを苛つかせたが、それは主に誠実なやり方で成功をもたらす術を見出しているからだ」と述べた。彼女は外国読者のイギリス人がこのような特性についてどれほど広範囲に適用させているのかに気づいていなかった。ウェリントンはナポレオンの採った行動の破滅について、己の廉潔さによって見抜いた。ナポレオンの帝国が嘘に塗れていて戦争によって命を繋いでいることを見て取るや否や、彼は帝国の没落の予兆を感じた。もし戦争がその結果として新たな貿易や、より優れた農業や工業をもたらさず、むしろ単なるゲームであり花火と見世物であるのなら――どんな繁栄もこれを維持することはできないだろう。ましてや、フランスのように、強制徴用によって人口が大きく失われ、財政も逼迫した国であるのなら。それ故ウェリントンはリスボンにおいて軍事的営みとして多数の年月を費やして骨折り、そしてそこを本拠地としてワーテルローまで巨大な戦線を伸ばし、同国のイギリス人と彼らの三段論法を信じ、ヨーロッパ中の大言壮語を全て無視した。

モントリオールの聖ジョージ祭においてアメリカに帰国して以来、私はたまたまそれに参加していたのだが、主催者のイギリス人は自分の同国人に対して次のように挨拶するのを見た「イギリス人と出会う場所ならどこでも、その人は真実を話す人間だと見出せられることを打ち明けられる」と。四月二十三日に二、三人のイギリス人が世界のどこにでも出会ったなら、真実を愛するという国民性により互いを激励し合うのなら、この祭りの日を無益なものだと捉えることはできない。

無味乾燥な真実を、時には虎穴で語るという点においては、イギリス人に敵う者はいない。国王の誕生日に、各々の司教は国王に金の財布を献上するものと見込まれているが、ラティマー司教はヘンリー八世にラテン語訳聖書の一部を献呈し、それには「売春業者と姦通者については神が裁きを下される」と書かれてあった。互いに頑強さについて信じ合っているので、国王は特に何をするでもなかった。自分の信条について固辞しており、その場その場に適応するために意見を変えることはそうそうない。前進速度が速すぎてすぐには旋回ができない船舶のようであり、或いは繁栄や逆境でさえも彼らのあの日常的な営みの価値観を揺り動かすことはできないだろう。私がロンドンに滞在していた一八四三年二月の時に、ギゾー氏がパリから逃れロンドンにたどり着いた。私的な多数の友人が彼の下へと訪れた。彼は直ちにアシニーアムの名誉会員として推薦された。だが投票の結果ギゾー氏は反対として可決された。無論、ギゾー氏の名前の卓越性については承知していた。だがイギリス人は気まぐれで決めるものではない。イギリス人はもう何年も新聞を読んで、ギゾー氏を嫌い軽蔑する決心を決めていたのである。著名な亡命者や国賓として立場が変わったことはイギリス人にとって何ら意味のないことであった。これがアメリカ人だったならすぐに意味が出てくるものだが。

イギリス人は公の人間に対して同じものへの忠実性、徹底した信念と現実性を求める。アイルランドの議員の評判が低いのはこういった特性に欠けているからである。「見てみろ」とイギリス人たちは言う。「百二十七人が全員の羊の群れのように投票しているぞ。何も案を出すことはなく、四人を除いて所得税案に対して投票している」――この法案はイギリス人に課せられた荷をアイルランド人の財産に対しては免除するというイギリス政府の誤った判断による譲歩案であった。

彼らは議会の内外での策士たちに恐怖を抱いている。現代におけるイギリス人を支配している情念は、ペテン行為に対する恐怖である。これと同じ程度に、誠実性、力強さ、忠実さを尊重する。彼らは自分の目的に没頭している人を好む。軽薄ゆえにフランス人を嫌う。浮ついているとしてアイルランド人を嫌う。大学教師である故にドイツ人を嫌う。一八四八年二月、イギリス人は言った。フランスの国王とその一味は弾を一発も撃てずに倒れた。彼らは弾を撃つための良心もなく、それほどまでにフランス王政の髄と心は完全に食われてしまっていたのだ。

イギリス人は同じ根拠によって、自分たちの政治家を策士だとして毎日攻撃する。彼らは権利のために敢然に戦うことを愛し、譲歩のために相手が提供してきた金や出世は拒絶する。譬え後輩が一日だけの差があったとしても、弁護士は王室法律顧問の絹の法衣の着用を拒絶する。コリングウッド卿は一七九七年二月十四日の海戦に勝利したことにより勲章を授けられたが、もし一七九四年六月一日にフランス艦を撃破した際の勝利の勲章ではないのなら、それを受け取ることは拒むと述べた。そして遅れながらその勲章が授与された。カースルレーがウェリントン卿に対して不評判のシントラ問題が解決されるまでは謁見の儀に出ないように思い留まらせた時、ウェリントンはこう答えた。「あなたは私が儀に出席する理由をつくって下さった。この謁見の儀には参ります、さもなくば今後は絶対に参ることはいたしますまい」。オックスフォードの急進的な群衆はトーリー党のエルドン卿に対して叫んだ。「老エルドンだ。万歳。彼は酔っ払ったことがない」。イギリス人は御都合主義者に対しては「日和見主義者」というイギリス人が好まない特性を示した議会用の綽名をつけた。

イギリス人は政治に関しては途方もない妄想にとても入り込みやすい。例えば一八四八年の四月十日の事件は外国人により巻き起こされたり煽動されたりしたということが真面目な本に書かれていて、彼らはそれを信じるのだ。これはアメリカにおける民主的な気まぐれ、他の点では理性的な人間が持っている気まぐれと通じるものがあると気づいたのだが、アメリカ政治としての奴隷運動の奥底にはイギリス的なものが潜んでいることがわかる。そして再度、フランス人の間によく知られている伝承「不誠実なアルビオン」【perfidious Albion】においても同様である。だが疑念は市民だけでなく国家もまた愚かにさせるものだ。

ゆっくりとした気質は他の国民よりも敏捷さや迅速さに劣るものとし、イギリス人の機知は後からやってくるものだという意見を抱くに至った――それをフランス人は後知恵【esprit d'escalier】と名付けた。この遅さが彼らの故郷への愛着、そして外国においても変わらぬ故郷の習慣を形作るのだ。エトナ山に登るイギリス人は山の頂にまでお茶の湯沸かし器を持っていく。『イギリス旅行記』の作者である昔のイタリア人は「戦争が最も熾烈な状態で行われているにしても、イギリス人は美食やその他の全ての快適さを求め、どのような禍が自分たちに迫っているのかも考えないという、信頼性が最も確実な情報を得た」と書いている。イギリス人の目はトンネルの向こう端にまで向けられているようであり、彼らは自分が知っているほんの些細な事実を、他の事実は世界には存在しないと確信しながらそれをとことんまで信じるのである。そしてイギリスの硬貨に対しての信頼は完全なものであり、あらゆる場合において金銭勘定を最終的なものとして活用する。そういったわけでロチェスターの降霊術の噂がイギリスにおいて耳にされるようになった時、ある男はダブリン銀行の封された箱に百ポンド紙幣を預金して、新聞広告において夢遊病者、催眠術師、その他の者に対して、預金した紙幣の番号を当てた者にはその紙幣を渡すと呼びかけた。六ヶ月間はその金をそこに預けたままにして、新聞紙は彼の要請に応じる形で、時折その道の名人の注意をひくように努めていた。だが誰も言い当てることはできず、そして「さてもう出鱈目とわかったものには二度と煩わされたくはないものだ」と言った。人のいいサー・ジョンについても次のような話がある。彼は弁護士によって述べられた事件について耳にして、決心を固めた。すると反対側の弁護士が今度は話し始めると、ジョンは動揺して困惑し、「ああ助けてくれ！私は証言なんかに二度と耳を傾けない」と叫んだ。こういったイギリス人の鈍重さについての面白い実例はヨーロッパでの逸話となっている。私はあるとても立派な人物と出会ったことがある――確かダービーの町の治安判事だったが――マリブランを聴きに行く為にオペラへと足を運んだ。ある場面で、ヒロインが崩れかけた橋を駆け足で渡ることになった。B氏は立ち上がって、穏やかだが確固とした口調で自分の考えではその橋は危険だと述べて聴衆と役者の注意をひいた！このイギリス人の生真面目さはフランス的な機知や機転とは対照的である。フランス人はイギリス人よりも遥に多くの影響をヨーロッパに与えていると一般的に言われている。イギリス人が残した影響は富と力による野蛮な影響であり、フランス人のそれは親近性と才覚によるものである。イタリア人は捉え難いし、スペイン人は信頼が置けず、エジプト人にはどんな拷問を加えたとしてもその秘密を白状させることはできない、とされている。これらの特性をイギリス人は皆目持っていない。癇癪と自尊心は全てを吐き出してしまう。同国人のことをよくわかっていたデフォーは彼らについてこう言う。「内密な奸計を遂行するための彼らの能力は弱い。というのも知っていることについて彼らはなんでも口に出してしまい、意図のない単なる弱さから自分たちの画策を台無しにしてしまうからだ。物知りはイギリス人の奸計について決して成功することがない原因を次のように述べる。彼らは余りに心を開いており、自分たちと他人の最も内密な考え方も相手が知ってしまうのだ」

# 第八章：性格

イギリス人は陰気な性格だという評判がある。近隣の北方の気候に住んでいる者たちよりも悲しげな顔つきをしているのかはわからない。だが彼らは歌ったり踊ったりする国民に比べれば悲し気である。悲しいというよりは、ゆっくり落ち着いた気質で、自分たちの喜びを家庭において見出す。彼らもまた、人生の楽しみがないところでは言葉や思考において活力や技術はないと信じている。また、心が歓喜の状態にあればずっとどこまでも行けるし、悲しければ一マイルでも疲労を覚えるということも信じている。このような憂鬱気な特性はフランスの旅行者から注視され、フロワサール、ヴォルテール、ル・サージュ、ミラボーから現代の文芸欄の記者まで、近隣国の厳粛さを描写する機知を発揮するのに労力を払った。フランス人は、イギリスにおいて陽気な会話はなく、イギリス人は省察から安寧を得ることはない。ただ省察する時を除いて、とした。彼らは娯楽を欲する時にこそ仕事をする。陽気な振る舞いをするようになると、熱病に侵されたと思われる。かの国の宗教、劇場、イギリスの書物を読むこと、これらは全て先天的な憂鬱さを増大させる。警察は大衆の気晴らしに干渉はしない。この慰めのない国家の愉しみや滅多にない陽気な騒ぎについては敬意を払う義務があると考えられている。イギリス人のよく知られた勇敢さは彼らの人生に対する嫌悪感に全く起因しているものである。

おそらく、態度の重々しさと言葉数の少なさがこのような評判を得るに至ったのであろう。アメリカ人と比較してみれば、イギリス人の方が陽気で満足しているように思える。アメリカにおける若者たちは、イギリスよりも遥かに憂鬱になりがちである。イギリス人は温和な顔つきと、はっきりとした陽気な声色をしている。彼らは寛大で、南国人のように簡単に楽しんだりはしない。南国人の中に彼らを置くと、子供の中にいる大人という感じで、軽薄な遊戯の代わりに、戦争や貿易や工業や学問を望んでいる。彼らは自負心が強く目立たず、譬え何かの娯楽に身を任せていたとしても、人目につく場所は避けたがる。彼らは悲しげに楽しむ。「自分の国の慣習にならい、彼らは悲しげに楽しんだ」とフロワサールは言った。自分たちのための仕切りの壁をこれほど分厚く、庭の柵をこれほど高く築いた国民は他にいないだろう。肉やワインも彼らには何ら影響をもたらさない。食べ始めた時と同じ様子で、食べ終わった時も冷淡で静かで落ち着いているのだ。

彼らが無口だという評判は六、七百年もの間続いているが、演説の技術が下手だということに対するある種の誇りは下院においても著しい。あたかも口先において生きているのではなく、紳士としての口調さえあればそれで演説は十分だと思っているかのようである。気心の置けない人たちとの集いでは口を閉ざす。ヨークシャーのある工場主が教えてくれたのだが、ロンドンからリーズへと一等席の列車に乗っていた時、ずっと同じ人間と席を共にしていたが、一言も言葉を交わさなかったとのことだった。クラブは社会的習慣を養う為に確立されているが、三人以上で食事を共にすることは稀であり、一人で食事をとることもしばしばである。天国へと上がったイギリス人たちの魂を自分だけで閉ざしたのは、真面目なスヴェーデンボリのイタズラだったのか、それとも冷酷な論理によるものだったか？

イギリス人は不機嫌で、無愛想で、頑固であり――温和で、愉快で、分別があるという逆説めいた描写がある。本当のところは人物像としてとても広範で多様性があるのだが。貿易が様々な階級の多数の人間を海外に送り出す。怒りっぽいウェールズ人、熱情的なスコットランド人、東西インド諸島に住む胆汁性の住民は、これらは教育を受け気品を備えた一家の非が皆目ない完全な物腰はとてもできない。体の大きな農民においても同様である。狭い場所で乱暴な生活をし、知恵ある地方の名士にもできない。あらゆる宿屋には商業用の部屋があり、そこでは「旅行者」、或いは旅商人が見本を抱えて、製造業に対して注文を懇願するのだが、そんな彼らを通例楽しませるための場所である。こういった階級の人たちが外国人に対してイギリス人の特性だと思わせる事態になりやすい。外国人は彼らと道路やあらゆる公共施設において出くわすのだが、その一方で上流の紳士はそんな安宿には泊まらないし、宿泊するとしても部屋に引っ込み自分たちの姿を見せない。

だがこれらの階級ことが本当の意味でのイギリス人なのであり、芸術や教育によって変化をもたらす前の、生粋の国民性を正しく示しているものと言えるかもしれない。愛することも嫌うことも存分にやり、事物に感心することも中々ないが一旦感心するととことんそれを示し、何事においても自分たちの気質に没入していて、楽しんでいる深い眠りから覚めきらないような状態にある。習性と本能が自然と固く結びついているのだ。土から生まれて、土としての性質を持ち、また海から生まれ、海としての性質をもち、そこから生み出されるものに対して愛着を覚えるのであり、決して感情では愛さない。荒削りな力、激しい運動、肉屋の肉そして健全な睡眠が彼らの生活を満たしており、動物的存在について省察する詩的な暗示や人生の営みに対する仄めかしについては疑念を持つ、あたかも誰かが臍の緒を弄り回しており、栄養の供給を止めてしまうのではないかと危惧しているかのように。もし食欲を持っていないのならその人間の健全な判断力について疑念を覚え、彼が殊更に純潔であるのなら頭を振るのだ。普通のイギリス人をありのままに見るのなら、間違いなく冷淡で、時には粗暴で不機嫌であるものと捉えてしまうだろう。さらにもっと力のある人間の精神には、尽きることのない戦争のための火薬庫、

怒れるノーサンバーランド公に
時と悪意が不興を示す極苦の刻

にも挑戦するような火薬庫を見出すであろう。自分の意見に対してどこまで正しいと思い擁護し、同時に自分たちの気まぐれや強情も貫き通す為に確固たる態度を示す。ヒゼキヤ・ウッドワードは「主の祈り」に対しての本を書き記した。憂鬱の解剖者であるバートンは星占いによって自分の死期を予言したのだが、自分の星占いが誤っていないことを示すために自分の首に縄の輪をかけて死んだ。

イギリス人の表情は打ち勝ち難い頑強さを表している。逃げ出すことを極限までせず、死ぬまで戦い抜く。ウェリントンは大事に育てられた近衛隊の若き洒落者について「だがこの小僧たちはよく戦うものだ」と述べた。またネルソンは自分の部下について「彼らは実際に銃弾を豆鉄砲くらいにしか思っていない」と述べた。強靭さの極致についてイギリスほどそれを優れた範を示したものはない。角面堡の強襲、快速艇への乗り込み、最後まで防戦して斃れること、命と名誉をかけた敢然たる使役に彼らは熟達している。だが拷問に耐え抜いたり、消極的な服従をしたりすること、例えば皇帝の命によって城の屋根から飛び降りるようなことには向かないのだ。痛みにはとても敏感になるくらいに循環機能をもち高度に組織立っている。そして同時に事物に理性と栄光を捉えることもできる。

一日の糧を生み出す体力的な力についてイギリス人は十分すぎるほど備えており、その余剰の力が毅然な態度において勇気を、詩において天才を、機械において着想を、貿易において冒険心を、富において威容を、儀式において壮麗さを、若者において癇癪と野望をもたらすものである。若者は荒々しいくらいの健康をもっていて、病的なまでの気まぐれを見せる。彼らはブランデーを水のように飲み、有り余っている力を乗馬、狩猟、水泳、フェンシングにおいて使い切ることができず、エウメニデスのような深妙な顔をしながら馬鹿げたような陽気の戯れへと加わっていくのだ。荒々しく世界の隅々にまでその荒れ狂う力を抱えていく。そしてあらゆる欺瞞を暴き、あらゆる見せかけも吟味するのだ。彼らはハシーシュを噛んでみる。毒の塗られた折り目で我が身を切ってみる。ボーホン・ウーパスの枝でハンモックを揺らしてみる。あらゆる毒を味わってみる。あらゆる秘密を買ってみる。ナポリでは聖ヤヌアリウスの血を蒸留器に注いでみる。『瞬く乙女』の頭には穴をあけてみて、彼女がどのように瞬きをするのかを確かめてみる。イギリスの尺度で宗教裁判所の各々の部屋を測量してみて、トルコのイスラム教徒の聖堂、ユダヤの霊廟一つ一つを調査する。震えているバラモンから賄賂として受け取ったり脅迫してもらった霊薬を吟味しバントレーへと送る。自分たちが引き起こす恐怖によって自分たちの力を測る。このような旅行者としてはピンからキリまで色々な階級がある。そしてその中で最も粗野な態度の者に注意が払われ、記憶に留められることが容易に起こり得る。貧富を問わずこのような一般的なイギリス人が持つサクソン的な憂鬱さは不機嫌の感情として迸り、これが抑えられる度に皮肉や悪口として発散されるのだ。イギリス人特有の自尊心と無愛想さを持つ粗野な若いイギリス人は多数おり、彼らは人類の残りを軽蔑し、その知性の未熟さと癇癪によってイギリス旅行者は不快で攻撃的な態度をとるものだと看做されるようになった。二百年前にある一人のオックスフォードの学者によって言われた次の言葉は、ブリトン人の一般的な描写として立派なものであった。すなわち「とても大胆な男で、頭に浮かんだものは全て言葉として発した。単に仲間内だけでなく、公のコーヒーハウスとかでも同様であり、自分が話をしている相手は誰だろうと一向に構うことはないものだから、たまたまそこにいた人についても遠慮なく話すことがしばしばであった。この為にしばしば非難され、時には蹴ったり打たれたりしてしまう危険性もあった」

一般的なイギリス人は一般的人権の法案の重要な項目、誰もが聴覚の自由を持つということを忘れがちである。どのような人でも公共用の部屋の可聴性について数立方フィート以上のものを独占する権利はなく、自分の気まぐれな考え方や人物批評について大声で同席者に押し付ける権利もない。

だが人種の根本的な特性において国民の運命は記載されているのであり、優れた種族であれ民族の混合であれ、環境やいかなる事情であれ、それらがどのようにして調合し中庸を得た気質を彼らに与えたにせよ——ここには世界最高の人種が存在しているのである。胸板が広く、腰が座っており、奥行き、広がりそして落ち着きの為に最適であり、控え目で沈着であり、壮大なスケールと多彩な気分を持ち、強靭な本能を抱えつつ文明に適応できる。軍人と共に官民でもある。貴族であり商人でもある。聡明な少数であり愚かな大衆である。怒りの源泉を隠し、いかなる日光も降り注がぬ陰鬱さを持つ底の知れぬ気質。そして良識と人間愛を交えて、あらゆる義務を楽しげに必ず実行する。この気質はいかなる嵐にも揺り動かされぬ海洋である。自分たちの幸福が流入していく人種、あたかも彼らだけが支配者となる為の相応の気品と頑強さを同時に有する弾力的な組織を構成しているかのようである。ぶっきらぼうで、無表情で、ある時は沈黙しながらも不服従であり、ある時は獰猛で舌鋒鋭い竜である。かつてその熾烈な息吹により島を焼き払ったが、今では自分を征服した者に対してその獰猛さを承継させている。彼らは悪徳あるいは悪徳に似通った者に対して善徳を潜ませる。ぬかるみにはまり込んだ乗り物を押し上げて、「十人の労働者でも終わらせることのできない小麦の脱穀をする」のは不具な毛だらけの北欧の小人トロールたちであるが、それは闇の中で、呪詛の言葉を呟きながら行われる。彼は心には優しさを潜ませている無骨な男であり、言葉は苦味の水の飛沫のようであるが、苦境においては人を助けることを好む。口では嫌だというが、実際は相手を助けるのであり、それでいて感謝の言葉に対しては嫌悪を覚える。最近この国には根性が捻くれた守銭奴がいて、その人は一風変わった醜い男であった。その人の顔は『パンチ』誌に出てくる人物の肖像画と似ており、笑いを知らないかのようである。自分の勤勉性によって裕福になり、孤独な家に引きこもり、誰にも夕食をご馳走することなく、あらゆる儀礼を見下す。だが他の誰よりも形状や色彩の美しさを心から讃え、同国人のイギリス人の冷淡な精神性に対して優美さと真実を備えた総作品をふんだんに注ぐことによって、イギリスの芸術が貧弱であるという非難を取り除く。そして荒涼とした風土からあらゆる美術的なヒントを得て、南国の明るい街や空のあらゆる色合いや特性をイギリスの画廊に注いで、絵画に新しい時代を作った。そして彼が展示会に展示した自分の絵画作品の輝きが、隣に架かっていた競争相手の作品の光を奪い取ったのを見ると、彼は密かに筆をとり自分の作品を黒く塗りつぶした。

彼らは自分の感情をあらわにすることによって、カラスの餌になってしまうことはない。あの沈着さと落ち着きというものを持っていて、それを揺さぶることが敬意となっている。「偉人というのは常に先天的に憂鬱な気質である」とアリストテレスは言っている。これは抽象的な概念に情念を付着させる精神にとっては通例のものであり、そこから多大な結果を実らせる。彼らはあえて嫌われるようなことを言い、相手の期待に応えて話すことはない。彼らは「はい」と述べる人よりも、「いいえ」と述べる人の方を好む。各自が自分の意見をもち、それが相手と相違しているものであるがゆえに自分の意見を表明するのを当然のものと考える。彼らは反対意見について熟考している。このような真剣な態度は、優れた精神とは不可分一体を成すものである。

イギリスの英雄は、フランス、ドイツ、イタリア、ギリシアの英雄よりも優っている。彼が運命と戦うことになれば、彼は豊かな物質的財産を犠牲にし、より純粋な形而上学的な根拠からする。自ら承諾してその場へと赴き、運命と真っ向から対峙し、それと戦う。慎重に選択し、性格を考え合わせて、自分の生き場所と死ぬ場所を自分で探し、そして偉大さを発揮しながら死に至るのである。この人種は人間性に対して新たな要素を付け加えて、それだけ深く世界に根を張っているのだ。

イギリス人種は獰猛さから極度な気品に至るまでの壮大な範囲のスケールを持っている。そして大きなスケールと同時に、回帰する強烈な力も持っている。各々の傾向を極限にまで推し進めていくと、別の道を同じような熱意を持って辿っていく。他の民族よりも知性的であるから、他の民族と共同生活をするときには彼らの言語を喋ろうとすることはなく、自分たちの言語を押し付ける。彼らは他の人種に対して協力を提供することはあっても、協力されることはない。相手を改宗させるが、自分たちが改宗することはない。他の人種を自分たちの人種へと同化させ、相手方に同化することはない。イギリス人はインドを征服しようと見積もったことはない。相手が彼らの性格に屈したのである。同様にして世界の他の場所においても彼らは統治し、あらゆる帝国や人種の法典を施行する。カナダでは昔のフランス法、インド洋のモーリシャス島ではナポレオン法典、西インド諸島ではスペイン国会の法令、東インド諸島ではメヌの法典、マン島では北欧議会の法律、喜望峰では古代オランダ法、イオニア群島ではユスティニアヌス法典。

彼らは歴史における優位な立場にいることをはっきりと自覚している。イギリスは立法者、後援者、教示者、同盟者である。フランスの新聞とイギリスの新聞の口調の違いについて比較してみるとよい。フランスの方はイギリスの論説に対して不満たらたらで、粗探しをし、神経質である。だがイギリスの新聞はフランスの論説に対して臆することがないばかり、尊大に見下した態度をとる。

イギリス人は意志と性癖から怒りっぽく強情である。借金の返済を忘れず、助けを求めることもなく、やりたいことは自分の力でやる人物というのはどこか粗野な態度に思えるものだ。教育と社交の結果、こういった無愛想さは徐々になくなっていき、善意を純粋なままにしておく。もし国民の性向によって人体構造が変わるのなら、脾臓はおそらくアメリカ人にではなくイギリス人において見られ、この点において両国民をはっきりと区別するだろう。さらに別の解剖学的発見として、皮質で脱落性のもので、イギリス人は表面的には陰鬱だが、結局は優しい心を持っていて、その点にこそローマ人やラテン人たちと異なる。野蛮なもの、卑賤なものはイギリス人の心にはない。軽信や怒りに囚われてしまうことはあるが、国民の気質はどれほど動揺しようとも、間もなく容易に落ち着きを取り戻す。それはあたかも温帯地方においては、どんな嵐が起きようとも空はまた清澄になるのであり、平穏さがその通常状態なのだ。

鷹の目の瞼のように、イギリス人の知覚を覆い保護するのは彼らの鈍感さである。我々機敏なアメリカ人は最初イギリス人とやり取りをすると彼らのことを鈍感だと看做す。だが後になって彼らの真価を認めると、自分を秘匿するのが得意だとか、力を隠すのが得意な人種と看做すようになる。彼らの最高の機知、つまり辛抱強いニュートン、多才で優秀な詩人、あるいはダグデール、ギボン、ハラム、エルドン、そしてピールのような人物たちに見られる力の発揮を理解する為には、イギリスの日雇い労働者がどれほどの底力を発揮するのかを見てみると良い。身分の貴賎を問わず、体内構造が油質である。彼らの肉体構造には屍蝋があり、それはちょうど精神の歯車にさす油があり、自分たちを害することなく多大な量の仕事をこなすことができるのである。

国民の生活するための費用、或いは学者や知的職業人でさえ守っている費用の規模は、彼らの筋肉の張力を証明しているのである。この大きな重荷を持ち上げることのできる人間が多大にいるのだから。さらに、彼らが毎日摂っている食事は彼らの肉体が野生的なくらいに逞しいことを証明している。

有能な人間がこれほど豊かにいる国家はかつてなかった。チャールズ一世はストラッフォードについて「国家の大事に際して、君主を恥じるよりも恐れさせるほどの能力を持った紳士たち」と言ったことが国民にも当てはまる。あるいはヴィアー男爵のように「勝利した後彼が帰宅しようとしている時も、まるで勝負に負けたと思ってしまうくらいに無言でいる。逆に彼が退却している状態で彼を見ると、その陽気な状態から彼が勝利の征服者だと思ってしまう」ような国民性である。

『ヘイムスクリングラ』から引用した以下の文章は現代イギリス人の肖像画として通じると思われる。「ハルドールは頑強な体格で腕力も強く、外見としても美男子であった。ハロルド王は彼に対して次のように言っている。つまり彼は王の全ての部下の中で、危険を孕んでいようが喜びを孕んでいようが、事の進行が不明瞭なものについても最も歯牙にかけなかった。というのも実際にどのような結果が待ち構えていようとも、彼は精神が高揚したり憂慮したりすることはなく、それによって睡眠の量も変わることもなく、ただいつもの如く食べては飲むだけであったからだ。ハルドールは言葉数が少なく、発言した時も端的であり、ぶっきらぼうに自分の意見を述べて、頑固でどっしりと構えていた。そしてこのことは王の気に入る所とはならなかった。王には聡明な人々が多数仕えており、王の命に応える為に熱心だった。ハルドールは国王と少しの間一緒にいたが、その後はアイスランドへと訪れ、ヒアルダホルトに住み着いて、高齢になるまでそこの農場で暮らした」

イギリス史において見られる国民の気質は軽率でも軽薄でもない。ゆっくりとして、真剣なイギリス人の大衆が炎を鬱積していて、最後にはその炎が全土の隅まで舐めつくす。ロンドンの憤怒はパリの憤怒とは違いもっと長く記憶され、最高度にまで燃え上がった時もはっきりとした法則を持っている。

彼らが力を発揮する時は、半端に終わらせることはない。断固たる決心をとることができ、もし今後、しばしば予言されているように人種戦争が起きて、それが思想戦争になり（東欧に起因する専制主義と自由の争点）、それがイギリス文明にとっての脅威となるのなら、これらの海の王者たちは浮遊城にもう一度乗り、植民地において新たな故郷と第二の黄金時代を築くだろう。

イギリスの安定性は現代世界の安全性である。もしイギリス人種がフランス人種のように移ろいやすいのなら、何を信頼できるというのだ?だがイギリスは自由のために戦う。保守的で、金に貪欲で、貴族を愛するイギリス人も自由を愛する。かくして自由は保たれる。というのも彼らは他の人々よりもより多くの個々の力を持っているからだ。イギリス人は、自分たちの政府の非倫理的な営みに対して常に抵抗を示す。フランス、トルコ、ポーランド、ハンガリー、シュレスヴィヒ・ホルシュタインの問題について人道的に考える、譬え最後は支配者たちの政治的な手腕によって抑圧されても、である。

各々の民族の歴史は各々の民族の強力であるが秘匿されている常態的な性癖を示すのであろうか、その民族がその営みを植民地、商業、法典、芸術、文学へと広げていくにつれて?古代史はそれを示している、ちょうど音楽の主旋律を弾いてから変奏曲を演奏することによってそれを隠していくように。アルフレッド大王や北欧人たちの間において、イギリス社会の精神、つまり個人の生活は名誉の場所であるということが読み取れるであろう。光栄、出世、野心、パリの位置する経度で度々耳にするような言葉、これらをイギリス人の発言において耳にすることは滅多にない。ネルソンは「イギリスは各々の国民が自分の義務を果たすものと期待している」というイギリス人の想いを簡単な電信文において書き記した。

兵役のため、職業上の威厳のため、鼓舞され病的な程の才能を宥めるために、陸軍や海軍に入ってもよかろう（どれほど手に負えない少年でも海軍ではうまくやっている）。そして重大な公務がなされる部門において公務員となるのもいい。そしてイギリス人は法律の厳格な研究に従事している弁護士に対しては敬意を示す。だが平穏で、健全で、最もイギリス的なブリトン人は公の生活をペテンだと言って身を引っ込ませ、農業、鉱山、工業あるいは商業に基づく経済活動を尊重する。そしてこれこそ現実的な価値を創造することによって独立を確保するものと看做す。

イギリス人は支配することも服従することも望まないが、自分の家では国王であることを望む。彼らは知性的で、文学を深く嗜む。全世界について、本、地図、模型、あらゆる種類の正確な情報において提示されることを好み、確かに芸術家には向いていないが、それらに込められた気品については大いに評価する。閑暇も快く思い、自分の一日を自分で過ごして満たすことができるのであり、他の国民のように必要に迫られなければならないということはない。だがイギリス史は至る所で、私的な独立について先天的に偏愛していることを示し、もしかするとその性向も巨大な植民地の力からもたらされる利益によってその軌道から逸れてしまうこともあったかもしれないが、それでもそういった性向は依然として続いており、法律や文学や風習や職業を形成し改革していく。イギリス国家として適切な繁栄の道を選び、そういったものだけが安定していることを承知しているのだ、ちょうど賢明な商人たちが三パーセントの利子の投資を好むように。

# 第九章：逸楽の国

イギリス人はユーモアを解する。個人の権利は公共の秩序と両立する範囲で極限まで拡大されている。所有権は実に完全であり、それはイギリス人特有の力であり、世界の他の場所にも存在しないとされている。農民が売却することを拒む一エーカーの土地に国王が足を踏み入れることはできない。遺言人が一匹の犬や一羽のカラスを授与すると、ヨーロッパはその不合理な営みについて干渉することができない。各々の個人がそれぞれの生活様式を持っていて、それを続けて愚行を為すまでに至り、さらにそれに強く共感する彼らの仲間たちによってクランプ氏の気まぐれを支持するために銅像を建てたり、大臣や近衛兵になったりする。何人かのイギリス人が金と法律によって不死になる程滑稽で倒錯したものはない。イギリスの市民権はローマ人のそれのように完全無欠であった。コッケイン氏はそのことをよくわかっている。この太った男は自由とは自分のしたいことをする権利であり、己の自由を発揮するために不法を行うし、そしてそのことに執着することに良心を感じるのだ。

イギリス人は強烈なまでに愛国的である、なぜなら国土がとても狭いからである。自分の国の力と業績についての自信によって他の国民に対して驚く程無関心である。イギリス人は外国人を嫌う。スヴェーデンボリは長年イギリスに住んでいたのだが「イギリス人同士の精神の同質性によって、同国人とは友人たちと親しげな交際をするが、外国人たちとは滅多に交際しない。そして外国人を宮殿の屋上から望遠鏡を通して街の郊外に居住していたり彷徨い歩いている人たちのような目で見る」。更に昔の旅行者であり、一五〇〇年に『イギリス旅行記』を著したヴェニス人は次のように言っている。「イギリス人は自分と自分が所有しているもの全てを大いに愛する。世界はイギリスしか、自分たちしかいないと考えている。そして器量のいい外国人を見かける時はいつも、彼らはその人がイギリス人のように見え、彼が実際にイギリス人ではないのはとても残念なことだと述べる。そして外国人と何かご馳走を食べる時はいつも、このような素晴らしい食事は祖国にもあるのかと尋ねる」。イギリス人が賛辞において何か表現を加える時、最終的には「とてもイギリス的だ」と述べる。そして相手に対して最大級の賛辞を呈する時は、あなたとイギリス人を区別することができないと述べる。先天的な対照性として、フランスは一種の黒板であり、イギリスの国民性がその上を描くチョークによって自分たちの特性が描かれる。この高慢さはフランスについて何かしら言及する時に慣習的に表れ出るものである。思うに、アメリカ、ヨーロッパ、あるいはアジアにおいてイギリス人の血を引いている人間は全て、自分がフランス人の生まれではないことの密かな喜びを抱いているだろう。コールリッジ氏は講演の終わりに、自分がフランス語の文章を一つでも発することができずに済んだことを聴衆の面前で神に感謝したとされている。私は次のことに気づいた。イギリス人はあまりにイギリスに対して高い評価を与えているので、あらゆる社交の場において、話している外国人が自分たちの国のことについて遠慮したり謙ったりしながら話している際は、譬えそれが日常的な言い回しを用いたとしても、自分たちの国の美点に対して抑え難い敬意を払っているのだと本気で勘違いしてしまうのだ。またアメリカを新興国として丸太小屋や野蛮だと遜って嘆いたりするニューヨーク人やペンシルヴァニア人は、相手のイギリス人全員が装うこともなくすぐに同情の念を示してくることに驚きを禁じ得ない。彼らはイギリス以外の国はゴミ屑の山だと堂々と述べる。

この島国的な制限が彼らの外交的な政策を苦境にする。自分の伝統や慣習に固辞してしまうため、ああ！自分たちのやり方をインドや中国やカナダやオーストラリアに対してそのまま持ち込もうとする。そしてそれだけでなく、ウィーンの議会に笞刑を強制させようとしたり、税金の長靴であらゆる国民を押し潰そうとする。チャタム卿は自由を行使した。議員の選出権なしでは課税なしとした――それがイギリス法だからだ。だがアメリカにおいては靴のための鋲釘を作ってはならないので、イギリスにて釘を買うことになる――それもまたイギリス法なのだ。そしてアメリカの独立によってイギリス貿易が建て直されなければならないという事実は彼らを不意打ちのように驚かせた。

私はイギリス人の性質があまりに横柄で攻撃的なもので、他の国民とは相容れる所が少ししかないと考えている。だがこの国民性を超えてこの島国は、北欧人の先祖たちによってその雄弁性と威風堂々とした雰囲気によって祀られている、古き北欧の神のブラギを日々礼拝しているることを認めなければならない。イギリス人は揺るがぬ勇気を持っていて、これによって偉大なことを試みたり、耐え抜いたりすることができるのだ。同時に彼らは瑣末な勇気を持ち、これによって自分について、そして自分が出来ることを示すことにより喜びを抱かせるのである。それ故どんな交際においても、彼らは皆自分自身についてあまりに自負心を抱き過ぎていて、他者を真似ようという気にはならないのである。自分の体格、顔つき、衣装、血縁、出生地の欠点について隠そうとしない。というのも彼は自分に関するあらゆる事情がやがて相手に好かれるものとなると考えているからだ。もしイギリス人の一人が禿げていたり、赤髪や緑髪の頭をしていたり、ガニ股、傷跡、斑点、太鼓腹、鼠や鴉のような声をしているとしたら、これが現代において相応しいものだと自分に言い聞かせ、その性質を持っていることに満足する。

だが自然は無駄なものを作ることはなく、このイギリス精神におけるいささか過剰なくらい込められている自尊心は、彼らの力と歴史の神秘を成す一要素である。それがあるからこそ、全ての人間はその潜在能力までも発揮し、自分の出来ることを示すのである。それがごまかしやこそこそしたり、従属的な態度をとるようなことを取り除き、素直で男らしい振る舞いを促進し、各々が自分自身の力を最大限発揮し、意欲が不足していることにより機会を逸することはない。人間の個人的な欠点は、本人が感じているものを世界も同じように感じているものである。もし本人がそれを軽蔑するのなら、他の人も軽蔑する。そしてこういったことにおいて性格を測るための便利な計量器があり、小人物というのは苦悩によって破滅するものだからだ。アメリカ西部におけるある抜け目のない政治家がいたのだが、彼は私に「自分の短所によって成功した政治家たちを何人か知っている」と述べた。そしてそれとは別のイリノイ州の前知事は私に「もし人間が中途半端に博識であったなら、彼は隅っこに座り大人しくいることでしょう。だが人間というのは無知な虚栄家なのだから、あっち行ったりこっち行ったりして、何か大発明をしてしまうこともあるのですよ」と言った。

また自慢話には、その話者が無意識的に自分の理想を表現しているというメリットがある。あらゆる手段で相手の機嫌をとり、その話を全部引き出して、そのまま続けさせるといい。イギリスの文化によってイギリス人旅行者が何かしらの滑稽じみた極度な自尊心を得ることを一般的に妨げ、親しみやすい雰囲気を授ける。そして世界がイギリスの力に対して抱いている尊敬心によって彼らの先天的な気質はより強固なものとなる。ルイ十四世について、彼の歩き方や物腰はそれが君主ほどの偉大な人物なら十分に似つかわしいものだが、他の人間だったならそれは滑稽なものとして映るだろうと言われていたが、同時にイギリス人としての名前の威光があるからある種の自信に満ちた態度も似つかわしいものとなるのであり、これがフランス人やベルギー人だったらとてもそうはいかない。ともあれ、イギリス人の美点について最大級の賛辞を注ぐような喋りをしても何ら問題ないと考えるものなのだ。

あるイギリス婦人がライン河で、あるドイツ人が彼女たち一同は外国人だと言っているのを耳にした。すると彼女は「いいえ、私たちは外国人じゃない、私たちはイギリス人で、外国人なのはお前たちだ」と叫んだ。ロンドンでは日常的に、フランス人とイギリス人が喧嘩したという話を聞かされる。両者とも決闘するのは不本意だったが、仲間たちが決闘するよう仕向けた。そして最終的に彼ら二人だけで決闘し、暗闇の中で銃を撃つということで同意に至った。蝋燭の火が消され、イギリス人は相手以外に弾が当たらないように、煙突に向かって撃ち、相手のフランス人を撃ち倒した。彼らは外国人について何ら興味を持っておらず、こちらが自発的に何かの情報を伝えてやると「ああ！ああ！」と答え、結局教えた側は諦めて、彼らは無知のままで死んでいくのだと悟る。こういった自負心は際限がない。とはいえイギリス人の中でも頭が回る人間は素直な振る舞いをするように骨を折りはするのだが。

自慢話の習慣はあらゆる階級に蔓延っている。『タイムズ』紙から政治家や詩人までワーズワース、カーライル、ミルそしてシドニー・スミスからイートン校の学童たちまで。政治経済における最も真剣な論考、哲学的エッセー、学問の本において、それらには断固たる国民性が最も無垢な形で示されていることを見て驚いてしまうだろう。穀物条例についての小論文の中で、ある愛すべき立派な紳士が次のように言っている。「イギリスはバークリー司教の考え方によれば、高さ一万キュービットの真鍮の壁によって囲われているが、それだけでなく世界中の他の国家に対して、富という二次的な性質という点や自由や徳や学問というより重要なものにおいても凌駕するだろう」と。

イギリス人はアメリカ的な社会構造を嫌い、他方で貿易、工場、公教育、チャーティスト運動はイギリスにおいてこれと同様の社会的条件を作ろうとしている。アメリカは経済家にとっては天国である。破滅の法則に対する除外例としていつも好んで用いられる。だがアメリカ人について直接的に言及する場合、イギリス人は己の哲学を忘れてしまい、軽蔑的な逸話ばかり思い出すのである。

だが子供らしい愛国心も、他の全て偏狭なものと同様に代価を払うこととなる。イギリスの植民地の支配においては、親切の根がない。自分たちの能力と才能によって統治する。彼らは親切よりも正義に基づいてする。自分たちの支配力が劣っていることを感じることがあったら、頼るべき愛情を彼らは獲得していなかったのである。

国民性、地方精神、都会精神といった粗雑な地方的な特性は本質的なものが欠けている時には有益なものである。だがこういった偶発的なものを殊更に強調してはならない。個人の特性は常に国家的な特性を凌駕するものである。ギリシアとイギリスとスペインの学問を区別する形而上学的な柵は存在しない。イソップとモンテーニュ、セルバンテスとサアディーは世界的な人間である。正餐や大学の席で自分たちの旗を振るのは、上流階級の社交において消防クラブの騒々しい馬鹿話をするようなものである。自然と運命は常に我々人間たちの愚行を見張っている。我々はふんぞり返って歩くと自然が足元を掬ってくる。この国民的なプライドについて歴史上興味深い実例がある。

カッパドキアのゲオルギオスは、キリキアのエピファニアに生まれたが、下賤な寄生虫のような存在であり、軍隊にベーコンを納めるという儲かる契約を結んだ。ペテン師であり密告者であった彼は富を築き、法を犯さなければならなかった。金を貯めてアリウス派の信者となり、本を集めて図書館を作り、党派閥によってアレクサンドリアの主教の身分にまで昇りつめた。紀元三〇一年にユリアノスがローマ皇帝になると、ゲオルギオスは牢へと引き摺り込まれた。その牢は群衆によって打ち破られて、ゲオルギオスは当然の報いとしてリンチを受けた。そしてこの立派な悪党が時の経過によって、イギリスの聖ジョージ、騎士道の守護者、勝利と教養の紋章、現代における最強の血を引く誇りとなった。

真理だけを語るブリトン人が詐欺師の子孫であるとは奇妙なことだ。新世界のアメリカがこれと同じ運命を辿っていること——広大なアメリカが盗賊という名前をつけるということもまた奇妙なことだ。アメリゴ・ヴェスプッチはセビリアの漬物屋で、一四九九年にホヘーダの部下として船に乗り、出世した最も高い身分が遠征隊の甲板長の一員であり、その遠征隊も結局赴くことはなかった。だがこの嘘が蔓延る世界でコロンブスに代わる形で乗り切っていき、己の恥辱的な名前を世界の土地の半分に染み込ませた。このようにして誰も石を投げることはできない。我々アメリカ人も国の創立者という点では等しくひどいものである。そして偽のベーコン商人は偽のピクルス商人の埋め合わせだったのだ。

# 第十章：富

富に対してこれほどまでに絶対的な敬意が払われる国はない。アメリカでは、自分の莫大な富の証を見せる場合、どこか恥じらいの心があり、それはあたかも弁明が必要だと言わんばかりである。だがイギリス人は己の富に対しては純然たる自負心を持っていて、それこそが究極的な証明書だと看做している。粗野なロジックがイギリスの魂全土に渡って支配する――もし能のある人間だというのなら、自分の立派な服装、馬車、馬によって示すことはできないのか？葡萄酒の樽が一個もないのに人はどうして紳士たりえるのか？ヘイドンは「全ての人間は己の所有している物に応じた生き方をする強烈な決心がある」と述べている。これには宗教的な要素が交わっている。彼らはユダヤの法律に従っており、自分たちの生はこの土地において永らえ、息子や娘、牛と羊、葡萄酒と油をもつべしと堂々たる調子で読む。同程度の度合いで貧困について非難する。裕福な人間以外によって代表者となることを望まない。自分の富を失ったあるイギリス人は失意のあまり死んでしまったと言われている。最大の侮辱を表す言葉が「乞食」である。ネルソンは「財産を持たぬということは私にとって許し難い犯罪である」

と言った。またシドニー・スミスは「貧困はイギリスにおいて不名誉とされる」と言った。さらにイギリスの現代作家の一人は、教育的な私生活に関連して「空の財布のために怒る重大な道徳的退廃」について述べた。こういった考え方は、現代の正規の小説や物語においてはっきりとは描かれてなくとも作品の奥底には暗示されている。そして小説や物語に限らず、自伝、公共の集会で行われる投票、説教の調子、そして卓上での会話においても同様に見られるものである。

私は最近ウッドの書いた『オックスフォードの学者』のページを捲りながら、二百年に亘るオックスフォードの学者の年代記の中には、何か別の価値基準があるのかつい探していた。だが私が見出したのはほとんどのイギリスの本にも同様に記載されている二つの恥辱、つまり一つの教会と国家に対する不忠な行為、第二は貧乏に生まれるあるいは貧乏に陥るという恥辱であった。イギリスが自然にもたらしたものは冷酷な政治経済である。マルサスは自然が労働者の息子に用意した机には何一つ食器がないことを見出している。一八〇九年、議会の大多数は下院議員のフラー氏の言葉によって次のように表明した。「もしこの国が気に入らないというのなら、ちくしょうめ、出ていってもよろしい」。サー・S・ロミリーは教区役員がまだ少年である弟子を家庭から四十マイル離れた場所に住みこませることを禁止した法案を提出した時、ピールは反対の意を示し、ウォートリー氏は「上流社会においては家庭内の愛情を育むことは立派なことだが、下流階級においては同様ではない。子供たちを堕落させるような輩から引き離さなければならない。そして彼らを製造業者として束縛することを止めることは非常に有害なことである。というのもそれは労働者の価格と製造された商品の価格を引き上げることになるからだ」と言った。

　イギリスでは事実の真実性が尊重されるが、それと同程度に尊重されるのは富である。それは富の構築者であるサクソン人の技術に対する誇りであり、同時に独立に対する情熱である。イギリス人は全ての人間が自分のことは自分で何とかしなければならないものと考えており、自分の置かれている境遇を変えなくてもいいのならその自分に感謝しなければならないとしている。借金を返済することはイギリス国民の名誉にかけて行われる。財務省、東インド商会から行商人まで、誰もが支払い能力があるから全てが栄える。イギリス軍隊には支払い能力があり、取ったものに対しては支払いをする。イギリス帝国には支払い能力がある。その巨額な国債にも関わらず、その値は高い。一七八九年から一八一五年までの戦争中、イギリス人たちは生活の隅々にまで課税が為され、莫大な税金によってヨーロッパ全土をフランスに対抗するための支援をしたのだが、その間でもイギリス人は未だかつてなかった速度で富を築いていったのである。税金の重みは取られたものよりも、残されたものに基づいて計量されるというのがイギリス人の金言である。支払い能力がイギリス人の頭や機械に染み込んでいる。水晶宮は儲けを出すまで本物だとは思われない。それがどれほど便利で、美しく、輝かしいものだろうと、費用を賄わなければ駄目なのである。速度の速い船舶はそれを使うと損失を蒙ることになるのがわかっている間は、もっと遅い汽船の方が選ばれる。労働と倹約の二重のやり方で論理的に事を進める。どの家計も厳格な節約を行い、アメリカの家庭でよく見られるような無計画な浪費をやらない。支払いが出来ないのなら購入することができないのだ。アメリカ人のように来年になれば運が向いてくるといった楽観的な考え方はしない。そして「自分の手持ちではそれを購入できない」ということを恥じらいもせずに言う。紳士も二等車や二等船室に乗ることを躊躇しない。節約家、自分の持っている富に応じて手段や野心を調節し、自分らしい金の使い方で一年の収支を合わせて、将来に問題を起こすことのない人間、その人物こそがすでに人生の覇者なのであり、自由人である。バーレイ卿は息子に対して手紙を認めたがその内容は「収入のうちの三分の二以上の金額を決して日常的費用に充ててはならない。残りの三分の一の出費が強制されるような異常事態が生じることは確実だからだ」であった。

価値あるものを創出したいという野心はあらゆる種類の能力の発揮を喚起させ、政府は生産組合となり、全ての家庭は工場となる。実益に向かう無鉄砲な性向は、いかなる才能も埋もれたままにはしておかない――もし可能なら蜘蛛に対して絹の靴下を織る術を教えることだろう。イギリス人は他の国民と比べて飲食の量は変わらない、いやそれほどは変わらないのだが、一年において他のヨーロッパ人よりも三倍の時間働いている。労働者としての人生は、三回分の人生である。その仕事は速い。イギリスにおいては全ての速度が速い。現代を他の時代と際立たせる驚くべき機械の創造によって己の生産性を増強させたのだ。

「機械工場の成長、これこそが現代史における興味深い一章である。六百年前に、ロジャー・ベーコンは春秋分の時間差について説明し、暦の改正が必要だとした。そして一年の長さを測量し、火薬を発明した。そして「ガレー船の漕ぎ手全員が全力で漕いだ速度よりもなお船舶を速く漕ぐことのできる機械が構築され得る。操縦においても一人いれば足りるようになる。今ある馬車も、やがて動物の力がなくとも驚くべき速さによって動くことができるようになるものが出来るかもしれない。そして最後に、一組の翼によって鳥の如く空に飛ぶことが可能な機械ができることも不可能ではない」と（あたかも高い独房から、向こう五世紀を超えて現代を見るかのように）予言した。だがその秘密はベーコンと共に埋められた。あれから六百年も経過したが、彼の言葉はなお実現されていない。二百年前は、木材を挽く作業は手で行われていた。車輪は木製の心棒によって走行していた。土地は木製の鋤によって耕されていた。そしてワットとスティーブンソンが蒸気によって押揚げポンプや力織機を動かすことを教えるに至るまでは、石炭や紡績機を発展させても利益はほとんどなかった。全ての多大な進歩はここ百年において行われたものだ。サー・ロバート・ピールは当時の典型的なイギリス人であるが、彼の伝記の口絵には紡績機が適切にも書かれていて、それが彼の財産の糸を織ったのである。ハーグリーヴスはこの紡績機を発明し、仕事場において死んだ。アークライトが彼の発明に改良を加え、その機械が九十九人分の労働を節約した。つまり今までは百人によって行われていたことが、紡績機の使用者一人によって行われることができるようになったのである。機織機はさらに発展した。だが労働者は時々賃上げのためにストライキを行い、雇い主に対して団結することがあった。そして一八二九年から三〇年頃にはこういった妨害が行われたり織工がベルギーやアメリカ合衆国に移住することにより貿易に遅延が生じてしまうのではないかということが多大に恐れられるようになった。鉄と鋼鉄はとても従順である。反抗せず、愚痴を言わず、嫌な顔をせず、賃上げのためにストライキもせず、移住もしない紡績工を作ることは出来ないものだろうか？ステイリー・ブリッジでの群衆の暴動が起きた後、工場主たちの要請によりマンチェスターのロバーツ氏は神が創造された喧嘩早い輩の代わりにこの穏やかな輩を創りあげた。数回の試験の後に彼はそれに成功し、そして一八三〇年に、自動紡績機の特許を獲得した。工場主の喜びであるこの創造は「勤労階級における秩序を復興することが運命づけられたもの」だと言われた。切れた糸を繋ぐために子供の手さえあれば事足りる機械であった。アークライトが家庭内仕事としての紡績を終わらせたように、ロバーツは工場で働く紡績工を終わらせたのだ。大英帝国の工場における機械力の総和は六億人の労働力に匹敵すると計算されており、蒸気の力を借りることによって五十年前は仕事を終わらせるのに二百五十人必要だとされていたのが一人でこなせるようになったのだ。この生産はこれに比例して増大していった。イギリスはすでにこの勤勉な種族、肥沃な土壌、水、森、石炭、鉄そして合目的な気候があった。八百年前、商業によってイギリスは豊かになり「イギリスは北方国家全てにおいて最も豊かである」と記録されている。ノルマンの歴史家たちは「一〇六七年に、ウィリアムはイギリスからノルマンディーへ、かつてガリアでは見られなかったほどの金銀を持ち帰った」とした。だがこの労働力と貿易と自然の資源に加え、蒸気の小人とそれに伴う無数の腕という決して疲れることなく日夜延々と働き続けるものも加わった時、資産の集積は天文学的な数字となった。それがここ九十年間の原動力となった。蒸気管がイギリスの人口と富を四倍、五倍にまで追加させた。四万隻の船がロイド船舶登録表に登録されている。小麦の生産額はステュアート王朝時代の二百万クォーターから一八五四年の千三百万にまで上昇した。十億スターリング・ポンドの金が通商上の流動資金を成すとされている。一八四八年に、ここ四年間で鉄道資本のうち三億ポンドをイギリス国民は投資したとジョン・ラッセル卿は述べた。だがこういった誇張じみた見積もりの数字よりも優れた測量があり、それはイギリスでは全人口が一斉に働かずとも一年間やっていけるということである。

聡明で、万能で、なんでも造れる機械は鑿、道路、機関車、電信機も造る。ホイットワース技師は一インチの百万分の一の刻み目をつける。蒸気は容易く麦を編むように巨大な大砲をぐるぐる輪にしてしまい、地層をねじ曲げる火山の力にも匹敵するだけの力を出す。砂利の山に船用の樫を纏わせることができ、砲身を真っ二つにできるだけの剣の刃を作ることもできる。エジプトでは森を植えて、三千年後に雨を降らせることもできる。すでに気球に舵を取り付けて、次の戦争は空中戦となる。だがイギリスにおけるもっと強力な力を持つ機械は銀行である。銀行が紙幣の発行を決定すると、人口は刺激され、街が勃興する。銀行が貸付を拒否すると、移住が起きて国は空になる。貿易が沈滞する。革命が勃発する。国王たちが退位する。これらの新たな勢力によって我々の社会システムは形成されている。蒸気と金の力によって、戦争と貿易が変貌した。国家はかつてあって全能さを失い、愛国的な団結は維持されなくなった。国家はどんどん廃れていき、我々は意の赴くままに好きなところへ行きそこで生活する。蒸気が人々を自分が従いたいと思う法律の下で暮らせるようにした。金銭が彼らに対して場所を提供する。電信機は戦争のフェンリル狼を縛り上げるしなやかな帯である。今は電信がロンドンからフランスやヨーロッパへと走っているのだから、それが伝達するあらゆるメッセージは一本の紐となって戦争が断ち切ろうとする帯をより強くする。

こういった要素が導入されたことは既存の経営者に新たな資源を与えている。狩猟好きの公爵は、国家は上院があってこそ存続し得るものと考えるかもしれないが、技術者は蒸気ピストンの動き一回一回がその公爵の住む土地に価値をもたらすものだということを知っているのである。小作人がいっぱい集い、公爵の資本を二倍、四倍、十倍にまで跳ね上げ、子孫の教養のために新たな尺度と新たな必要を作り出すことを知っているのである。もちろん、これは貴族階級を鉱山、運河、鉄道、農業に対して、或いは農業や時には貿易において蒸気を使用するような競争世界に投資家として参加させるようにする。だがこのことは多数の階級も同じ競争において参加させるのだ。北欧民族の持っている昔からのエネルギーは、それ自体がこれらの壮大な力と共に武装する。新参者は地主に対する強敵となり、工場が城を金で買い取る。氷の山へクラで稲妻をつくり、人気のないフィヨルドでカレー船を作った北欧の神トールは、イギリスに渡り時の経過と共に自分の髭を剃り、議会の一員となり、インド商会の事務室に座り、ミョルニルを蒸気用のハンマーとしてバーミンガムに貸し出す。

過去九十年間におけるイギリスの富の創造は、現代史における大きな事件である。ロンドンの富が地球全体の価格を決定する。貴重なもの、有益なもの、興味深いもの、魅力あるもの、これら全てはこの貿易に組み込まれロンドンへと運び込まれていく。何人かのイギリスの私人の財産は一年間で百万ドルに達し、またそれをも上回る者もいる。十万もの邸宅がこの島国を装飾している。感覚や情念を養い得る全てのもの、才能を支えることができる全てもの、自分のために購入するものについては決してけちることのない知的中流階級の手を武装させるあらゆるもの、学問を支え、美的趣向を満足させ、快適さをもたらすものは全て市場において開放されている。一般的な建築物、田舎の別荘、宗教的な聖堂、噴水や庭園や土地、卓越して美しいそれらのものをイギリスの貴族は海や陸を越えてその目で見ては故郷においても模倣したものを築く。三十もの平和な世代によって生み出された美的趣向や学問、イーヴリンが考案した庭園、イニゴー・ジョーンズやクリストファー・レンが建設した聖堂や美観な建築物、ギボンズが彫った木、国内外の芸術家、シェンストーン、ポープ、ブラウン、ラウドン、パクストンの美的センスは巨大なオークションにかけられていて、さらに相続法によって現代の所有者は過去の所有者の恩恵に大いに授かっている。現代の所有者たちは過去の祖先たちの誰よりも好きなものを選び手に入れることができる。こういった快適さや壮麗さ、湖や山、耕作地、牧場、公園、壮麗な城やモダンな別荘――これらは全て完全な秩序を保った大きさを持つ。革命もなく、近衛兵が国王に命じていることもなく、パリの下品な女やバリケードもなく、群衆もいない。ただあるのは微睡んだような慣習、日々の正装した正餐、葡萄酒、エール、ビール、ジン、そして睡眠。

この創造力と独立心のための情念によって、財産は理想的な完全性にまで到達している。それは国民的な生き血として感じられ扱われている。法律は財産に最も堅固な拠り所を築くために制定されており、財産を守り送達する法的規定は馬鹿者をまったく寄せ付けない最も聡い頭脳を持った専門家によって制定されてきた。所有権の侵害は重罪であり叛逆罪として処罰される。家は国王が入ることのできない城である。銀行は一つの金庫であり、国王はそれを解錠するための鍵を持っていない。所有が与える甘美さについては、イギリスは最後の一滴まで吸い尽くされる。帰属権は恐ろしいもので、絶対的所有権は最も瑣末な自由所有権についても男爵と並ぶ権益が認められている。高い石垣と南京錠がかけられた庭園門は所有者が孤独でありたいという絶対的な意志を示している。行きすぎたエゴから生まれるあらゆる気まぐれは石や鉄、銀や金に入念に細々と示されている。

夫の権利を相続した未亡人の女王が自分の庭園に杭を巡らせることにより何らかの権利を獲得しようと耳にしているあるイギリス人がいる。彼女はそれによって車道を構築することができるようになり、並木道に至るまでの距離を一マイル減らすことができる。これを聞いたイギリス人はただちに柵をクマの城壁のように固い堅固な石垣に造り替えて、それによりヨーロッパ全土が結束してもその土地の一インチ分すら売ったり貸し出させることができなくなる。この絶対的な自由の証拠として捻くれたことをやり、彼らは楽しみに浸る。サー・エドワード・ボイントンはカデナムのスピック・パークで、絶景が見渡される高台において、大きな納屋のような家を築き、景色が見える側には窓を一つもつけなかった。ホレス・ウォルポールのストローベリー・ヒルの家、ベックフォード氏のフォントヒル・アビーもこのような捻くれた産物である。そしてニューステッド・アビーはバイロン卿の所有物の一つとなった。

だがこの創造物から生じた最大級に誇り高い産物は私的な市民が自由に使えるだけのものとなった、偉大で気品ある力である。社交界において、今日ではイギリス人が最も恵まれている。地味な服を着た王様である。最大級に力強い保護を受けて最高級の人々と交わり、受けた最高の教育を己の武器とし、それが富によって支えられているのだ。そして彼のイギリス人としての名前と遭遇する出来事は、彼の登場を告知するラッパによるファンファーレである。これに静かな物腰が伴うことによって、最高権力者としての力が与えられ、尚且つ最高権力に付随するような不便性も免除されているのだ。私はヨーロッパのどのような主権者になるよりも、上流階級のイギリス人紳士にしてもらえる方を遥かに好む――旅行、社交の機会、科学や学問に接近する手段、単なる快適さあるいは国内の人々と気楽に健全に交際するといったどのような点においてもである。

今まで見てきたように、イギリスの富はこれほどまでに巨大な集積であり、どのような点で吟味してもそれは申し分のないものである。この原因と起源は国民の気質上の富である。イギリスの驚異はこの豊穣な自然である。自然が拵える名士は彼と同じくらい優れた人間たちによって囲われている。その一人一人が百人の精鋭たちの隊長である。そしてそのような人たちの富は各々個人の能力において表明されている――その者には過剰な力、有り余る体力がある。イギリス人はあまりに豊かで、あまりに体質的に豊穣で創造的であるため、この惑星の内部に主根を拵えたように思えてしまう。

だが人は、相手に支配されたくないのならば彼の召使たちから目を離してはならない。人間は聡明な発明者であり、自分の体内構造から新たな機械のヒントをいつもとっている。そして自分たちの人体組織の幾つの神秘を鉄、木材、皮革、世界の作用において必要とされる何らかの機能に対して適用させている。だが機械は使用者を非人間化することも知られている。布地を拵えるという点での利益を得ると、一般的な力をその分喪失してしまう。食べる時と同様に、布地をつくる時にも節制が必要である。人間は蚕であってはならず、国家は芋虫の巣になってはならない。頑強な地方のサクソン人は工場で働くようになると、レスターの靴下製造者や無能なマンチェスターの紡績工に退化する――蜘蛛や針になってしまうのである。同じ手仕事を絶え間なく繰り返させることは人を矮小化させ、彼の筋力や機知や対応力も奪い取られ、針磨きや締金つくりやその他の専門的な人間となる。やがて産業の変化によって靴紐が締金に、木綿が麻に、鉄道が通行税をとる道路に取って代わり、共有地が地主たちによって私有地として囲われるときには街全体は蟻塚のようになって崩壊する運命になる。その時になって社会は分業の弊害について勧告され、最善の政治経済は人間たちの世話と教養にあることが理解される。なぜならこういった危機においては、思考力があり、新たな労働に対して適切に選択し身を委ねることができる適合的な人間を除き全ては破滅してしまうからだ。そしてまた新たな禍がやってくるのだ。イギリスは食料、薬品、そして国内の工場や商店にある殆どあらゆる織物の粗悪さにおいて自分たちの不正が暴露される様をみて茫然自失する。また牛乳は栄養にならず、砂糖は甘くなく、パンも腹の満足にはならず、胡椒もピリッとした薬味もなく、糊は付着しないことも見出す。真のイギリスにおいては全てが紛い物であり詐欺である。このこともまた機械による反動であり、商業の大規模な機械の反動である。それは廉潔さが欠けていたものではなく、安値で売るという恒久的な競争が必然的に巻き起こる貿易の専制にあるのであり、そしてそれが製品をまた恒久的に粗悪にしていくのである。

機械化は気球のように制御できないものであり、操縦者を乗せたまま飛び去ってしまうのである。蒸気はシューという音を最初から鳴らし、人間に警告を叫んだ。蒸気の爆発は恐るべきもので、技術者を圧殺した。機械の製作者は機械を弄り、成り行きを守ったが、技術者や機関員は無数の犠牲者を出して、ようやくこの怪物を飼い慣らし先導させていくことができた。だが紙の翼をもつ富という竜に抵抗して支配下に置くことはより困難なものであることがわかった。財務大臣、貿易局、ピット、ピール、ロビンソン、そして議会と世代全体が誤った方針を採用し、実際には貧困化させているのに自分たちは母国を豊かにしているという信念を持ちながら墓に入っていった。破滅的な出費をすることに彼らは互いに祝い合った。どうして貿易では危機が起きるのか、どうして価格は上がったり下がったりするのか、紙幣の弊害は何かを知っている商人を見つけ出すことはとても難しい。国家の繁栄の絶頂において、国家同士の併合において、船舶や倉庫や街が建立され、金銀が大量に流入し、大臣や財務官が上機嫌で笑っている時も、パンの価格は飢餓的な価格にまで暴騰し、ヨーマンは自分の牛や豚、道具、土地を売り出さざるを得なかったのだ。そして救貧税の恐るべきバロメーターは破滅の点にまで届いていた。救貧税は税金を支払えるだけの階級を国内に入れながら、農民や職工の国外追放を強制させていた。財政上の危機から生じる暴力的な現象は、人為的な立法の暴力において日常的に起きる。

このような富をイギリスは獲得しているのだ、常に新しく、豊穣で、さらに増大してゆく富を。だがこのことは次のような疑問が思い浮かぶ、つまりイギリスは諸国が卓越した富をもつことを視野に入れて賢明な富の使い方をしているのかということである。諸国の叡智はその過剰な資本によって何をしたのかをみることによって測量される。そしてこれらの弊害に対しては、ある程度の埋め合わせがイギリスにおいて実行されている。獲得した金の一部は学校、図書館、監督牧師、天文学者、化学者そして芸術家を買うために知的活動において払い戻されている。さらに一部の金は病院、貯蓄銀行、技術機構、公園、その他の慈善施設や娯楽機関によって、過剰な紡績作業による弊害を補償するために使用される。だがこの解毒剤は恐ろしく不十分で、害悪はより根本的な療治が必要であり、それは時間とより簡素な社会機構のみが提供するに違いない。現状においてはイギリスはその富を手中に収めていない。イギリスは単に良きイギリスに過ぎず、神聖なものでもなく、聡明さや教育がその真髄なのではない。イギリスもまた運命の流れの中にあるのであり、共通の破滅に向かっている一つの犠牲者なのだ。

だが間違いを犯すにしても、その主たる害悪者であると看做されることは大国の不幸である。イギリスは独占的消費の責任は取らなければならない。イギリスの繁栄、これほどまでの勇気と才能と忍耐強さを卑俗な目標へと向かわせたことは物質主義の根拠を証明するものである。イギリスの成功は卑しい富の営みを強化する。卑しい利益が文芸を支配するような状態になった時、イギリスの世界が主義主張を否定するようになり、外観ばかりを重んじるようになった時、一体誰が若者たちに節制と叡智を推すことができるのか。些事に拘泥する文化、金銭とその支出の文化、煽動技術の発展が取って代わるようになり、人間と事物の間には可能な限りの障害が設けられるようになるのだ。最も勇敢な者ですらも、それに対抗できる者は殆どいない。それ故マイノリティから生まれたイギリスの若者が念頭に入れることは、男らしい人生を送ろうとすることではなく、ある種莫大な富をどのようにして使用するのかということになってしまうのである。大家族は不幸なものと看做されていて、家族の若者が死去することは支出の源がなくなったということで慰めが見出されるのである。

# 第十一章：貴族制

イギリス国家の封建的な性質は、それが次第に旧式のものとなろうとしている今、民主的な傾向との対照として少しどぎつく目立つようになっている。力と財産の不平等さは共和主義者の神経を驚かせる。イギリス全土に見られる宮殿、公会堂、別荘、壁に囲まれた公園は宮廷建築の壮麗さと競合する。ハドンやケデルストンのような多数の公会堂が美しく交配している。所有者はそれを見ようとすることも、そこで暮らそうとすることもない。長子相続法がこれらの壮麗な建物を作ったのであり、これらが無くなってしまわないうちにそこを訪れたことは私と同様、全ての旅行者の幸福な想いであっただろう。長子相続法はイギリスの財産と制度を決める根幹的な規則である。法律、慣習、風習、人柄や顔つきですらこれを確証している。

社会の骨組みは貴族的であり、国民の趣味は愛国的である。貴族の財産、家名、風習は国民の想いを魅了し、そのための必要な支持が獲得される。信頼が裏切られ、誓約も破られ、宮廷の奢侈によって社会が荒廃したとしても、我々は学ぶにつれて高潔なイギリスとチャールズ国王の「権利への復位」についての味方になりたくなる――国王がいかに冷酷で軽薄な人間かを知っていて、彼らは神にも見捨てられた盗人の一味であることを知っていたとしてもだ。イギリスの国民はこのことをよくわかっていた。だが統治している政府が貴族的な名前を持ち、それに語られたり記されたりするヨーロッパの歴史や、そしてヘブライ宗教の世界最古の伝統はあまりに愉悦な幻想であり、少しばかり害悪的な現実や、靴屋や行商人の政治だからといって粉砕されるようなものではなかった。平民たちの希望は貴族の利害と同じ方向へと向かう。富を築く者は皆土地を購入し、貴族階級の保護のためには全力を尽くし、自分も貴族になろうとする。国教会の牧師は貴族と同じ待遇を受ける。

時間と法律とが両者の結合と形成をあらゆる部分において完全にする。聖堂、大学、国民的音楽、大衆的物語、これらは貴族の紋章を維持するために協力するのである、現在の政治はそれを次第に弱めつつあるのにも拘らずである。人々の性向は保守的である。城や言語や騎士道の象徴について誇りを抱く。「卿」という単語ですら、貴族を示す言葉として他のどの言語よりも適切な呼び方である。貴族の卓越した教育や風習が彼らに対して国民の好感を買うに至るのである。

ノルウェーの海賊は手に入れられるものは手に入れ、それを長男のために保持する。ノルマンディーの貴族、彼らはノルウェーの海賊が洗礼を受けた者たちだったのだが、もまた同様のことをやった。東洋の貴族階級に対して西洋の貴族階級は、下流階級から引き抜かれたという点で利点を持つ。イギリスの歴史は門戸を開放した貴族社会である。勇気ある者、能力ある者は誰でも入れた。当然ながらこのクラブに入るための条件は高いものが要求され難しい。国民の関心が強いことに加えて貴族のわがままがそれに加わるのだから、特に著しい功績や美点が要求される。海賊行為や戦争の代わりに貿易、政治、文学が台頭した。戦争貴族は法律貴族に取って代わられ、法律貴族は商人と工場主に取って代わられた。だが貴族になるための条件は変化したにしても、貴族の特権は変わっていない。

これらの貴族の家系の基礎はノルウェー人の海上における武勲や、サクソン人の陸における強さを発揮したという点にある。これらイギリス人が行ったことは命の危険が伴う形で行われたのであり、さらにそれには叡智と行動も伴っていた。最初は貴族たる名誉としての権力を示すために挑戦が行われたか、そうでなくばその名誉はより優れた人間に授けられたと想定してもいいかもしれない。「頭領にならんとする者はまず橋となれ」とウェールズ人の頭領であるベネグリドランは言い、部下の人間たちをその身に背負って川を渡ったのだ。アルフレッド大王の母は「この書物を読むことができる者にこれを与える」と言った。そしてアルフレッドはその資格によってその本を手に入れたのだ。封建的義務の代償としての封土は決して形だけのものとして手に入れられた訳ではなく、男爵、騎士、そして小作人が自分たちの土地を獲得するために成し遂げた功績は、今までのものを上回るくらい記憶に残るようなものだったことがしばしばである。ド・ヴィアー家、ボフン家、モウブレー家、プランタジネット家の人々は瞑想家ではなかった。中世は勇気と献身の話で装飾されている。ウォリック伯リチャード・ビーチャムについて、フランス皇帝はヘンリー五世に彼ほど聡明で、教養があり、勇敢な騎士を未だかつてキリスト教の国王は抱えたことがなく、彼のことを「礼節の父」と名付けられることになった。「我々のフランスの成功は、彼と共にあり、彼と共に死んだ」と歴史家は言う。

戦争貴族は名誉に相当する働きをし、恐るべき敵から常に守る職務であったために、土地のどれほどの献呈も大きいとは言えなかった。フランスやイギリスの貴族たちはつい最近まで、戦争のために生まれ戦争のために育てられた存在であった。そして決闘という平時においても常に戦争の危険性が彼らにつきまとうものもあり、それがあるために勤勉な商業国において貴族の称号を獲得しようという羨望の気持ちが減じてしまうほどである。貴族は莫大な利益のために高いリスクを犯す存在だと看做されていた。

名家も、それが名家の威風をずっと維持する場合は、単なる名目上の存在だけでいることは許されない。金を生み出す経済は威風を保つための燃料である。ウォリックの家系においても初代ビーチャムの後継者はヘンリー六世とエドワード四世の勇敢な伯爵であった。伯爵の紋章であった黒い折れた槍が頭に装飾されていない者は、ほとんど自負心を抱き得なかった。ロンドンにある伯爵の邸宅では、毎朝六頭の牛が朝食として消費され、あらゆる居酒屋では彼の食事でいっぱいである。伯爵の一家に知り合いのある者は、長剣に刺せるだけの煮た肉や焼き肉を存分に堪能することができる。

新たな時代は新たな条件を要求する。海賊の美徳の代わりに、農園主、商人、上院議員、学者としての徳が要求されるようになる。礼儀、社交の才、気品ある物腰もまたその一部を成す。私は何かの歴史物語において読んだのだが、それは細部においては信憑性が疑われるが、普遍的な真実も書かれている。つまり「ベッドフォード公爵はどうしてあれだけ広大な土地を所有するに至ったのか？彼の祖先は大陸を旅行した経験があり、快活で面白い人間であったが、ラッセル氏が暮らしていたドーセットシャーの海岸で難船した外国の王子と友人になっていた。その王子は彼をヘンリー八世に対して推薦し、ヘンリー八世は王子の友人を気に入ったので、没収した教会所有地の広大な一区を彼に与えた」

その貴族はノルマンの先祖の直系の子孫であり、八百年の間に労働したことはないとされている。だが事実は違う。ボフンという貴族はどこにいるか？ド・ヴィアーは？弁護士、農夫、絹商人が宝冠の下に身を潜めていて、古物研究家に対して何も言うなと合図をしている。特に技術の優れた弁護士たちは、元々は無名の家系出身であり、機会に恵まれた時に政府のための多少の奉仕をすることによってアーミンの毛皮が授けられた。

イギリス人の国民的な趣向は宮廷の暮らしに憧れるよりも、自分の家庭の安楽と独立性を確保することに向けられる。貴族の特徴は田舎生活に対する偏愛においてある。彼らは地方の名門と呼ばれている。ロンドンには居を構えることがないことが多く、シーズンの時だけ短い期間そこに赴きオペラを鑑賞する。だが田舎にある家、庭園、装飾には何世代分にも及ぶ愛情と労力を注ぎ込み、中にはそれに愛着を持ちすぎて貴族の称号を馬鹿げていると思う者もおり、シェリダンがコークに述べたように「貴族の宝冠によって頭を隠すことすら嫌う」。そしてイギリス人の家庭の安定性を示すための興味深い実例がいくつか挙げられている。彼らの格言は、ロンドンから五十マイル離れればその家系は百年続く。百マイル離れれば二百年続く、と続いていく。だが空間と同時に時間の競争相手となった蒸気はこれらの古くから続く規則を覆すのではないかと考えている。サー・ヘンリー・ウォトンはバッキンガムの初代公爵について「レスターシャーのブルックビーに生まれ、そこで公の祖先はこの地に四百年の長期に亘って続き、家名を轟かせるような功績を上げるというより、世間から軽んじられることがない状態で暮らしていった」と言っている。ラクソールは、一七八一年にサリー卿（後のノーフォーク公爵）が自分に対して、一七八三年に盛大な祝宴を催しノーフォークのジョッキー党の子孫たち全員を呼び集め、リチャード三世によって公爵の位を与えられて以来三百年に亘り、その位を自分たちが保持していることをその日に盛大に祝うつもりだと言った。ピープスは一六六六年にオックスフォード伯について書いているのだが、称号と血筋としての名誉が六百年間に亘り引き継がれていったのである。

長く続く家系と同じ土地を何世代にも亘って守り続けることは確かに想像力を魅了させる。そしてそれはその地方の街や地区の名前においても関係性があるのだ。

その名前は素晴らしい響きであり――伝承のような調べの雰囲気が土地全土に広がっている。国家の衣装ともいうべきあらゆる叙事詩や歴史よりも古く、この下着が肌にぴったりと合っている。それが展開する歴史や、原始的で猛烈な観察の集積といったら！ケンブリッジ【Cambridge】はケム川【Cam】の橋である。シェフィールド【Sheffield】は、シーフ川【Sheaf】の流域である。レスター【Leicester】は、リアかリヤ【Lear or Leir】（今はソー）の陣営【castra or camp】。ロッチデール【Rochdale】はロチュ【Roch】。エクセター【Exeter or Excester】はエクス【Ex】の陣営【Castra】。エクスマス【Exmouth】、ダートマス【Dartmouth】、シドマス【Sidmouth】、テインマス【Teignmouth】はエクス【Ex】、ダート【Dart】、シド【Sid】、そしてテイン川【Teign】の河口である。ウォーザン【Waltham】は強い街、ラドクリフ【Radcliff】は赤い絶壁、等々。――名付けにおけるこのような誠実なやり方はアメリカ人にとってとても驚異的なものに思える。アメリカでは国中が無意味な関係のない、移民たちの母国の古着のような名前で体裁を整えようとするか、その場しのぎによって讃美歌からその名前をとったかである。だがイギリス人はイアンブリコスの言う「野蛮人」で、「風習は安定的で、神々にとっても好ましい言葉をいつまでも使用して変わらない」

アイルランドの貴族には芝居の脚本から自分の名前を引き出すという軽蔑すべき習慣が昔からある。イギリスの貴族たちは自分の名前にちなんで土地を命名したりすることはなく、逆にその土地から自分たちを命名する。あたかもそれは自分が自分を育てた土地を代表するかのように。そして彼らに生を授けた土地の象徴を正しく身につける。そしてその絆は断たれておらず、彼らがロンドンにいる時も――アーガイルの岩、コーンウォールのケール、デヴォンの砂丘、ウェールズの鋼鉄、スタフォードの粘土、これらは自分が産んだ人間を忘れることも忘れられることもなく、先祖たちから続く長い血統のように、己の血や風習において岩海岸、谷、沼、森を抱えるのである。さらに、それは暗示的な責任感を抱えるという利点もある。イギリスの一つの街や一つの地方を明確に象徴しながら、名誉心と義務心を喚起させることがないのなら、感受性ある人間はその名前を身に抱えることができない。

貴族が地方の生活を偏愛することは、農民が有している自由の度合いも加わり、イギリスの邸宅の安全性を確保するに至る。一七八四年にミラボーはまるで予言するかのように書いた「フランスにおいて革命が勃発した時に、貴族のことを案じて我が身は震える。貴族の城は灰燼に帰し、血も奔流を成すだろう。他方でイギリスの小作人は己の主を最後の一滴まで守り抜こうとするだろう」と。イギリス人は華麗な生活のために自分たちの土地へと赴く。フランス人の方はそのためには宮廷へと赴き、倹約のために亡命するかのように土地へと赴く。彼らは小作人たちと一緒に暮らそうという気はないのだから彼らと仲良くなることもなく、むしろ金銭を限界までむしり取る。イーヴリンはブロワから一六四四年に「ここでは狼の数が多く、この土地にやってきては子供たちを通りから追い払う。それなのにここを治める公爵は、狼たちを退治することの許可を出さない」と書いている。

一家の祖先たちによって集められた富の実物として、ピカデリーの邸宅、バーリントン邸、デヴォンシャー邸、バークシャー広場のランズダウン邸、そして中心地から離れて道路の建設を全力で阻止しようとするかのように建設されている貴族の邸がいくつかあり、それらが旅行者に案内される。ベッドフォード公爵はロンドンの中心に一平方マイルを占めている、或いは占めていたが、今そこはかつてのモンタギュー邸があった所に大英博物館がたち、その地面はワーバン広場、ベッドフォード広場、ラッセル広場となっている。ウェストミンスター侯爵はここ数年でベルグレイヴィアと呼ばれる一連の広場を作った。スタフォード邸はロンドンでも特に気品のある邸宅である。ノーサンバーランド邸はチャリング・クロスにその場所を占め、チェスターフィールド邸はオードリー街に依然として存在する。サイオン邸とホランド邸は郊外にある。だが由緒正しい邸の大半は、貿易や慈善に基づく現代的な活用として転用され、貸出にされたり売却されたりしている。多数の地方都市の邸宅は計り知れない価値のある美術作品の陳列室を抱えている。

地方においては、私有地の広さはさらに印象深いものである。バーナード城から私はティーズ川の滝のハイ・フォースから二十三マイル離れた本道を進み、ラビー城を通り過ぎてダーリントンへと向かい、その間クリーヴランド公爵の地所を通過した。ブリーダルベイン侯爵の地所は邸を出て直線の百マイルで海にまで至るが、これらは全て彼の所有地である。サザーランド公はサザーランド州を領有しているが、それはスコットランドの東海岸から西海岸にまで及ぶものである。デヴォンシャー公はダービー州の九万六千エーカー分の土地を他に所有している。リッチモンド公はグッドウッドに四万エーカーを、ゴードン城に三十万エーカー分の土地を所有している。サセックスにあるノーフォーク公の荘園は四方に十五マイル広がる。ある農場主は最近ヘブリディーズ群島のルイス島を買い取ったが、それは五十万エーカーの面積である。ロンズデール伯爵はその所有地によって議会に八人分の席を獲得するに至った。イギリスのかつての七王国の再来である。そして一八三二年の選挙改革法が執行される以前には、百五十四人の人間が三百七人の人間を議員として議会に送り込んだ。選挙区商売人たちがイギリスを支配していたのだ。

これらの広大な領分はさらに大きくなっている。大地主の土地が小さな自由保有地を吸い込んでいる。一七八六年に、イギリスの土は二十五万人の法人と私人によって所有されていた。そして一八二二年にはそれが三万二千人にまで減った。これらの広大な所有地がこの狭い島国に何とか存在しているのである。造船所、工場、鉱山、鉄鉱所の間に、貴族の楽園がそれらと密接するように存在しており、それがイギリス全土に散在しているのだ。勤勉と必要が鳴らす轟きの場所から一歩離れればそことは著しい対照を成す形で悠久の安息と気品が漂っている場所に着く。

上院の議員の平素の出席がとても少ないことを見て私は驚いた。五百七十三人の上院議員の中で、通常の日に出席しているのは二十か三十人である。欠席した人たちはどこにいるのだ？と私は訊いた。すると「退屈さに倦みながら自分たちの所有地にいるか、アルプス山脈か、ライン川の上流か、ドイツのハルツ山脈か、エジプトか、インドか、ガーツ山脈にでもいるのでしょうね」という答えが返ってきた。しかしこれだけの利害が絡むというのに、一体どうして彼らは無視することができるのか？「ああ」と私の友人は答えた。「イギリス中の人間が彼らのために働き、危害が及ぶ前に彼らが苦しい思いをして阻止してくれるというのに、どうして彼ら自身がわざわざそういった問題に取り組む必要があるのかい？」どれほど過激な進歩主義者も貴族の前にくれば即座に敬意のために脱帽し、声色を変える。一八四八年、四月十日（チャーティスト運動の日）に、上流階級の人々はこの時初めて自分たちの身を守ることに関心を払うようになり、高位な人たちも他の人たちと一緒に特別警官となった。「それでどうして討論の最後まで居合わせる必要があるのだろうか？この瞬間、ウェリントン公爵が緊急事態において自分たちの代理者に投票する用意のある代理投票者——五十人の上院議員を手元に持っているのではないか？

上院議員が政府の一派として存在していて、内閣の定員数の半分を占めることができるのは事実ではあるが、財産と身分は残りの半分の実質的な指名を得られるに至るまで及んでいる。そして見習い学校であるかのようにそれらに従属する職務地位においても割り込んでいる。このような政治的な独占によって、彼らのヨーロッパにおける知的なそして社会的な卓越性が授けられたのである。少数の法律関係の貴族と少数の政治関係の貴族が一般ビジネスの矢面に立つ。軍隊においては、貴族が上級将官の大部分を占め、奢侈で壮麗で排外的な調子を纏わせる。義務と危険性を軍役において存分に果たしてきた。対ロシアの戦争において自分の命や手足を犠牲にしない貴族の軍人はほとんどいなかった。残りについても、貴族たちは金銭的、政治的な事柄において先導的な立場にあり、美的趣向や社会的な慣習、饗宴や家庭内のもてなしにおいても同様である。一般的に、貴族として要求されているのはどっしりと構えて座り、公の会合を主催し、慈善事業に顔を貸し、イギリス人の心にとってとても魅力的に映るあの礼節の範例を成すことである。

今日の批判的精神に基づき、この貴族階級がどのような役割を果たしたのかと訊くのなら――その実益はすでに表出しており、さもなくばとうの昔に滅んでしまったことだろう。その実益の内、いくつかは簡単に挙げられ、他のもっと微妙なものが歴史の裏側を構成している。貴族社会の制度は社会の進捗としての一段階である。というのも人種は、たとえ貴族の名前を何と呼ぼうとも、何らかの形で貴族社会を生み出しているからだ、人種が女性を生み出すのと同じくらいの確かさで。

イギリスの貴族は勇敢で、行動的で、教養ある男で、富と力を生まれながらにして持っており、あらゆる国を走破し、各々の国の最良の人物と交際し、芸術と自然のあらゆる神秘をその目で見ており、何かしらの才覚や野心を持つ男ならば、重大な運動なら何でもその実施において助言を訊かれたのである。彼らに身を任せずに大きな力を振るうことはできず、また伯爵がその地位や義務を果たすためにその精神を発揮するようなことがあれば、その際にとる態度の最良の範例をこの目で見ることができる。どのような種類の力でも彼らの物腰に直ちに表れる。

そして慈悲深い力、処世の才能には、隠したり抵抗することができないような威容を添えることになる。

彼らは自分の立場によって失うだけのものと同じくらい何かを得るように思われる。セント・ポール聖堂から見下ろすように社会を眺めているのだ。そして庶民からの紛うことなき真実について耳にすることはなくとも、あらゆる種類の事物の最良を目にするのであり、そして見るものは収積され集合化されているので、つまらぬ細部にではなく、その総合的で真髄的なものを容易く捉えるのである。立派な振る舞いはあらゆる名声に相応しいものであり、その慎ましさや落ち着いた雰囲気は、偉大さの最良の装飾である。

上流階級の人は生まれが恵まれているだけで、考えというものを持っていないとアメリカ人は言う。確かにそうではあるが、優れた風習を有しており、それはとても素晴らしいものであり、一体どれほどの才力が風習へと変貌していくことだろう――他の国ではかつて一度もないくらいにイギリスにはそれが多いのだ。優越性を自分で感じており、野心で成り上がった者たちの階級にある欲張るような努力とは無縁で、思考と感情は純粋で、お祝いの会合で他の愉悦と共に、最高級の人柄の存在を示すことができるのである。

忠誠はイギリスにおいては副次的な宗教である。法律を装飾として身につけ、メイフェアを具現化した神々と一緒に進んでいくように己の忠誠を抱えつつ歩いていく。貴族は一体何の役に立つのかという質問が一八五五年に経済学者によって訊かれたが、フランクリンに赤ちゃんは何の役に立つのか、と尋ねてみると良いだろう。互いに愛し愛されるといった感性を抱かせるために、貴族は社会の教会であった。祈祷が教会における儀式のように、礼節は社会における儀式である。また礼節の学校であり、それが育まれた時代においてはそれは穏やかな祝福である。それはイギリスの生活をより大きな地平性を伴いながら装飾するロマンスである。御伽噺と詩をいっぱいに味わう、途上の天国である。貴族の育成という点においては、それが本当に貴族を勇敢に、容姿端麗に、気品を添え、高潔な人柄に育てたのである。

一般的に言って、礼節を形成したり、人を教化する傾向はそれが何であれ大きな価値を持つものである。友情の喜びを味わったものなら誰でも、我々の風習から設立されたあらゆる社会的な防衛に敬意を払うだろうが、それは軽薄で不快な人々の侵入を妨げる役割を果たす。全ての階級が自分たちを守護する熱意は、人生において見つけた現実性の証である。自分が己の力量を存分にまで発揮したと思っているなら、彼に関する限りは貴族社会に対する恐怖を迷信的なものとして免れてもいいだろう。コバルト、水銀、ニッケル、黒鉛の鉱山の入り口を守る者は、自分がいなければ世の中はやっていけないということをはっきりと確信している。現実的な者は誰でも、やはり現実的な事物に対して心を開いて受け入れるのだ。

更に、イギリスが現代のような金庫であり博物館であるような状態なのは貴族がいてこそである。燃える街や改革が巻き起こる国々という具合に世界中からイギリスへと芸術作品を引き摺り出し収集し保護するのは彼らである。六百年、七百年、八百年、或いはウォリック城のように九百年前からあるような家に対して私は敬意を抱きつつ眺める。鹿や雉の他に、アランデル大理石彫刻、タウンリーの画廊、ハワードおよびスペンサー図書館、ウォリックやポートランドの花瓶、サクソンの手稿、修道院建築、千年生きた樹、地球の今ではどこにも見られぬ家畜の飼育が彼らによって保存されているのを目にした時、私は貴族の邸宅を取り囲む高い柵について許そうと思った。狂ったような戦争と破壊が少し治まると、こういった領地において古物好事家は最大級に脆いローマの壺や崩れかかったミイラの棺が、ほんの少しの埃を被ることなく、連続する歴史の流れを途切れさせる事なく保持して、確実に現れるであろう解釈者のことを待っているのである。このような貴族は人類の財宝管理者であり図書館の司書であり、富と誇りによってこういった仕事に従事しているのである。

だがイギリスの公爵たちにはまだ他にやるべきことがあった。ジョージ・ラウドン、カンティニ、イーヴリンは庭園術について貴族に教えた。アーサー・ヤング、ベイクウェル、そしてメキは貴族の関心を農業に向けた。スコットランドはカロデンの戦いまで野営陣地であった。アソール、サザーランド、バクルーの公爵たちとブレダルベイン伯爵は栽培術、牧羊、小麦、灌水、植林、池や湖の人工養魚、禁猟地区の賃貸を導入した。昔からいる小作人たちの反対そしてそれに共感する英国紙の反対にも拘らず、彼らは根元から取り除けて新しいものを植え付け、その結果かつては三百万人暮らしていたのが今では六百万年の人たちがそこで暮らしており、そして昔よりもいい暮らしをしているのである。

イギリスの男爵はいつの時代にも、当時の判断や評判によれば、勇敢で偉大だったのである。イギリス各地に散在する古くからある大邸宅は先祖代々の貴族の威容と客に対する寛容なもてなしについて無言に語っている。シェイクスピアが描くハンフリー、ウォリック、ノーサンバーランド、タルボットといった名主の公爵は実際上で伝えられている話と厳密なまでに一致するように描写されている。エリザベスの大監督であったパーカーの描いたシュルーズベリー伯爵のスケッチ、チャーベリーのハーバート卿の自伝、そしてサー・フィリップ・シドニーの手紙やエッセー。古物好事家のフラーやコリンズによって保存されている逸話、ピープスやイーヴリンのおかげでわかる貴族邸宅の内部の様子、ベン・ジョンソンの仮面劇（ケニルワース、オルソープ、ベルヴォア、その他の貴族邸宅において上演された）に記録されている、或いは暗示されている貴族生活の詳細。デヴォン伯爵の邸宅におけるホッブズの生活について描写するオーブリーの記事。これらはどれもが、ロマンティックな生活様式が好意的に描かれているようなものである。ペンズハーストの街並みは未だに私たちにとって輝かしいもので、そしてそこのクリスマスの宴は「薪ではなく人々が燃える」宴として催される。ウィルトン邸では「アルカディア」が、ブルック卿フルク・グレヴィルとの会話の最中に書かれ、そのグレヴィルも彼の詩が示すように非凡な人間であった。ラドロー城はそのためにミルトンの『コウマス』が書かれたのだから立派な邸宅であると看做してもよかろう。そして『コウマス』に対して理解と共感によって演じたその邸の人々は貴族であるに違いあるまい。貴族の人々の中には詩人、哲学者、化学者、天文学者、更に高い徳性と崇高な感性を有している者がいる。そしてこの瞬間において天才や学識ある人たち、特に美術の分野においての友人たちでありパトロンであったこともしばしばであった。そして現代では、ほとんど全ての大邸宅は豪勢な絵画の画廊を有している。

もちろんこの贅沢な観世物には別の側面がある。全ての勝利には、劣るということだけで存在する敗北がある。城というのは確かに誇り高い代物だが、それは傍観者として眺めた時が最も安全である。戦争というのは汚れた勝負だが、それでもそれは貴族の歴史において最悪のものではない。最近になると、戦争の為のみの教育を受けた男爵が、それによって己の胃によって脳が麻痺してしまい、家では無精に過ごし、肥満になり不貞な行動をするようになり、実に気の毒な動物に成り下がった。グラモン、ピープス、イーヴリンは国王や宮廷人が快楽を求めて赴いた犬小屋の様子について描写している。芝居小屋から連れられてきた売春婦は侯爵夫人となり、その私生児が公爵や伯爵となった。「若い男たちが最上位について、老いた真面目な貴族は嫌われていた」。彼と国王の取り巻きたちが行った会話は「貧弱で空虚」であった。自分の頭脳を高く評価している者は、これらの飲み仲間どもが国王と馴れ馴れしくしたことを、自分ではやろうとはしないだろう。このような厳しい宴の当然な結果として、ピープスは国王から乞食へと堕ちていった様を描写することができる。国王は会議の席で紙を見つけることができず、衣装箪笥には「ハンカチ」もなく、「首に巻き付く三つの帯だけがあった」。そして生地商人と文房具商人は金が支払われないために彼のことを信用することもなく、パン屋はパンをもう持ってこなくなる。他方でイギリス海峡は無防備な状態にあり、ロンドンはイギリスの水兵をも乗せたオランダ艦隊によって制圧された。水兵はイギリス国王によって支払いを拒まれたため、自分から敵国の方へと入隊したのである。

ジョージ三世の時代におけるセルウィンの残した書簡は、国家を崩壊させてしまいそうなくらいの貴族社会の腐敗について暴露されている。地位や肩書きのためのおべっかや投票や名誉の売買。淫行、賭博、密輸、賄賂そしていかさま。年一万ポンドの身分に対して苦情を漏らす子供じみた不分別さに対する嘲笑。思想の欠如、称号の絢爛さ、国民の無関心。これらは教訓的であり、読み手は動きを止めこれらの悪徳を少数の裕福な人々にだけ留めることができた堅固な制限について考えさせられてしまう。ジョージ四世の時代においても事態は改善されたようには思えず、堕落した放蕩者である国王は窓にかけられた板によって馬車により外出したという行為がヨーロッパ中の醜聞となり、女王や彼の一家の悪名についてもその醜聞を撤回させるには至らなかった。

ヴィクトリア女王の治世の下では、宮廷の完全な礼節が貴族階級の大きな悪徳に対して抑制を効かせているものと考えられている。それでも賭博、競馬、飲酒、そして異性関係が彼らを破滅させ、その気になれば民主主義者はなお彼らの醜聞をかき集めることができる。自分の食器類を質屋にいれて町役人の世話を受ける公爵、自分の邸宅を見せてその料金によって暮らしている大貴族、自分の部屋が金のために訪問者に展示している間車椅子に乗って部屋から部屋へと動いていく老人、破産して借金のために国外逃亡して暮らしている男爵や伯爵、前世代のこれらの噂を実証するような陰鬱な逸話が至る所にある。バッキンガム、ボーフォート、マールバラ、そしてハートフォードといった由緒ある名前は新たな光沢を添えることはない。そして時にはもっと陰鬱な醜聞が勃発し、それはフランスの「著名な事件」【Causes Célèbres】にオルレアン王朝が追加した新章と同じくらいの不吉さを纏っている。富と公共心がある貴族ですら、莫大な出費に迫られ困窮している。尊敬すべきデヴォンシャー公爵、イギリスのマエケナスやルクッルスとなることを望んだこの人も、彼はチャッツワースで一年に一ヶ月しか暮らせないと述べたとされている。彼らが持っている多数の家が財産を食い尽くすのだ。限嗣相続が設定されている故にそれを売ることもできない。周りが面子のために賃貸することも許さず、ただその家には誰もおらず、風を入れるだけで、地面の草は刈られ手入れをされ、一年に四千、五千ポンドはかかる。その費用の大部分は召使たちのものであり、多数の家でその召使の数は百を超える。

大部分の貴族が唯一非難されるべき点は無為に過ごすことであり、なぜならそれは利益をもたらすだけの大きな力を消尽してしまうので、犯罪的な害があると言える。「彼らは地球上における小さな摂理として成るだろうが、実際はその大部分は、馬商人か洒落者である」と私の友人は言った。キャンベルは「貴族との交際をずっと続けることは私にはできない。そのためには時間と衣裳、そしてパーティへの出席が必要だからだ」と言う。自負心という感情が教養ある人間を社会から遠のかせているようにも思え、あたかも貴族は時間の教訓を取得するのに時間がかかり、自分のプライド心を隠そうとする術も知らないようにも私には思える。富と流行の中心人物でもありさらに機知にも飛んでいる人間が、友人に対して、貴族の家へと入って行く時は相手が大君主であり、自分は平民であるということを嫌でも実感させられるということを告白した。音楽家含め芸術家という人種になると、貴族的な傲慢は交際関係を引き裂いてしまい排外される。ジュリア・グリジとマリオがウェリントン公爵やその他の大公たちの邸で歌った時、一本のリボンが歌手と観客の間に伸ばされていた。

貴族が皆兵士であった時代には、勇敢な人間となるために周到に育てられた。兵士の教育は十九世紀における伯爵の教育に比べれば単純なものであった。そしてこの軍人教育はとても真剣に行われたので、貴族はあらゆる類の馬術や、もっとも危険な技の披露に至るまで達人だったのであり、このことはオレンジ公ウィリアムの即位に至るまで続いた。だがもっと真面目な人間はどうやら自分の息子たちをもっと一般的な仕事に相応しいように育てたらしい。エリザベス女王は自分の考えを未来のために伸ばし、サー・フィリップ・シドニーは兄弟に対して送った手紙において、ミルトンやイーヴリンは言葉で率直で暖かいアドバイスをあげた。すでにイギリスの貴族や地主は地方の紳士として生きていき、穏やかに生きていくための出費の金を用意していた。街から街へと移り、香水、香粉、におい玉、解毒剤の処方を学び、種子や宝石や硬貨や様々な珍しいものを集め、それからこれらの娯楽に楽しみを見出すための私的生活を暮らせるように準備していた。

あらゆる特権によって若い貴族たちに知的な労働を取り払うことはもちろん間違っている。「大学においては、貴族は学位獲得のための一般的な課業からは免除されていて、名誉としての学位を獲得する。同時に入学やその他のことのために払わなければならない金額は普通の生徒に比べ遥かに高い」。フュラーは「イギリス人は自分の子供を大人になるより先に紳士にしようとすることによって子供たちが賢明な人間になることは滅多にないという外国人の観察」について記録している。このような子供の甘やかしはジョンソン博士の長子相続法に対する「この法によって一家に馬鹿な人間は一人だけになる」という辛辣な弁護を正当化するものである。

社会の革命はこの階級にも波及した。産業技術の巨大な力は家系や血筋に対しても例外を設けることはなかった。我々の時代の道具、つまり蒸気、船舶、印刷、富そして一般的教育は、それを取り扱うことができる者に所属するものである。そしてこの影響によって、かつては名家においてのみその特権が活用されていたのが、今や中産階級全体において開かれるものとなった。貴族が自分の馬車を通らすために馴らした道は、今となって骨折って労働することにより荷馬車を走らせることもできるようになった。

このことは一日一日経過していくにつれ明白になっていくが、そもそもイギリスの歴史全体を通してこのような様態であったと私は考える。イギリス史はしっかりと読み込めば、イギリス人の頭脳の立証化である。何と言っても、ここには労働することにおいて有利となる気候と条件が揃っているのである。そこで働き、勇気ある者が、支配者となる。知性と個々の力が法律を制定すること、勤勉と管理の才覚が管理者となること、労働こそが王冠をかぶること――これらのことは霧と海と雨が明確に示した憲章であり、人民憲章運動の主張である。実際にはこうではなく、別のものが主張されていることを私は知っている。貴族とそれ以外の者が互いに等しく己に満足しているという作り話は、貴族の方が先祖のノルマン人から途切れぬ代々の血筋を引いているということであり、この八百年もの間労働したことがないということである。だが貴族の家庭のメンバーたちは新しく、ただその名前だけが昔からあるものであり、そのことを妨げるようなことがないように自分たちの思い出と契約を交わしている。だが貴族階級や紳士階級を分析してみると、旧家の瞬く間の腐敗と消滅、そして新たな血筋によってこれらが継続的に補われていることがわかる。その家庭のドアも確かに見かけ上は厳重にガードされているが、実際は開かれており、そこから賄賂の力が入っていくのである。身分へと続く道を妨げる仕切りはただより渇きを覚えさせ、獲物の値段を高めるだけである。戦闘のために出陣する時、ネルソンはこう言った。「さあ、今度は貴族かウェストミンスター・アビーか！」「私にはもう夢はない、ただカンタベリーの大監督を除いてね」とシドニー・スミスは言った。「弁護士はこの下院では単なる渡り鳥に過ぎない」とバークは言ったが、さらに別の表現を使って

「上院において最良の主錨を彼は持っている」とも言った。

紋章がなくなっていくという点においても、更なる前進が行われていることを示す。貴族の特権が中流階級に移譲していくうちに、紋章は権威を喪失し、貴族の称号は古臭くなり厄介物となりつつある。分別を持つ人間ならばそれに対してはもう我慢ならなくなっているのではないかと考えている。カツラ、化粧粉、緋色の衣とともにそれらはすでに前の世代のものであり、顔料や入れ墨と同様にオーストラリアやポリネシアの高官たちに譲り渡しても損はないだろう。

大学教育を受け、礼節、才覚、幸運の授かりによって社会に出ている大多数のイギリス人は、毎日平等の立場で貴族と肩を並べ、さらに名誉や支配力の競争においてはしばしば彼らを凌駕することもある。このような教養ある人たちの数は大きく、日増しに大きくなっている。称号の有無は別として、このような上流社会と呼ばれる者を形成する、ロンドンを行き来する人々の数は七万人にまで及ぶとされている。称号を持たぬ貴族はその身分に属しているはずの不便性に煩わされることなくあらゆる力を持ち、そして裕福なイギリス人は現在世界中を動き回り、もっとも力を持ったイギリスの国王が取得でき得る利益を上回る利益を引き出しているという事実から目を逸らすことはできない。

# 第十二章：大学

イギリスの大学の内、ケンブリッジがその学生名簿においてもっとも著名な名前が記載されている。今日においても、卒業生の中により多大な数の優れた学者を持っていてオックスフォード大学を凌いでいる。私はキングス・カレッジ礼拝堂、各学寮の美しい芝生や庭園を見るのに一日だけケンブリッジに滞在し、そして二、三の大学関係者としか会わなかったことを残念に思っている。

とはいえオックスフォードから繰り返し招聘を受け、神学の欽定講座担任教授とオーリエル学寮の特別研究員であり私の親愛なる友人、そして植物教授のドーベニー博士の三人から紹介状を受け、一八四八年三月の末日にそこを訪れた。私はオーリエルの友人の世話になり、その学寮の近くで宿泊させてもらい、色々ともてなしを受けた。私の新しい友人たちは私を案内してくれて、回廊、ボドリアン図書館、ランドルフ画廊、マートン・ホール、その他の場所を見せてくれた。数人の誠実で高潔そうな若者たちとも会い、その中でも精神の平和のために犠牲になりたいと思っている人もいた——もちろん、そのために私が助言できることは何もなかった。彼らの愛情を持ち社交的な態度は、すぐにアメリカのケンブリッジ学生たちの習慣を思い起こさせたが、落ち着いた作法の優れた態度はこれらイギリス人たちが一歩先に進んでいると考えた。

大食堂は樫材の羽目や天井が美しかった。大学の創立者たちの肖像画が壁にかかっていた。机では食器類が煌めいていた。ある若者が机の上部に近づいてきて、昔からある食前の祈祷を唱えた。その文句、「祝福を受けし者に祝福せしめ給え、彼は祝福され、彼をして祝福させ給え」【Benedictus benedicat; benedicitur, benedicatur】は、おそらくこの大食堂において何世代に渡って唱えられたものだろう。

これらの若者たちは二十一時が門限で、寮の守衛にはその時間よりも遅れて帰ってきた生徒については名前を報告することが要求されているということは、イギリスの慣習あるいは彼らの善良さを示す風変わりな証である。さらに、貴族階級の中でもっとも精力旺盛な人物を含む千二百の若者の中から、決闘が生じたことは一度もないことはこの事実の正しさをより深めるものである。

オックスフォードはイギリスにおいてすら古い大学であり保守的である。その創立年代はアルフレッド大王からであり、もし言われているようにドルイド僧のフェリルトがこの地に神学校を持っていたとすればアーサー王時代からすら続いていたことになる。エドワード一世の治世では三万人の生徒がいたと主張されている。そして十九の最も高尚な組織が設立されていた。

チョーサーはその組織をすでに永続的に設立しているくらいに固い基盤を持っているとした。イギリスの歴史においては、この島国の大学は裕福で偉大な名前を輩出した大学であり、ヨーロッパの学者をイギリスと結びつける役割を持っている。一四九六年にエラスムスは喜んでこの大学に入ってきた。一五八〇年にアルベリクス・ゲンティリスはこの大学によって救われ生活することができた。アルバート・アラスキー、ポーランドの貴族でシラドの王子であった彼は、エリザベス女王の聡明さを讃えるためにイギリスを訪問したのだが、一五八三年にクライスト・チャーチの食堂で劇を上演してもてなされた。ジェームズ一世の招聘を受けフランスのアンリ四世の元からやってきたイザーク・カゾボンは一六一三年七月にクライストカレッジへの入学が認められた。私はアシュモレアン博物館を見学したが、一六八二年にイライアス・アシュモールはその博物館に馬車十二台分積まれた珍奇物を贈呈した。この大学こそはアントニー・ウッドやオーブリーが記した競技や英雄が全ていたオリンピアというべき場所であり、大学内のどの部分においても各々の光彩を放っているのである。ウッドの『オックスフォードの学者たち』つまり二百年間のオックスフォード著作家の暦であるこの本はイギリスの風習とその功績を生き生きと語るものであり、パーチャスの『巡礼記』やハンサードの『国会議事録』と並ぶ国家的な記念碑である。あらゆる点においてオックスフォードは時代と権威の芳香を放っている。その門は現代の刷新に対して閉ざしてしまう。それは大監督ロードが定めた規定に今なお支配されている。マートン図書館の書物は今でも鎖によって壁に縛られている。一六六〇年八月二十七日、ここでジョン・ミルトンの『英国民弁護の書』及び『偶像破壊者』は焚書された。一六八三年、トマス・ホッブズの『リヴァイアサン』を大学の評議会が公然と焚書したその校庭あるいは中庭を私は見学した。この学者団体がアメリカ独立宣言について耳にしたことがあるのか、あるいはプトレマイオス派の天文学は今でもコペルニクスの新発見に対してまだ対抗できているだけの論拠を持っているのかどうか、私にはわからない。

男子の数とほとんど同じだけの慈善家がいる。貴族や裕福な学生のほとんど全員が、大学を卒業する際に食器を一品残していくのが通例である。食堂から、特別研究生の基金から、図書館から、一枚の絵や一本のスプーンに至るまでの様々な価値を持つ贈呈品が一世紀に亘って継続的に蓄積されている。私の友人J博士は以下の話を教えてくれた。ロンドンのサー・トーマス・ローレンスの収集品の中にはラファエロとミケランジェロの実物大下絵があった。金額的に計り知れないこの品は七万ポンドによってオックスフォード大学への贈呈が申し出された。その申し出は受け入れられ、その責を引き受けた委員会は三千ポンド集め、他の後援者としてエルドン卿の元を訪れた。百ポンドの寄付の代わりに、三千ポンド分の小切手を切ってくれたことは委員会のメンバーを驚かせた。メンバーは彼に対して、残った必要な金額を集めるのはこれで簡単になったと伝えると、彼は「いや、あなたがたはおそらく払えるだけのものは払ったのでしょう、残りについても私が負担しますよ」と言って、三千ポンドの金額記載を取り消し四千ポンドと書いた。

ボドレイアン図書館でバンディネル博士は、クラーク博士がエジプトから持ち帰った紀元後八九六年の日付のプラトンの写本や、同じく世紀のウェルギリウスの写本、メンツで印刷された最初の聖書（おそらく一四五〇年かと思われる）、それに最後の二十ページが脱落した同じ聖書の複製を見せてくれた。だがヴェニスに滞在していたある日、部屋いっぱいの本と写本―あらゆる断片や紙切れも全部――四千ルイドール【louis d'ors】で買い取って、領事の手を借りてドアは施錠し封印してもらった。後日、購入物件の検討を開始したところ、彼はメンツの聖書の脱落していた二十ページを完全に揃っている形で見つけ出した。購入した残りのものと一緒にオックスフォードへと持ち帰り、脱落していた聖書の中に入れた。だがこの書誌学においても見られる摂理に対する畏敬の念があまりに強すぎることにより、戻ってきた箇所も含めて製本し直すことはしていない。この大学の最も古い建物も、クラーク博士がエジプトから持ち帰った破れやすい写本に比べれば二百年も新しいものである。ボドレイアン図書館においてはロウソクも炉辺も全く使われていない。蔵書カタログはオックスフォードの全ての図書館の机に置かれている標準的なカタログである。各々の学寮では、そこで所蔵されている本の題名をカタログ上においてその書名の下で赤線を引く――つまりボドレイアン図書館では全ての本が収蔵されているということである。この大図書館が昨年（一八四七年）の間に図書の購入に充てた金額は千六百六十八ポンドであった。

論理的なイギリス人は技術者を養成するように学者を養成する。ウィルトン工場が絨毯を織り、シェフィールドが刃物を生産すると同じように、オックスフォードはギリシア語の工場である。馬の使用方法を知っているが如く個人教授のやり方を心得ている。そしてイギリス人は両方から最大限の恩恵を引き出す。読書に専念する生徒たちは、厳しい散歩や乗馬によって健康を維持し、適正な飲食物によってコンディションを最良の状態に整え、試験の二日前になると勉強を休んで、くつろぎ、馬に乗り、走り、新鮮な気持ちで判決の試験日を迎える。七年の在寮生活が修士号を取るために必要な規定年数である。だが実際は、三年間の学寮生活を送りそれをさらに四年間続けるのがこれまで慣習であった。この「三年間」も全部で二十一ヶ月間である。

スーエル教授は「オックスフォードでの普通の授業料の総額は年額にして十六ギニーくらいである」としている。だがこの立派な説明も事情に通じていない読者を騙すことになるかもしれない。というのも主に行われている授業は個人対面授業だからである。そしてこの個人授業の金額は一年間で五十ポンドから七十ポンドまで、あるいは三年半の全部の課程をひっくるめて千ドルになると計算されている。ケンブリッジでは七百五十ドルに抑えられたらそれは節約した方であり、千五百ドルでも贅沢というわけではない。

学生や学寮生活者の数、大学当局の権威、基金や歴史や建築物の価値、そこで行われていることに対してイギリス全土が示す周知の共感、これらのことは在学生が勉学に励むことも尤もなことだとされる。その献身的な態度はアメリカでは容易に見られぬものであり、アメリカでは大学は貿易や政治に比べればその価値が劣るものではないかと新入生にすら半ば思われているからだ。オックスフォードはそれ自体が貴族社会の縮図であると言え、国内の他の地所の権勢と対抗できるだけの数と威風を備えている。オックスフォードの勉学においても名声や社会的な出世が添えられるものであり、その向かう方向はあらゆる文明国家による満場一致の敬意を受けるものである。

この貴族社会は無論、己の喪失を補填するものである。空席ができると、学生から選んでそれを補う。オックスフォードの特別研究生の数は五百四十人であり、平均年額二百ポンドもらえ、大学内における宿泊と食事も提供される。もし学問に精力的だが貧困によりそれが妨げられている若いアメリカ人が、これらの学問的な殿堂のどれかにおいて家、机、散歩道、図書館、そして独身である限りは一年に千ドルもの金額を受け取られるとしたら狂喜乱舞することだろう。だがこれほど恵まれた境遇にあり、書物を読むことに金が支払われるというのに、イギリスの若者たちは二、三の束縛に我慢がならず、彼らの多くは特別研究生でいることを辞めようとする。死ぬまでずっと特別研究員でいることを考えると身震いし、食堂に助けられながら入ってきた麻痺性の男を彼らは私に指差した。オックスフォードの学部生の数は千二百、千三百に過ぎず、特別研究員の身分を彼らの多数とは争うことはないのでその身分になれる可能性は大きい。十九ある学舎の収入は年額十五万ポンドになるものと推定されている。

ここの特訓の成果はギリシア語とラテン語、そして数学の徹底的な知識であり、同時にイギリス批評の堅実な味わいも獲得される。あれやこれやの褒賞には運不運はあるにしても、イートン校の級長は長短のラテン語を書くことができ、ラテン語で紳士録を六歩格の詩に書き換えることができる。古典語の年輩の学生は『古典詩集』を適切に暗誦できることは間違いなく、あらゆる一般教養について注意深く読み込んでいる。ギリシア語の学識はアイシスとケムにおいて存在しており、モードの男やつぶれた鼻の男【Maud man or the Brazen Nose man】は序列の中に入っているのやらいないのやら、そこの大気はギリシア的な学識が充溢している。川全体が特定の高さにまで届き、水草の成長を、このギリシアのムーサが宿る水によって妨げられている。イギリス人は本性的に文化を慈しむ。ミルトンはそう考えたのだ。それが北欧人に気品を添える。ギリシア精神に触れることによってその者の美的趣向の水準を引き上げる。考えるべきことは十二分にあるので、精神が考えでいっぱいなことと新たな美的趣向の厳格さにより、衝動的な性質でもない限り書いたり話したりすることには気は進まない。多大な数の徹底的に育まれた無言のギリシア人がいつも自分の周囲にいて、それをイギリス作家は無視することができない。口に出す言葉を省き、ペンを尖らす。イギリスのジャーナリズムの文体と文調はこのようにして生じる。正確な理解、論理、仕事のペースと速度について精通しているのである。底力、忍耐力を有しており、影響力も大きい。立派な体格を持って生まれた場合、消化力のある学問工場となり、鉄の人間、堅い腸【dura ilia】となる。その達成力をアメリカ人と比べてみれば、蒸気ハンマーとオルゴールくらいの差がある――コーク、マンスフィールド、セルデン、ベントリーといった大学者が産出され、ある優秀な頭脳がこの立派な馬に騎士を乗っける場合は、最高級の教養と実行力を併せ持つ世界の巨匠が得られることとなる。

イートン、ハロウ、ラグビー、ウェストミンスターのような有名なパブリック・スクールで教育を受けてきた人々にとっては、それらの学校の校風は高潔なもので男らしいものと捉えられる。運動場においては勇気が常に尊重され、卑しさは軽蔑され、男らしい感情と寛大な行為が奨励される。礼法の不文律は成り上がりの親をもつ子供と高い身分の親により甘やかされた子供の両方を平等に裁き、両者から無分別なことを追い払い、彼らを紳士たり得る存在にするために可能な限り尽力する。

また大学においては、イギリス人が国民生活の華として尊重するもの――しっかりした教育を受けた紳士について、これを形成することが最優先にされる。ドイツ人フーバーはイギリス人紳士の特性について、自国人に対して次のように認めている。「ドイツ人においてはこのような種類の紳士はいない。紳士は政治的な特性、独立した公の立場、あるいは少なくともそれを引き受けるだけの権利を持たなければならない。自分のものにせよ、家族のものにせよ平均程度には財産を持っていなければならない。そして肉体的な活動力と強靭さも持っている必要があり、事務所で座り込んで仕事をしているだけではそのような肉体は得られない。イギリス紳士の人種は外見上だけでも男らしい逞しさと体格を表しており、イギリス以外ではこのような人間を同じ数だけ見出すことはできない。他のどこの国にもこの血統はない。イギリスでもこの血統は退化してきている。大学はどんな人間でも気に入られるような決定的な威圧感を備えている。そして在学者たちの卓越さはとても甚だしいもので、大学の要覧を一目見たら、オックスフォードやケンブリッジの大きな学寮の中の一員になることは、世界でも最高の仲間の一人として自分が加わると思うようになる」

大学の研究グループは上流階級の完成機関であり、貧しい階級のためのものではない。実益というものは追放される。パブリック・スクールの定義は「人間を販売レジの後ろに立たせるような教育を全て排除する学校」である。

確かにこれらの大学施設はこの定義とは誤って使用されてきた。オックスフォードは富の観点から言えばヨーロッパの小国たちをいくつか集めたものと匹敵し得るのだが、そこは「そこに集まった全ての人間に対して開かれた」講師の口を閉ざし、「探究心があり、貧困で、そして努力を惜しまない」若者たちのために授けられた歳入を勝手に消費してしまっている。ひどい依怙贔屓があり、多数の地位や多数の特別研究生の身分が安逸の温床となっている。大学はこの点について議会の調査という脅威に抵抗し無力化させる術を心得るようになり、その学問も今となっては時代遅れなものとなってしまっているのも疑いのないことである。だがオックスフォードにはそれ固有の美点もあり、イギリス人らしい誠実さと徹底さの証をここで目の当たりにした。彼らが尊重するだけの知識を身につけており、それを教授している。直接的な授業にしろ間接的な影響にしろ、詰め込み式授業の教師にしろ褒賞と奨学金基金を決める試験官にしろ、イギリス人の考える力と言い得るのは保持されている。ラスビー賞、ハートフォード賞、ディーン＝アイルランド賞、大学賞、こういった多様な奨学金や特別研究資金のための一八四八年の試験問題（その写しをあるギリシア語の教授の厚意によって頂いた）を見てみたが、そこには多数の受験者が優れた答案を書いた問題が記載されていた。そしてこれらの問題はイェール大学やハーヴァード大学の学士号を取ろうとする生徒たちには難し過ぎる問題だと私は感じた。そして一般的には、割り当てられた分野に対するより徹底した探究が行われる証がここにあり、与えるべき知識はしっかり与えられていた。オックスフォードは毎年二、三十人の極めて優秀な人間、そして三、四百人の立派な教育を受けた卒業生を社会に送り出している。

食事と厳しい運動が古くからの北欧人の力をある程度まで維持している。洒落者ですらも戦うし、危機に臨めば勇敢に振る舞うのである。これらの若者たちを目にした私は、その逞しさや顔色や一般的な習慣に、アメリカの大学の同世代の人たちにすでに優っていると考えた。確かに勉強する人たちの力と頭のよさの大半は単なる体格的で衛生的なものに起因する。現在よりも厳しい日常習慣を身につけ、徹底した体育を施し、散歩を更に五マイル増やたり、五オンス分食事を減らしたり、一日二十マイル馬を走らせたり、スケートやボートの試合もすれば、アメリカ人もイギリス人並みの頑強な考え方や、陽気で朗らかな調子を身につけることになるだろう。アメリカ人よりも更に優れた読み書きが出来ることに気が付かなかったならば、これらの容易に持つことができる利点に対して喜んで譲歩したい。

学校や大学教育として大きな地位を占めているイギリスの豊かさは、最良の作家を体系的に読み、最終的には彼らが取り扱うテーマについて何を目指しているかという知識を獲得することになる。これに反してパンフレット作家やジャーナリストは自分に属している党派の論争のために読むか、書くために読むか、或いはせいぜい上層部が命じたことのために何がしか読むことになり、それは必然的に卑しく断片的な読み方となる。チャールズ一世は、紳士としては理解すべき範囲で自分は法律に詳しいと述べていた。

そしてイギリス人は書物と馴染み深い関係にある。多数の家庭において多数蒐集されている蔵書は、ここアメリカでは若者の段階では決して得られることのない利便性を与えている。ある本のことを耳にした瞬間にすぐにその本について調べられる学者の方が、最良の本を探し出すことができないゆえに何年も本を探し劣った本を読んでしまう人物よりもどれだけ多く優れた知識を持ち得るかを考えてみるといい。

そして教養ある多数の人々は互いに高い水準に切磋琢磨することができる。学識深い人間と出会い仲良くなる習慣を身につけることは、人間関係における適切な取捨選択の術を身につけられるようになる。

大学というのは当然ながら天才に対しては敵意を持つものである。天才は独自のものの見方と活用の仕方をし、学業課程を信頼しないからである。これは教会や修道院が若い聖者を迫害するのと似ている。だが我々は皆子供を大学へと送り、仮にその子が天才であったとしても、機会を活用しなければならない。大学は過去へと向かうものに違いない。大学の塔の上にある全ての風見に対して方向を示す疾風は過去から吹くものである。オックスフォードはいわば図書館であり、教授たちは司書に違いない。エウクレイデスやアリストテレスの髭を引っ張る若い新教義主張者を尊重しないから、あるいは創作家として空いた本棚を彼らは埋めないと言って教授たちと口論したりするくらいなら、むしろ門番がケルチやキンブルンの総督のように、通りへと敵意を持つ言葉を発しながら自分の職務の権限を拡大させないことについて喧嘩をふっかけるだろう。

大学の悪口を言うのは簡単だ。我々が待てば、大学は何かを示してくるだろう。大学にもまた天才はいるが、下院の委員会の招聘にも応じることはない。天才は稀有であり、気まぐれであり、変わっていて、暗闇の中で潜んでいる。イギリスは多様なものが驚くべき形で混ざっている国であり、大学はもう死にかけの状態にあると決め込んだ途端に、オックスフォードの中心から詩的な影響が発せられ、街の世論を形成し、鳥が巣を作るように簡単に家を建て、芸術に真実性を与え、人類を魅了するのである。道徳的な働きかけは常にこのようでなければならないのだが、この復興的な天才の他に、現代のイギリスの最高の詩作、それも古い形式で、はケンブリッジの二人の卒業生から発せられたものである。

# 第十三章：宗教

現代ではどの人間もその国民的宗教によって説明されることはない。国民が宗教に対して責任を感じておらず、もはやそれは彼らの遥か遠くにあるものと看做されている。真理に対する誠実性、そして労働と出費は現実上の根拠に基づいているのであり、国民的教会にではない。そしてイギリス人の生活は、アタナシオス信条や国教会の信仰箇条や聖餐式から完全に抜け出していないことは明らかである。宗教について言えることが結婚についても言える。若者は慌てて結婚する。結婚した後人生行路について考えられるだけの精神性を持つようになると、結婚制度についてどう思うか、男女の性の適切な関係性とは何かを考えるようになる。「結婚がまだ控えているというのなら言うべきことは色々ある。だが私にはもう妻と子供がいる、そしてそういった疑問はもう持っても無駄なことだ」と答えることだろう。国家がまだ野蛮だった時代に、祭式が形成され導入された。祭壇が建てられ、十分の一教区税が支払われ、牧師が任命された。国の教育と出費はその方向へと向かい、その結果富と気品と偉人と世界への繋がりができると、思慮ある人間はどうして運命と戦ったり今や山積みされた不合理なものをわざわざ持ち上げたりするのか、宗教的な時代が切り出し刻んだこの石の山の壁龕や裂け目を見つけそこに身を託した方が、これを取り除けるという馬鹿げた上に危険であり己の力量を超えたようなことを為すよりましではないのかと訊くだろう。

古い城や聖堂を見るにあたって、私は時々、八百年の歴史を持ったダンディー教会の塔の前に立った今日のように「これは今これを見ている人たちよりも別のもっと優れた人たちによって建設されたものだ」と言うことがある。そして明らかに、この島国を大きな感情の力がかつて作用していたのであり、これらの建物がその証拠である。火山の玄武岩がすでに何時代も前に消滅した火の作用を語っているかのようである。イギリスはヨーロッパで発酵したキリスト教の熱全体を感じ取り、あたかも火の延焼のように野蛮と文明の間に明確な区切りの線を引いたのである。宗教的感情の力は人間の犠牲に終止符を打ち、欲望を抑制し、十字軍を起こし、暴君に対しての抵抗や自尊心を湧き立たせ、農奴や奴隷を禁止し、自由を築き、宗教的建造物を建立した——ヨーク、ニューステッド、ウェストミンスター、ファウンテンズ・アビー、リポン、ベヴァリー、そしてダンディーの各聖堂——これらを建立するに至った感情と共にその理解のための鍵となるものも失われてしまった——更に英語の聖書、祈祷書、修道院史、ディヴァイザズのリチャードの手による年代記もまたもたらされた。修道士はラテン語訳聖書も翻訳し、古代の聖人列伝に書かれていた神聖な道徳的義務をイギリス国土に基づいたそれに変容させた。それはコーカサス人種の肯定的なあるいは積極的な状態であった。人は幾世代からの眠りから元気に目覚めた。北方の野蛮人の暴力に対してキリスト的精神の力を湧き立たせた。それは民衆の愛によって活気立った。ウィルフレッド司教は大地の従属物となっていた二百五十人の農奴を解放した。牧師は小百姓に対しても安息日と教会の祝祭日には労働から休息させるようにした。「土曜日の日没から日曜日の日没の間において自分の使用人を労働させた地主は、全てを失うことになった」。民衆の中から修道士が生まれ、自分の階級の人々に同情した。ヨーロッパでは教会が仲介者であり、抑制機関であり、民主的な原理であった。ラティマー、ウィクリフ、アランデル、コバム、アントニー・パーソンズ、サー・ハリー・ヴェイン、ジョージ・フォックス、ペン、バニヤンは各々の時代の聖者であると同時に民主主義者である。カトリック教会はこの勤勉で真面目な人々の只中に放り込まれると、その地方の風習と精神性に強く結びついて、千四百年の間に家庭的にも国家的にも一大組織となった。長きに亘る時によって、天上的なものと地上的なものの全てに融合した。決められた日の宴や断食を催し、一年の毎日に名前をつけて、またあらゆる街と市場と岬と記念碑も名付け、それ自体が暦と結合したことにより、教会の許可なくしていかなる法廷も開廷することはなく、畑も耕されず、馬に蹄鉄を打つこともできない。思慮に富んだ格言や店や農場上の格率は教会によって定められ、始められる。従って農業地区においては教会の力は特に強い。土地は教区に分割されているので、あらゆる行政上の特権には教会の認可が必要となる。牧師の階級――富者には高位聖職身分、貧者には副牧師――これと古典教育が牧師に対して保証されているという事実が相まって、牧師を「辺鄙な土地の百姓と時代の知的な進歩を結合する鎖」にさせている。

英国教会は人間を教化し、人々を勇気づけ洗練させ、養い、癒し、教育するという慎ましいながら効果的な奉仕をしたという多数の証明がある。殉教者や信仰告白者、優れた本、荘厳建築、世俗的にも価値があり決して安価ではなく金銭売買ができない儀式がある。

この成長の遅い教会から重要な反応が生じてくる。文化や国民の愛情に大いに影響を及ぼし、今日もそうである。彫刻と絵画で飾られた礼拝堂――その表面全体が多様な象徴や紋章により生気づけられている―これによって教区の教会は民衆の目には一種の本や聖書として映っていた。

サクソン的本能が礼拝を英語で行わせるようになったが、それは民衆の教師と大学になった。ヨーク大聖堂で新任大監督の推戴式があった日に、私は合唱隊が歌う晩祷の礼拝を耳にした。世界の夜明けにリベカとイサクが結婚することを歌った美しい牧歌、それが一八四八年一月一三日ヨーク大聖堂で、タイムズ紙と葡萄酒を後にして出てきたばかりの礼儀正しいイギリス人の会衆に向かって、光景が目に浮かぶくらいに歌われるのを耳にするのは不思議な体験であった。そして国民的な誇りに基づいて敬虔さで聞いていた。古きものと新しいものが一体となり何らかの目的に向かっていた。聖書に対する敬意は文明化の一要素である。というのもこれによって世界の歴史が保持され、今もまた保持されているからだ。ここイギリスでは毎日創世記の一章と『タイムズ』紙の社説が読まれる。

この日の同じ礼拝においてもう一つの部分も重要なものであった。ヘンデルの戴冠式聖歌、「神よ、国王を救い給え」がキャミッジ博士によってオルガンで荘厳に演奏された。聖堂と音楽は互いに切り離せないものである。それは教会が政治的機関としての役割を果たすことを暗示している。子供の時から、イギリス人は皆毎日の祈祷が女王、王族、議会に対して名指しで唱えられていることを聞き慣れている。こういった人々を一生の間ずっと神聖化することは自分の考え方に影響を与えないはずがない。

大学もまたこの宗教機関の一部であって、その何よりの目的は牧師を養成することにある。それ故牧師は千年間、国民の学者であった。

国民的気質は教会の長きに亘る秩序と伝統に深い喜びを抱く。そして教会を装飾する礼拝、儀式、建築、謹厳な美しさ、敬虔な人間関係、国王との関係についてもまた喜ぶ。そして教会は行動よりも教養ある人間によって愛されるが、他方で教会が公共秩序の問題や、政治、基金についての問題においても不可分な関係性があることからイギリス国民は教会の支援に対しての情熱を、堅実に注いでいる。立派な教会は悪人によっては建てられない。そのような教会を建てるには少なくとも社会のどこかに誠意と情熱がなければならないのだ。これらの聖堂は無神論者によって建てられることもなく多数が利用することもなかった。いかなる教会もこれほどの学識と勤勉性と敬虔な人たちを有したことはなかった。多数の「牧師や司教は礼服を脱いだ後でも、人に背を向けることはしなかった」。その建築物はいまだに不滅の誠実性によって輝いている。熱と多産の時代がいつかやってくる、いやあるいは神の存在の完全性がいつか達せられるというべきか、これにより人間精神に高潮が起こり、あたかも十一世紀、十二世紀、十三世紀、そして再度十六世紀と十七世紀に見られたような偉大な徳と才能が現れる。これらの時代では、イギリスは天才と信仰心に溢れていた。

だがウィクリフ、コバム、アランデル、ベケットのような人間の時代、ラティマー、モア、クランマのような人間、テイラー、レイトン、ハーバートのような人間、シャーロックやバトラーのような人間の時代はもはや過ぎ去った。無言の思想革命により、これら人々が戻ってきたり、教会の神聖な席をもう一度占めることを不可能になってしまった。かつてこの教会に存在していた精神はいつしか消え去り、他の活動が渦巻くようになった。なので、昔からある聖堂を訪れる人は、その昔からの衣装をガサガサしている猿や役者を見出すことだろう。

イギリスの宗教は立派な育ちを示す一部である。ヨーロッパ大陸で服装のいいイギリス紳士が大使礼拝堂に現れるのを見て、滑らかにブラシをかけられた帽子を被りながら顔を埋めて無言の祈祷を唱えるのを見るとどれほど大きな国民的誇りが彼と共に祈っているのか、そしてその紳士にどれほどの信仰心があるのかを感じずにはいられない。祈祷の文句には意味はないのだから、彼としては寛大なことをし、神に祈ることはとても遜った丁重な行為だと実感する。上院においてある戦争の勝利について大貴族が、「今まで全能なる神が自分たちから正当に活用されることなかったと自分は思い、これほどの大勝利において神に適切に感謝の意を示すことは自分たちの立派さにも寄与されるだろう」と言った。

国教会は紳士階級のためのものであるが、貧民の教会ではない。職工人たちが教会の所有者になることはなく、最近紳士たちが下院において、教会内部で衣装を着た貧乏人を自分たちの生涯でかつて見たことがないと述べた。

旺盛なイギリス人の知性が宗教問題については無理解であるということは、一つの脳内でどれほどの機知と愚かさが併存しているのかを示すものである。宗教はいわば引用文として用いられる。教会は人形である。そして信仰について吟味になると、それは恐怖の叫びによって妨げられる。また上流的な人々と交際していると、卑俗な人たちの熱狂的な信仰について笑いを向けるだろうと思うが、実際は違う。彼らもまた卑俗なのだから。

十九世紀のキリスト教国家においては共通した現象だろうが、イギリス人は権力を尊重せず、ただ実践だけを尊重する。経済的な結果がもたらされた考え方のみに価値を見出すのだ。ウェリントンが聖者に対して敬意を示すのは、相手が軍隊に属する牧師であった場合に限られる。「ブリスコル氏はその見事な振る舞いと分別により、兵隊のみならず将校たちの間からも台頭してきたメソジスト主義者たちを圧倒した」。イギリス人は哲学者を樹皮かつけ水を持ってきてくれる薬屋くらいにしか思っておらず、霊感と言ってもせいぜい吹管か、精巧な機械道具に過ぎない。

イギリス人の頭脳には、技術者が蒸気を閉めることができるように、好きな時に閉じることができるバルブがあるのではないのかと私は考えている。最も分別があり情報に精通している人間が、宗教問題については司教のような、政治については財務大臣のような考え方をすることができる。堂々と理論立って話し、壮大な結果も見せてくれる。だが自由貿易や地質学において今日の状態にまで発展させた彼らが、いったん話が国教会に移ると深妙な顔をしてよそよそしくなり、自分のバルブを閉めてしまう。そうなると後はハコガメと話すようになってしまう。

大学の活動は、教育とその場所の精神性において、聖者や心理学者よりもイギリス紳士を産出することに向けられている。それは司教を成熟させ、哲学者を追放する。イギリス国教が他の教会よりもカバラ主義が濃いのかは私にはわからないが、国教会の牧師は貴族と同一視される。イギリスではもし牧師と話をすることがあるのなら、間違いなく丁重な物腰であり、学識があり、素直な相手となってくれるとされている。こちらの考え方や企てにおいて共感を示してくれたり、賛意を呈して迎えてくれる。だがもし別の牧師がやってきたなら、共感はもうしなくなる。二人一緒だとこちらの考え方に理解することはできないのである。そして何か事が起きると、牧師は常に教会側に立つのである。

イギリス教会の特徴は、その形状の美しさと良識、そして牧師の男らしい品位にあるのである。それが教える福音は「趣向により汝は救われる」である。建築物における古びた部分は修繕し、音楽や建築物、更にピュージンの建築書や建築文献の購入に多大なお金をかける。愛情と穏和さについては良い評判を得ている。普通は迫害する教会にはならない。宗教裁判の如き厳しく尋問することも、疑わしい目で見られることもなく、全く丁重な応対であり、適切な場合はいつでも見て見ぬふりをする。こちらが干渉しなければ、向こうも干渉しない。だがその本能においては、政治や文学や社会的教養におけるあらゆる変化に対しては敵意を持つ。国教会はロンドン大学、職工講習所、フリー・スクール、或いは知識の伝播を目的とするいかなる組織の創設者ではなかった。オックスフォードのプラトン主義者たちはトーマス・テイラーと同じくらいに、教会のこの異端的な態度に対して辛辣な攻撃を加える。

旧約聖書における教義はイギリスの宗教である。新約聖書の最初のページすら開こうとしない。彼らが信仰する神は一ポンド金貨を軽々しく取り扱ったりしない。先験論者でもなければキリスト教徒でもない。ソクラテス的な祈りもしないし、同様に女王のためを想う聖者らしい祈りもしない。光や正義についても問い求めることもなく、ただぶっきらぼうに「彼女に富と長寿の健康を授け給え」と言うだけである。そしてこのようなユダヤ的な祈祷の痕跡がイギリス人のあらゆる個人的な記録において見出すことができる。ディヴァイザズのリチャードが書いた年代記で記載されているリチャード王の祈祷文句から、サー・サミュエル・ロミリーや画家ヘイドンの日記に記されている祈りまでそれが見出せるのである。「妻と共に外出」とピープスは敬虔な様子で書く。「自分の馬車に乗るのはこれが初めてだ。心は楽しくなり、神を讃え、祝福のために、そしてこのような状態が今後も続くために神に祈る」。ユダヤ人の帰化法案（一七五三年）はイギリス全土の嘆願とロンドンの請願によって阻止されたが、この願いはこの法案について「特にキリスト教においての恥辱を招き、イギリス全般、特にロンドンの利益と貿易にとって極度の有害性を持つ」という非難を向けた。

だが彼らも議会の法案によって人間性を固定化させることはできなかった。「天は常に運行し、休むことを知らない」のであり、芸術、戦争、発見、そして思想は各々の速度で前進し続ける。新たな時代は新たな願望、新たな敵、新たな貿易、新たな慈善を有しているのであり、聖書を新たな目で読むのである。フランス革命の騒ぎ、汽笛、工場の騒音、船出していく移住者たちの喧騒は、昔の伝説話の大半を忘却せしめた。そういったわけで現代の教会の会衆に対して礼拝を行うのなら、その時代錯誤感がほとんど馬鹿馬鹿しく思えてしまうくらいであり、かつての衣装による仮装会を思い起こさせる。

どのような化学者も宗教を結晶化する試みにおいて成功した者はいない。宗教は皮膚や内臓器官の如く内生的なものである。新しい言説は毎日出ている。預言者と使徒はそれを知っており、非国教会員は国教会員を論破するにあたって、彼らも聖書を正当なものとして引用する。宗教を説明するにあたっては宗教が必要なのだ。預言者と使徒は預言者と使徒だけによって正しく理解される。綿維素や乳糜の供給が絶えないのと同じく、宗教的要素も決して消滅することはないのであり、その本質は建設的なもので、必要とあればそのような教会が出来上がることを知っている。賢明な統治者は聖堂や学校、図書館、大学については金をかけるが、聖職者を豊かにしようとすることは避ける。もし、どのような方法にしろ、政治家は聖職者の選択と給料を国民に任せることができるのなら、彼は成功するだろう。クェーカー教徒のように、僧侶の階級を分離することに反対して、この類の先天的な才能に適応するようなことを、社会上にその機会や期待を作り出してもいいだろう。だが礼拝の牧師や司教や教会区司祭の職に富が増大してくると、その財産を管理するために財産家が必要となり、その財産家はその牧師をその時代の神秘主義者とは別の方向へと向けさせるであろう。もちろん、金はその本分を発揮し、その金を受け取った人間の信仰心を薄めさせ、教会からも引き離すようになる。宗教的な階級は確実に除け者にされてしまい——他の教会へと追いやられる——それが自然治癒力である。

副牧師たちの給料は悪く、逆に高位の牧師となると過剰に支払われている。この悪弊が教会に対して、貴族の子供やその他の教会にとって好ましからぬ人間を引き入れてしまう。彼らは金銭を浪費してしまう質である。それ故司教は法衣をつけた商人に過ぎない。法衣の袖の下には、店の販売員の金ボタンが煌めいているのが見える。ダラムの牧師職のような高給は重罪犯罪の誘因になる。ブルームは下院でアイルランドの選挙権について演説して「おそらく年間四千ポンドの収入を受け取るように言われた瞬間に、すぐに聖霊に感動して他に理由はないにもかかわらず、その職と責任を受け入れることを、神の面前で厳かに宣言するような上院の高位の聖職者たちが、どうして偽証罪を憎むなんてあり得るだろうか?」と言った。牧師任命式は税関でやる宣誓以上に有害なものである。司教は聖堂の司祭長や参事会員によって選出される。

女王はこれらの人々に選挙の許可を申し送り、同時に選別すべき人間についても指定する。彼らは聖堂の中に入り、歌い祈り、選び出す人間に誤りがないように聖霊の加護を求める。そしてこういった祈祷の後では、聖霊の言葉が女王の推薦と決まって一致するのである。

だが人は国教遵奉にも代償を払わなければならない。国教主義者とも歩調を合わせている間は全て問題はない。だが他の分野では正直な人間は、この宗教においても正直な人間がどこかにいることを知っている。その者は偽りの神には跪くことはない。そんな彼と出会うと、ペテン師の仲間入りをしてしまう。さらに、この国教会への屈服は重い罰を当てるのであり、一旦嘘を受け入れてしまうと、それに関わるもの全ても受け入れなければならない。イギリスはこのような装飾された国教会を受け入れているのであり、それは目をくらませ、肉はむくみ、声は高いいびきのような響きをあげ、理解は曇ってしまう。

英国教会はドイツ的な批評によってその力は弱まっていき、ただ過去の伝統以外に残されたもの何もなく、論理的にはローマ教に逆戻りしてしまった。だがそれは狂信者だけが呼吸できるものだ。基本的に教育ある人間の見方では、太陽と相対するような事実ではなかった。そしてそこからそういった学識ある人間の教会からの離反は完全なものとなった。

自然は確かにその治癒法を持っていた。宗教的な人間は国教会から追放されて分裂した派閥を作り、これがすぐに信用が獲得され、逆に国教会を抑制してしまった。自然にはさらに効果的な治癒法があった。イギリス人はあらゆる変化を嫌悪し、その中でも宗教的な変化を特に嫌うのだが、彼らは擦り切れた形式の最後の一つ、陳腐極まりない決まり文句にまでへばりつこうとする。イギリス人というのは（イギリス人だけであって欲しいものだが、両半球のアングロサクソンの血においても見られる汚れである）、そのイギリス人とアメリカ人は偽善的言葉遣いを他のどの国よりも好むのだ。フランスも彼らのその熱意によって敵対しようとはしなくなる。書物や新聞における神への敬虔ぶりほど悍ましいものはあるだろうか？大衆的な新聞はその上辺の信心ぶりと正比例するが如く破廉恥なものであり、今日の宗教は芝居がかったシナイ山であり、雷は資産家の人間によって準備されている。狂信と偽善は風刺をつくる。『パンチ』紙は無尽蔵の題材を見出す。ディケンズは慈善団体であるエクセター・ホールの人たちを槍玉にあげた小説を書いた。サッカレーは冷酷な上流階級の有様を暴露した。下層階級を異端として描くことにより、自然は最も手っ取り早く復讐する。シャフツベリー卿は貧しい盗賊を寄せ集めて説教し、彼らはそれを「無駄話」と呼ぶ。ジョージ・ボローはジプシーを呼び集め、エジプトにいるヘブライ人についての話を一つ聞かせ、その際にジプシーの言葉での使徒信条を述べる。「私が終わった時、私は周囲を見渡した。会衆の人々の顔は捻れていて、それらの目は全て恐ろしい薮睨みをするように私の方を見ていた。薮睨みをしていない者は一人もいなかった。愛想のいいペパ、陽気なチカローナ、コスダミ、彼らは皆薮睨みをしていた。ジプシーの若者がその中で最も薮睨みをしていた」と言う。

現在の教会は大いに憐れむべき状態にある。財産以外に残されているものは何もない。もし司教が知的な紳士と出会って、その目の中に致命的なほどの疑義を読み取ったとしても、彼に出来ることといったら一緒に葡萄酒を飲むことだけである。不相応な立場は偽善的な言葉、偽誓、聖職売買を牧師の間でもたらすようになり、低級な精神や人間性を示すのである。そして聖職者の階級が学問や教育を、敬虔を、伝統を、神学を恐れる時、もはや教会ならざる教会から出ていくこと以外に選択肢はなくなる。ではイギリスの宗教――それは国教会だろうか？否。分離教派だろうか？否。それらは個々人の恒久的な異議に過ぎず、国教会に対しては辻馬車と駅馬車くらいの違いがある。より安く、より利便性は高いが、本質的には同じものである。宗教の本質はどこにあるか？その前にまず、電気、運動、思考、身振りはどこにあるかを教えてほしい。それらはどこかにあるというのではなく、同じ場所にじっとしているわけでもない。電気を捕まえてセメントで固め、ロンドン記念碑やロンドン塔のように仕上げることはできない。それが実際に可能なら、実際にイギリス人らしくどこにあるかを見つけ固定化してしまうだろう、永遠に。だが電気は瞬間的であり、刹那的であり、身振り的なものである。さらには旅行者であり、新鮮で、驚きで、内密なものであり、人間を当惑させ、出し抜いていく。だがもし宗教があらゆる善を為すもので、そのためにあらゆる悪をその身に背負い、「あらゆる苦悩を一身に引き受けて、誰をも苦しめない」のならば、そのような神聖なる秘密はこのイギリスにおいて、アルフレッド大王の時代からロミリー、クラークソン、フローレンス・ナイティンゲールの時代まで、そして何千人も無名の存在において存在しているのである。

# 第十四章：文学

追放することも妨げることも容易ならぬ強烈な良識、これが千年間イギリス人の精神を特徴づけている。あたかも船乗りや兵士が初めて読むことを学んだ時のように、荒々しい力が思考に新たに適用されている。彼らには想像力がなく、やがて寓話にも用いられ得るような暗示的な言葉や機知に富んだ言葉にアテネ人やイタリア人のように驚きを覚えることもない。だがイギリス人は力強く粗野な表現を好み、それは誤解されることもなく、がさつだが肉体と調和的で、王侯において口にされながらも、一般大衆においても同様に適合的で好意を抱かれる。この素朴、真実、飾らぬ様式は現存する最古の作品においても、最新の作品においても用いられている。それは大地の香りと家畜の息吹を歌謡やバラードに持ち込み、そしてオランダの画家のように手桶や食器を用いながらも、家庭的な魅力を描こうとする。詩の中に栄養的なものを求める。キャベツと鰊はいつの時代も用いられている。詩人は空想力によって飛翔したらすぐに現実に戻る。イギリスのムーサは農場と細道と市場を愛している。ムーサはスタール夫人と一緒になって「人々が私を雲の中に押し込もうとする時、私は木靴を履いて沼地を歩く」と言う。というのも、イギリス人は正確な事物の把握能力を持っていて、事物の理解を誤ることはなく、その捉え方は堅実であるからだ。斧、踏鋤、櫂、銃、蒸気パイプを愛用し、自分たちが使用するための機械を築いた。物質主義者であり、経済的で、商売家である。相手にされる際には誠実性と現実性を必要とし、必要なのはマフィンであり、マフィンができ上がるという見込みではない。浮き彫りを施した紙に描かれた極上のフランス風のメニューを見て選び出そうとするよりも、確実にありつけ手っ取り早い熱々の豚肉を食べることを好む。もし知的で、詩人であったり哲学者であったりするなら、それと同じ堅実な真実と鋭い体系を精神領域に持ち込もうとする。彼の精神は必ず事実の上に立つ。錯乱することもなく、雲を掴むこともなく、その精神は感知でき力のある象徴がなければならない。ダンテを好むのは、ダンテが眼前の精神的なイメージを、あたかも盾に刻まれた紋章のように、悪徳じみた粘着性を添えつつ捉えるからである。バイロンは「自分の精神をぶつけてゆくための岩のようなものを好んだ」。聖書的文体と呼ばれる明確で力強い言葉に対する感性、それこそが英語を特徴づける。それはアルフレッド大王や、サクソン年代記、そして北欧人のサーガにおいて見られる。ラティマーの文体は簡素であった。ホッブズは「高貴な野生的な言葉」において完璧であった。ダン、バニヤン、ミルトン、テイラー、イーヴリン、ピープス、フッカー、コットン、そして翻訳者たちの文体がそれである。スウィフトが取り扱う事物についてどれほど現実的に物質的に描くだろう。彼は作中人物をまるで警察に知らせるかのように描く。デフォーは選り優れたものを安定的に描き、『ヒューディブラス』の人物も同様の堅実な精神性を持っていて――真理を感性と知性において同時に捉える。

詩においても同様のものが見られる。チョーサーがカンタベリーの巡礼を描く厳密さは感性を満足させる。シェイクスピア、スペンサー、ミルトンの作品の最も空高く飛翔する時も、このような国民的な把握能力と精神の正確さが表現される。この精神的物質主義はイギリス人の先験的な精神の価値を決定する。これらの人物に加えて、ハーバート、ヘンリー・モア、ダン、そしてサー・トーマス・ブラウンも注目に値する。サクソン人の物質主義と視野の狭さが、知性の領域へと高められ、シェイクスピアとミルトンの天才的な精神性になる。それが純粋な大気にまで到達すると、堅硬石を踏むような確かさで雲を踏み込む。その高揚した瞬間においても物質的であり、その詩はいわば霊感を受けた良識、あるいは白熱した鉄である。

二つの要素が結合したものがイギリス人の言葉において現れる。サクソン系の言葉の枠組みや骨格を成し、高揚や装飾が必要と見込まれるときはラテン系の言葉を、控え目に、挿入していくことは英語の暗黙的なルールである。また文章はラテン系の言葉だけで構成するのではない。その場合言葉の力が喪失されてしまうのだ。子供や労働者は純然たるサクソン語だけで話す。純然たるラテン語の言葉は大学や議会にまで先送りにされる。混成がイギリスという島国の神秘である。方言では、父系はサクソン系の言葉で、母系がラテン系の言葉である。そしてそれらがあらゆる談話において混合される。優れた書き手はあまりにローマ的な丸みを文章に駆使し過ぎたと感じたなら、すぐに英語の単音節の言葉を使って、文章に気品を添え、たくましくする。

ゴート族がヨーロッパへと入ってきた時、ヘブライとギリシアの精神が日と月としてその地を照らしているのを見出した。長きに亘り暗闇の中にいた彼らの頭脳の刻板は、二重の栄光に対してとても敏感であった。この双子的な源泉（キリスト教と芸術）の表象から、聖霊の孵化によって精神は実り多いものとなった。イギリス精神はあらゆる能力において開花した。良識は驚嘆し、霊感を受けた。二世紀もの間、イギリスは哲学的で、宗教的で、詩的であった。精神的な内容はより大きなスケールになったかのように思われた。その記憶は雨の貯水槽のようにその体積が大きくなっていった。熱烈で持続する研究、精神的構造の大胆さと才覚、空想と想像、そして思考の遠い隔たりを容易く行き来させる橋渡し、新たな事物に対する取り組みや接近、そして一般的に才力の容易い発揮は、ウォリックのガイが示した伝説的な力技の如く驚嘆させるものである。サクソン的な厳密さと東洋的な飛躍の結合は、シェイクスピアはそれを完璧に示したが、ここ二世紀の作家において大なり小なり皆持っているものである。単に巨匠の作家たちが群を抜いた力量を発揮しただけでなく、当時の文学全般において男らしい力と自由に満ちていると私は考えている。二流、三流の作家においてすら健全な素朴さ、粗野な逞しさ、そして手元の素材に対する親しさが見受けられる。遺書、手紙、公的書類の引用や、格言、演説形式のように、人々の一般的な言葉の使い方においても見られる。力強く気力のある表現は北欧人の野生的な力がまだ完全にはなくなっていないことを示すかもしれない。回転する石が土を振り飛ばすように、彼らの劇的な頭脳は彼らのそのような言葉を投げ出してくる。十七世紀の文章や言い回しから、十九世紀では見られぬようなエッジの利いた言葉を私は引用することができる。十七世紀の詩人は精神的な力のみで、今日蓄積された学問と匹敵した。田舎の紳士はミルク酒や十月酒と呼ばれる飲み物を飲んでいた。そして詩人たちは、ここからヒントを得たのか、季節全体を自分たちの秋の詩句へと蒸留させる術を知っていた。また自然が、より掻き立てるように醜いものを、美女のアスパシアやクレオパトラのような美へと時折変容させる。そしてギリシアの芸術は多数の壺や円柱を形成し、それらは長すぎたり、柔軟過ぎたり、歪んでいたり、穴やひびがあったりするが、それらがかえって美を形成した。これと同様にイギリス人の詩人もこのように生気溌剌としていて、卑しい通俗的な事物によっても人々を魅了したり豊かにすることができた。

当時の時代はとても教養があり思慮に富んでいたと考えざるを得ない。ベン・ジョンソンのような仮面劇や詩、それらは男らしい様式で英雄的な感性に充溢していたのだが、好意的に受け取られたのだ。文学史において稀有なことだが、シェイクスピアの作品が何の驚きも抱かれずに受け入れられたのだ――その受け入れは彼が財産を築けたことがその証明となる。そして当時彼のことを讃美した人々の言葉が残されていないことが、通例的なものだと看做されていた証拠である――これらのことが当時の人々の精神性が向上したことを示しているかのように思われる。偉大な個人が重要視されていないという事実こそが、その国家の壮麗さの証左となる。イギリス人がギリシア語とラテン語を、現代に便宜としてあるようなものはなく、辞典も文法書も、索引もない状態で、一人の教授に学び、それから独自で研究していったのは——現代よりもより強い記憶力と、あらゆる能力の協力が必要であった。古典語の学者たち、カムデン、アッシャー、セルデン、ミード、ガタカー、フッカー、テイラー、バートン、ベントリー、ブライアン・ウォルトン、彼らは技術者の採るやり方と堅実性を身につけた。

プラトンの影響力はイギリス精神を染色する。彼らの精神は類似を愛好する。類似点を認識し、それを階段を登るようにして結合させていく。共通性を認めようとする者、相違点を認めようとする者との間における確執は遥か昔からある。そしてイギリスでまた燃え上がっている。当然ながら詩人は前者に属する。世俗の人々は後者である。だがイギリスにはプラトンの弟子は多数いる——モア、フッカー、ベーコン、シドニー、ブルック卿、ハーバート、ブラウン、ダン、スペンサー、チャップマン、ミルトン、クラショー、ノリス、カドワース、バークリー、ジェレミー・テイラー。

ベーコン卿はイギリス的な二元性の持ち主である。彼の長年に亘る、実用科学に対する観察と彼の実験は無価値なものだったと私は思っている。フランクリン、ワット、ダルトン、デービー、あるいは実験における才覚の持ち主によりもたらされたヒント一つだけでも、ベーコン卿の精妙で瑣末なものに捧げた全人生に匹敵する。だがベーコンはより神聖な蒸気を飲み込み、理想主義の流入をイギリスにおいて示す。この理想主義の行く所は詩であり、健康であり、進歩である。その発展と普及についての原則は知られていない。そのような知識をもし持っていたのなら、それは精神科学と呼ぶ物全てに取って代わる。それは人種の問題、あるいはメタ科学に思われる——重要な点は——どのくらいにまで結合的な感性、或いは類似性を見出す本能が独占されるかである。というのも、精神が第一歩を踏み出す時、今まで馴染み親しんでいたより小さな社会と分けられる形で、己をより大きな社会に置くからである。ここから全ての詩、全ての肯定的な行動が生まれるのである。

ベーコンはその精神構造において、類推論者、理想主義者、或いは（範例に倣い一般的に言うように）プラトン主義者の特性を有していた。何かの理論を形成しようとして類推法を信用せず、事実だけをひたすら求める人間には詩的な能力はなく、その者から何か独創的、美的なものが産出されることはない。ベーコンとプラトン主義者が成長を到来させたのと同じく、ロックも間違いなく分解と散文の到来者である。プラトン的なものは詩的な傾向を持つ。そしていわゆる科学的なものは否定的で有害な傾向を持つ。確実なのは、スペンサー、バーンズ、バイロンそしてワーズワースがプラトン主義者であるということである。そして退屈なのはロック主義者である。すると政治や貿易は学識ある人たちの中から天才性抜きの才覚ある人間を取り入れるようになり、それはただ彼らには反抗精神がない所以である。

ベーコンは着想力もあったが、目的の達成にも己を献身し、その精神において何よりも最初に、普遍性、あるいは第一哲学【prima philosophia】を必要とした。哲学の特定部門のいずれかにも属さないが、広い共通性をもち、さらに高い段階にある有益な観察や原理を全て包括するものである。彼はこれこそ本質的な要素として捉え、決して頭から離れることはなかった。このことを無視する人間に対して非難を向けることを惜しまない。完全な発見はある平面や水準において達成されるものではなく、さらに高い学問にまで上っていかないといけないものと思っていた。「もし哲学や普遍性を暇人の研究だと考えるのなら、そのような人間はあらゆる職業がそこから派生して援助されていることを考慮に入れないのであり、そしてこれこそが学問の進歩を妨げた大いなる原因であると私は考えている。なぜならこれらの根本的な知識は部分的にしか学ばれていないからである」。各々の学問が持つ個別の説明の要約やそれらの一般的な法則の、様々な数奇な例を示すことにより自分の論の根拠を見せる。彼は「このような学問については極めて不十分に取り扱われており、深い機知を有している者も時折自分が利用するためのバケツを持つだけで、水源にまで足を運ぶことはしない。この乾いた光は多くの人間の水の性質を焦がしてしまい、損なってしまった」と不平を漏らしている。プラトンが次のように述べた時、彼と同じ考え方を示したのである。つまり「全て偉大なる芸術は自然の法則に対して精妙で思惟的な探究を行う。なぜならあらゆる事物に対する崇高な考え方と完全な理解は、このような類の源泉から引き出されるからである。ペリクレスはその偉大な先天的な天才性に加え、このような能力を有していた。というのも彼がこのような類の人間であったアナクサゴラスと出会った際に、ペリクレスは彼に親しみを覚え、絶対智についての崇高な思惟を学びとり、雄弁術に対して有益だと思われるものはなんでも取り入れたからである」

幾つかの普遍化が世の中において常に循環するものである。それを行った人間は正確には知られておらず、その普遍化が人を驚かせ、思想の広大な王国に通じる道となっている。そしてこれらは、物理学におけるコペルニクス説やニュートン説のように、世界の定数となる。イギリスにおいては、シェイクスピア、ベーコン、ミルトン、あるいはフッカー、そしてファン・ヘルモントやベーメンがこのような痕跡が通常も見出されると言え、皆プラトンやギリシア哲学者たちに対する親子関係のような回想を連想させる。ベーコン卿の言葉「自然に服従することにより自然は支配される」、彼の詩論「事物の外形を取り入れることによって精神の欲求に応える」、或いは神秘的ながら正確な詩のゾロアスター的定義「目に見えぬ性質の目にみえる絵画」、スペンサーの信条「魂は形状であり、肉体を形成する」。バークリーの人間は物体の存在性について確実な証拠はないという理論、サミュエル・クラーク博士の時間と空間の本質から有神論を弁護する理論、ハリントンの権力は国土に必ずあるという政治的原理（様々な解釈が可能な原理）――これらはこの類のものであると言える。さらに人間は自分の天国と地獄を創出するという宇宙的な説を唱えたスヴェーデンボリの理論、一国の歴史を思想の相剋と深遠な思索の勝利と看做すヘーゲルの歴史理論、「あらゆる差異は量的なものである」という言葉に凝縮されたシェリングの同一的哲学、重力についての理論やケプラーの三つの調和法則、さらにダントンの定比例説を述べた言葉そのものが精神上において突然の反応を示し、それが経験的な実証よりもさらに高度な証拠となる。これらのような普遍法則化、幾つかのものはこ最近のものであるが、について言及するのは一つの分類について示すためである。これら個々の思想というよりも、それらが派生する源泉としての精神的平面あるいは精神的雰囲気が、我々が漫然と呼称するエリザベス朝の時代（文学史において、一五七五年から一六二五年の時期）における書き手や読み手の故郷であり元素であった。ベン・ジョンソンはベーコン卿について「彼の時代、彼の視野において国家の名誉や学問の支えとなり得るあらゆる才人が誕生した」と述べているが、それを実証するように短い期間であった。

このような豊穣な天才の輩出はかつてなかった。これほどの多産さは維持されることはできなかった。蕩尽された土壌の大きな樹木の根株を見て過去の豊沃さを語る伝承について耳を傾けるのと同時に、かつての名高い人種の知性が衰退してしまった時代を歴史は思い起こさせる。イギリスの天才についても同じ成り行きであった。これらの高みの後には卑しさが続き、低級な水準へと精神は堕落していった。翼は失われ、高尚な思惟も無くなった。ロックにとっては思想の意味合いはわからぬものであったが、彼は哲学の典型となり、彼の言う「知性」があらゆる国家におけるイギリス的知性の尺度となった。イギリス人はパルナッソス山の高い箇所を放棄した。かつてイギリス人が足音をこだまさせながら歩いたそこから離れ、あれほどまでに愛好していた研究を廃止した。思索の力は顧みられなくなった。それ以後のイギリス人はプラトンとアリストテレスの能力が欠けるようになった。それは普遍的法則をとても深く省察することによって人間を自然な分類して区分する能力であり、その規則は多数の人間から帰納されるのと同じ正確さで少数の事物あるいはただ一つの事物から帰納されるのである。シェイクスピアは、他の偉大な精神活動と同じように、この点において卓越している。ドイツ人は一般化する。イギリス人はそのドイツ人の考え方について理解することができない。ドイツの学問はイギリスのそれを包括する。イギリスにおいてこのような能力が欠けているのは、彼らが事実を山のように蓄積していく臆病さにおいて示されている。それはあたかも無能な将校が無数の部下や数マイルにも渡る堡塁を欲しがり、それによって勇気と実行力の霊感の埋め合わせをしようとするものである。

イギリス人は普遍論を嫌う。「普遍性に対して目を遠くへと向けることはなく、その場に応じて第一哲学の泉からバケツを一杯汲み出すだけであり、その水源にまで赴くことはない」。このことを述べたベーコン、少なくとも散文家の間では、自国人の間ではこの能力においてほとんどユニークな存在であった。シェイクスピアの頂からイギリス精神を下へと降りてゆく階段、或いは高原地帯ともいうべきミルトンは、この特権を時折詩において見せ、散文においてはずっと少ない。その後、長い間そういった普遍論について取り扱ったものを見出すことができない。バークは普遍論を書くことに夢中だったが、その軌跡は短かった。彼の思想は深みが少なく、その広がりはそれだけ小さかったのだ。ヒュームの抽象的な思考は深いわけでも賢いわけでもない。名声についてはただ一つの鋭い洞察に依っているのであり、それは物理学にせよ、一般的な思索にせよ、原因と結果との間にはいかなる接合物もないということであり、原因と結果という単語は偶発的な繋がりではなく、連続的なものであるとして漫然と無批判的に適用されているという考えである。ジョンソン博士の抽象的な論考はほとんど価値がない。そこに込められた感情的な調子だけがその価値を専らもたらす。

博識で優れた学者であるハラム氏は、三世紀にわたるヨーロッパ文学の歴史について記し――あらゆる作品においてその価値判断を行うとした、大いなる野心に基づいた研究である。だが彼の鑑識眼は理想的な水準にまでは達していない。彼の判断は全てロンドンから行われるものである。新たな考え方も古い鋳型に当てはめられてから判断される。文学を育む発展的な要素は堅実に否定されている。プラトンとその一派は否定されている。ハラムは基本的に礼儀正しいが、共感性は不十分である。努めて寛容な態度で書いているが、作品における神秘に込められた深い価値、力の種子そして革命の源泉として当時の穏当であったり輝かしい名声を得ている作家をしばし凌駕するだけの価値については気づかないのだ。より深遠な巨匠たちを無言で通り過ぎるか、ある種の軽蔑によって追い払う。思想を愛好する作家は単に気が合わないというだけでなく、理解不能なのである。ハラムの知識と誠実さ、良質な本に対する明白な愛好は尊敬に値するものであり、シェイクスピアの偉大さについては他の誰よりも優れて認識し、ジョンソン以上にミルトンの価値を認める。だがハラムの場合、あるいはより堅実な知的活力を持つマッキントッシュの場合、常に同じタイプのイギリス精神をなお認める。それは聡明で豊かであるが、同じ源泉から派生したものである。常に過去の方に目を向けている。このような状態で、どうして地平線に朧げに浮かんでくる新たな形態を見分け歓呼することができるだろう——どうして過去の古びた衣装戸棚から新たな巨人的な思想に相応しい衣装を取り出すことなどできるというだろうか？

　現代のエッセーにしろ小説にしろ詩にしろ、それらはこのような都市めいた狭苦しさがある。ディケンズは風習や街頭の多様な人生が語る言葉について理解する先天的な才能を有し、共感と笑い、愛国的で常に拡大していく寛容さによって、ロンドン区域を書いていく。ホガースのようにイギリスの細部を描く画家である。彼の色合いとスタイルは局所的で一時的で、描く目的とするものもやはり局所的である。勤勉な作家であったバルワーは、時折才覚を示し、知性を俗事的なものとして尊重することで有名であり、生徒の世俗的な野心に対して訴える。彼の物語はこういった低級的な炎を掻き立てがちである。小説家たちは心について切望している。サッカレーは、神は彼の世界における哀れな物には何ら容赦はしなかったことを見出しており——これは実に残念なことだと彼は考える——だがこれ以上は我々は賢明にはなれない。それ故我々は理想については諦め、ロンドンを受け入れることしかできない。

　輝かしいマコーリー、彼は当代のイギリス支配階級の色合いについて表現しているのだが、断定的にこう説教する。善とは食べるのが善で、着るのが善であり、つまり善き物質的な商品なのだ。現代哲学の栄光は「実益」に対して向けられたものであり、経済的な発明をもたらすものである。そしてその長所は思想的なもの、道徳的なものを避けるという点にある。彼はそれがベーコン哲学の著しい美点であると考えており、それによって古きプラトン主義に対して勝利し、全てが美しく善であるとする理論から知性を解放し、それを病人のために寝椅子を改善したり葡萄酒乳清の改良をすることに向けるべきと考える――決して皮肉ではなく彼は心底そう思って言っているのだが――彼の言う「堅実な実益」は、常に感覚的な利益のことを意味し、それが唯一の善だとしている。天文学の何よりの実益は、それによって果物船の航海様式が改善され、そのレモンや葡萄酒をロンドンの八百屋にもっと安全に持ち運ばれるようになったということである。千年の時を経たイギリスの礼節と宗教が倫理を否定し、知性がシチュー鍋へと変容してしまったことは奇妙な結果である。批評家は己の懐疑主義をイギリス流の実践的な通り言葉の下に秘匿している。理性を確信させたり、良心の苛責というのは、ロマンティックな気取りに過ぎない。美術は血に堕ちる。美は、日常用の贅沢品を除いては存在しない。余談になるかもしれないが、もしベーコン卿が彼の批評家が言うように単なる感覚主義者に過ぎなかったならば、彼が今日名声のために獲得している支持を得ることは不可能だっただろう。名声を獲得できたのは、彼が精神の閑暇と言うべき空想力を備えていて、現代のあらゆるイギリス的な気圧計では計れない思索という大気において身を浸しているからであり、それにより想像力のある人々にとって印象深い存在となり、力ある者として無視できない存在になったのだ。サー・デイヴィッド・ブリュースターは、ニュートンがベーコンから受けている影響を考慮せずにベーコンは高い評価を受けるとしていて、それは誤りであるとしている。ベーコンが高い支持を受けるのは彼の行った業績や、ニュートンに対して大なり小なり教えたものではなく、特定の重々しさあるいは軽さによってであり、フック、ボイル、ハレーといった後の人によってよりはっきりと示された同じ原因による結果である。

コールリッジは包容力のある精神性を有していて、思想を求めている。前や後に最高級の詩人や賢者たちに目を向けた。彼の時代において彼は唯一の優れた批評家であり、彼こそがイギリスの島国が生み出した稀有な既知を評価するための能力をもはやイギリスは持ち合わせていないという事態から救い出せる人間の一人である。だが彼の生活の不幸、大きな試みをするがその達成にはとても伴わない実行力、一つの傑作をも完成させることができなかった事実は、すでに時代の終わりを感じさせる。彼においてすら、伝統的なイギリス人は哲学者に対してあまりに強く働きかけ過ぎ、それに「適応的」になってしまった。そしてバークがイギリス国家を理想化しようと努めたように、コールリッジも国教会の中世的な原則と教義を永遠の理想と調和させるように「精神を偏狭化」したのである。だがコールリッジそして潜在的で無言な少数派によっては、時々の批評において、或いは個人的な会話において、ドイツとアメリカでは最高度の精神性を持ったイギリス人は適切に尊敬されているということになるだろう。バラモンの徒がバラモンの哲学をもはや読んだり理解することができない場合、それは国家の衰退を示す紛うことない印である。

こういった物質主義の全ての後に起こる解体や仮死において、カーライルはその些少さや陳腐さに嫌悪感を抱き、運命の女神について説くようになった。こういったあらゆる腐敗と比べれば、あらゆる抑制、あらゆる浄化も、それが火によるものだとしても、望ましく美しいものと思われた。神学の論争者、その論争の目的のために争った「原因」についても少ししかカーライルは差異を見て取れなかった。ただ一つの慰藉は、彼らが全員で迅速に深淵へと向かっているということである。そして如何なる創造においても何ら栄養分を見出せなかった彼の空想力は、破滅の原理における堂々たる美を高らかに示すことにより復讐を果たした。人間精神の活力はあらゆる精神を幾つかのカテゴリーに分類せしめ、そこで人間の作為に我慢がならなくなると、復讐の神ネメシスにより気に入られることになり、この否定の女神に祭壇を建てることになる。そして力の歴然たる差のある運命と戦う意志は、英雄的行為か個人の勇気によって必然的に争うことになり、それは斃れゆく犠牲者を栄光によって彩るのである。

ウィルキンソンはスヴェーデンボリの作品の編集者であり、フーリエの注釈者であり、ハーネマンの擁護者だったたが、彼は形而上学と生理学に元来あった活力を取り戻し、どのような試みにも耐え得るような、事物関係の包括的な知覚もそれに添えて、古代の無敵の戦士が身につけていた武具のような修辞法を駆使した。深海においてしか知られないような大西洋の大きなうねりが彼の精神上において作用し、唯一欠けているのはそれに付随するべき力、明確な中心点である。もし彼の精神が不動の先入観に依拠し続けなかったならば、その天体的な軌道はさらに大きくなり、まだ一周して戻ってこないだろう。だが巨匠は自分の確信に固辞するような自信を持ち、現在の研究には同じ高い地位を常に占めるだけの信頼感を与えなければならない。

イギリス的な思考の限界性について例外を設けることは簡単で、特定領域における卓越例を更に述べることはもっと簡単である。もし宗教的教義の領域から離れて、一般文化の領域へと入るとするならば、知識人階級の気品や楽しみ、機知、感受性、そして博識についての実例は無限に見られることとなる。だがあらゆるイギリス的な営みを示す人工的な下支えは、文芸領域においても見られる。彼らの美的な産物は古物的で製造されたようで、文学的な名声は有力者によって得られたものである。その有力者と文学との接触は全くもって偶然的なものであり、当時流行していた趣味や様式に基づいて各々の暮らし方に嵌め込まれたものである。それ故今この瞬間においては、野心を持つ全ての若者は地質学を勉強することになる。議会の議員もこのようにして生まれ、教会牧師もまた同様である。

イギリス人の実践的技術に対する偏向は国民精神に影響を与えている。無用なものには我慢がならないのであり、五つの機械力を彼らの歌謡においてすら敬意を示している。当代のムーサの声は蒸気の汽笛のような響きを微かに有しており、詩は自分たちの王朝の装飾と仕上げとして創作され、その形成を満身で楽しむあまり過去の世界を忘れてしまうような新しい朝の鳥の囀りなどでは決してない。イギリス人は容易なことを理想とはしない。理想のために最高水準の条件をつけるのであり、それだけの条件をつけるのだから、それを放棄しようという気にはならないのである。彼ら一人一人が千年の歴史を持ち、思い出の中で生きているのである。そしてこのことを指摘すると、彼らは賞賛としてそれを受け取る。

書店に並ぶ本は政治、旅行、統計、図表、工学技術であり、哲学や文芸と呼ばれるものすらその構造は機械的であり、まるで霊感なんてものは無くなってしまい、大きな希望、信仰心、喜びの歌、叡智、類推はもはや存在していないかのようである。大学、学者、そして文学界がこのような死の影を帯びているかのようである。何も生えることのない大理石の床の上を歩いているかのようである。彼らはあらゆる種類の才力をより低い地層で働かせ、精神のより低次の部分において生きて活動していると言えるかもしれない。文学、哲学、そして学問においてその展望を全て喪失してしまった。立派なイギリス人は精神の四分の三ほどを閉ざし、残りの四分の一のみを活用する。彼は学識、分別、労働する力、論理は備えている。だがアルキメデスの如き精神原理への誠実性、オイラーやケプラーのような信念、フッカーやミルトンやハリントンのように政治的理論に対する献身を、現代のイギリス精神は拒絶するのである。

これと同一の欠点は科学において見られるのではないかと私は思う。なぜならイギリス人たちは、それを嫌悪感を抱かせるようなものにする術を心得ていて、科学の魅力を成す性質を奪い取ってしまうのである——尤もこの不満は更に広がっていき、こういった悪徳はイギリス物理学者以外の人々にも多数見られるだろう。博物学者の目は自然と同水準の広さを捉え、あらゆる印象を感受し、創造の論理と同時にその心も汲み取らなければならない。だがイギリス科学は人間性に対してドアを閉ざす。それらとの連関性は天才の証拠となるのに不足しているのである。科学は詩的でないという点で誤っている。科学は爬虫類や軟体動物を個々に取り扱うことになるが、それらは体系において、他との関係性においてのみ存在している。詩人はそれらを創造主へ至る不可避的な道としてのみ捉える。だがイギリスにおいては、ある隠者はこの事実を発見し、別の隠者はそれとは別の事実を発見し、発見したものの価値を知らぬ状態で死んでゆく。堂々たる例外はあるもので、例えば想像力旺盛なジョン・ハンターや、植物学者のロバート・ブラウンがそれである。更にドイツの相同体学説をイギリスに紹介し、己の力量による貢献とイギリス精神がそれまで絶えず有していた活動力のかつての権威たちにより洞察力も時折加える形で、科学豊かなものにしたリチャード・オーウェンもいる。だが大体においては、イギリスにおける自然科学は道徳との誠実的結合は薄く、不動産譲渡手続書の如く空想力や旺盛な思考作用が欠けているのである。それは準ギリシア人と言うべきドイツの天才たちとは著しく対照的である。彼らは類推を好み、見識の高さによって自分たちの熱情を抱き続け、ヨーロッパのために思索する。

研究徒を勇気づけるのは希望でも崇高な前兆でもなく、あらかじめ見られる原理に従い実験から着実に一歩一歩進めていくことでもない。「砂鉱を見込む」カリフォルニアの発掘者の如く、あちこち気ままに探していくだけである。イギリス人の傘の真鍮によって形成される地平線が己の感性から周囲を断絶してしまう。慣習に浅ましく満足し、哲学とか宗教の名前を冷笑し、偏狭で商売人の如き政治をし、慣習をやたらと崇拝することは生命と魂の衰退を露呈するものである。彼らは他国の国民性を踏み躙りロンドンとロンドン人をヨーロッパやアジアにおいて再生産しようとするが、それと同時に思想や詩や宗教の敵意について彼らは恐れている──彼らには手に負えない亡霊である。そして祝福された魂を飼い慣らしイギリス的な黒ラシャとゲートルの衣装を着させようとしながらも、そうなった彼らに自分たちの組織体系を払拭してしまうだけの力が潜んでいるのではないかという恐怖に苦悶する。芸術家は「自然が我々を追い出す」と言い、学者は理想を否定する。陳腐で軽薄なことを用いて真面目な話に対して言い逃れをしようとし、笑って誤魔化すか、題目を変えるかのどちらかである。「実際は、自由とかその他色々なことはもう終わってしまったんだ、そんなものは役に立たないんだ」と葡萄酒を飲みながら言う。実用と安楽が圧倒的な力で彼らを捉えてしまっていて、英雄主義や詩にはほんのわずかな力しか残されていない。どんな詩人も彼らの詩韻の頂から美について小声で語ろうともしない。どの牧師もイギリス的な便益を尊重しない摂理があることを仄めかそうともしない。イギリスの島国は運命、物質的価値、関税、抑制の原理、供給過多で低価格の市場を轟かせる火山である。

至高の目的、知識の純粋な愛情、自然への服従がない所では、空想力の抑圧があり、感性と知性の好色がある。自然に変わり人工的なものがある。無味乾燥な浪費、快楽の技巧、そして人間とその事物の間に仲介させる障害物を一つ工夫する者がいれば、著名な発明者として誰でも得られる名声。

かくして詩は堕落し、装飾的なものとなる。ポープとその派閥は白い砂糖で包んだケーキの周りに適合するように詩を書いた。ウォルター・スコットが無限の時間をかけて書いたものは何か？韻文で描いたスコットランド旅行への案内記である。そしてイギリス人が出版する膨大な量の詩作はこのようなバーミンガム製品のような代物である。我々が満たされ、教えられ、新たに生まれ変わるには上品な韻律が解かされた作品を一体どれだけ読まなければならないのだろうか。我々は奇跡的なものを味わいたいのだ。工場において製造できないような美を――説明することができない美を。チョーサーやチャップマンが秘めていたあの美を。無論現代の詩は低俗的で散文的である。時折ワーズワースにおいて良心的で、バイロンにおいて情熱的で、テニスンにおいて作為的である。だが現在のイギリスの聖書に対して、未だになお輝いていて影響力をもつ導きと慰藉の言葉を書き上げた詩人たちを数え上げるとするならば――それは何と少ないことか！今君臨している詩人たちに天上的な糧を私は見つけられるのだろうか？現代英語による詩に偉大な企図はどこにあるのか？詩が精神的な原理を語るために存在しているという事実、そしてその条件が満たされない限りはいかに空想力や描写が豊かであってもそれが本質に新しいものではなく散文の域に留まるという事実をイギリス人は忘れてしまったのである。それ故深妙な過去の詩人たち、ギリシア芸術家のように描こうとするものについて頭を悩まし、その分仕立て上げることについては苦心しなかった。神聖なる源泉から、それ以上のものとして湧き出てくるものを全てその水源へと案内することが彼らの努めであった。そしてもしこの信仰が詩にあるのなら、それは我々を何らかの目的のために持ち上げていき、それにより詩の堅苦しさ、難解さ、通俗的な調子の欠如についても我慢ができるというものである。

現代において見られるこの事実の例外がワーズワースの精神性である。彼は自然と孤独以外に学ぶべき師匠を持たなかった。「戦争の助けなしに詩を創作した」とランドールは言う。ワーズワースの詩は世俗と野心の時代における正気の声である。彼の気質がもっと流動的で音楽的でないことを人々は残念がる。彼は霊感を受けなくなった後も書いた。そういった作品を除けば、彼に匹敵し得るものはない。

テニスンはまさしくワーズワースに欠けていた要素を有していた。テニソンほど優れた耳を持っていた者はなく、英語の調性を適切に活用できた者もいない。夜明けの空の如く色彩が彼の筆から地平線へと広がっていき、それはあまりに豊かにうねるものだから、その中心体について我々は捉え逃すことはない。彼の添えるあらゆる気品において大衆を魅了する――これは良識と普遍的な力の証明書としての役割を果たす。というのもイギリス詩人になりたいと欲する者はロンドンのように広大でなければならないが、かといってロンドンと同種の存在ではなく、独自のものとならなければならないからだ。だがテニスンには取り扱うテーマが欠けていて、空想の山を登りその秘密を人々に授けることはない。彼は自分のようなイギリス人を描写する描写することに満足して、それ以上のものを示すことはない。詩にはあらゆる度合いがあるのであり、あらゆる美しい才能に対しては感謝の心を持たねばならない。だが人々の称賛を得られるのは、彼らの耳に訴えられた時だけである。最良の詩人の最良の努めは、通常は低俗的で霊感とは無縁なものとして示すが、一度か二度心の琴線を深く触れるように仕向けることである。

詩的要素のエキスのあの雄大さについて言うなら、イギリス詩人は持っていない。「薔薇の冠を被り、葡萄酒を飲み、古く退屈な天上の屋根を破り新たなものへと変えよう」と言ったのはオッスフォードの詩人ではなく、ハーフェズである。オックスフォード詩人の耳は自然の歌の一句も理解できず、終わりのない、真理への勤勉な知的な営みがもつ著しい治療的な影響をもつ価値を何ら見出さない。

反対命題の法則により、私はイギリスにおける東洋文化に対する抑えきれない趣向を求めている。些事によって形成され、思想を憎み、共同的な文明に付着するような虚栄的な現代風の生活に対しては。東洋的な雄大さほど効く治療はない。それはイギリス的作法を驚嘆させ、当惑させる。確かにそれはイギリス人が聞いたことがない雷があり、彼らがまだ見たことのない光があり、時空の隔たりをものともせぬ力があるのだ。そういうわけでウォーレン・ヘースティングズのようなイギリス人、つまりインドでの書籍において見られる偉大な思考様式に心打たれ、同国人の偏見について軽蔑しながら『バーガヴァタ・プラーナ』の翻訳を提供したイギリス人を見出しても驚きはしない。「もし私が無学な人間で、批評の自由に限界を設けることができるのならば、ヨーロッパの古代あるいは現代文学から引き出されたあらゆる原理、我々の時代の流行における主張や営みを判断する基準となるような感性や風習、そしてそれらと等しく宗教や道徳的義務に関する明白な信条に対する訴えを全て中止する」と言う。更に進めて「イギリス的趣向とは適合しない空想的な装飾、イギリス人の判断力では探求することが難しい崇高な境地にまで達した文章」についての強い愛着を語っている。

他方で、私はイギリス人種において潜んでいる復興的な力についても承知していて、それはどのような反動も可能だと思わせる。言い換えれば、イギリス国民において少数の深遠な精神が常に潜んでおり、彼らは知性のあらゆる飛躍や風潮のあらゆる暗示にして理解することができる。建設的な才覚が些少化し表面的なものに過ぎなくなった一方、批評は常に最も高尚な調子を備えており、それは目に見えぬ神々の存在を暗示する。私はしばしば耳にしたことだが、イギリスには二つの国家があるということを私は十分に確信することができる。だがそれは貧乏人と金持ちの国というわけではない。かといってノルマン人とサクソン人の国、或いはケルト人とゴート人の国というわけではない。これらは常に後退している。というのもロバート・オーウェンは環境の力を決して誇張はしていないからだ。だが精神の二つの肌色、あるいは二つの様式――鋭い知覚力を有した階級、実践を目的とする階級――は常に平衡状態にあり、相互作用が行われる。前者は絶望的なまでの少数派、後者は巨大な塊の多数派。片方は勤勉で、省察的で、実験的。もう片方は忘恩の生徒で、根源を軽蔑しつつ、それを実益の知識のために活用する。これら二つの国家、天才と動物的力を持つ二つの国民からなる国家は、前者は一ダース程度の人数しかなく、後者は二千万くらいの人数だが、彼らは永遠に対立と融和を繰り返しながら、イギリス国家の力を生み出している。

# 第十五章：『タイムズ』紙

新聞の力はアメリカでは皆知っており、それは我々の政治体系とも合致している。イギリスでは、新聞は封建的制度と対立するものであり、それだけ君主国の内密な権勢に対抗するために必要な存在である。著名なサマーズ卿は「現在において提案されて通過される良き法律について知らないものはない。というのも公共の新聞が教えてくれるからである」。隅っこに隠れたり、夜に紛れて通過されるということはない。容赦ない尋問があらゆる秘密を白昼に晒し、不法行為と見ればすぐにこの太陽顕微鏡の光にあて、外国人以上に公衆が恐るべきスパイとなるのである。国民全体がすでに自分の欠点を知っているので、敵によってその弱点を突かれることはない。それ故イギリスは古い国家の破滅の原因となってしまうようなあのような嵌め込み細工を常に取り除いているのである。もちろん、この検査の目は恐ろしい。あらゆる過去の特権や、あらゆる心地良い独占権がもうほとんどなくなっていることは間違いない。改革の理由について皆知っており、反対者の意見を一つ一つ潰していく。「閣下は新聞がお好きなようですが」とマンスフィールド卿はノーサンバーランド公に対して言った。「一言ご注意致します。我々には関係のないことにはなりますが、この若い紳士（エルドン卿）が、或いは彼よりも少し後の世代になると関係します。これらの新聞紙はこのノーサンバーランド公の称号と財産、そして王からはその支配地域を奪い去っていくことはほぼ間違いないことでしょう」。イギリスにおいても社会や政治的体制がアメリカのように変化していくことは不可避であり、そして新聞の機能がそれを更に促進していくのである。

イギリスは、どんな人物や業績に対しても己の意見を即座に辛辣な文章として明晰で堂々と論じることができる男らしく、聡明で、教養ある人間でいっぱいである。良い悪いは別として、このような能力がイギリスの新聞以外で見られることは滅多にない。イギリス人はこれを詩作や、乗馬や、拳闘と同様に教育を受けることによってやりこなす。何百もの聡明なプレイド、フレア、フルード、フード、フック、マギン、ミル、マコーリーたちが新聞のために詩を創作したり、短い論考を書いたりしているが、あたかもそれは議会や選挙演説において演説したり、或いは乗馬や狩猟をするのと同じ感覚で行う。それは普遍的な能力が偶然的な恣意的な方向に向けられたものである。頑強な健康体と精神、オックスフォードの教育、社会的な慣習がそれに仄めかされているが、天才的な閃きまでは見受けられない。様々な職業の錯綜した状態、政治に対する万人の熱意、新聞において様々な試みをする能力、そして高給がこれに由来する。

この才能が最も著しく発揮されたのが『タイムズ』紙である。これほどイギリスにおいて感じられ、恐れられ、従われる力はない。その新聞において朝に読んだものは、国内全土においいて夕方耳にすることになる。至る所に耳があり、その情報は最も早く、完全に、確実に伝達される。それは年を経る毎に、勝利する度に、今ある権威へと近づいていった。古くからの寄稿者に対して、今よりも権勢のある時期がかつてあったか私は尋ねてみた。「全くない、今が最盛期です」と答えた。それは実にイギリス人が好むような性質を示しているのであり、つまり事物に対して徹底的に固辞する態度、驚異的な知的能力、そして印刷所における完全な組織体制により援助された強烈な自信、そして世界的な規模の情報伝達網。タイムズ紙には固有の歴史と名高い勝利がある。一八二〇年、キャロライン女王の訴えに味方し、それによって国王に反抗した。貧民救済法案を採り入れ、ほぼ独力でこれを成立させた。ブルーム内閣の時は彼に反対し、遂に倒閣させた。アイルランドに対して宣戦布告し、征服するに至った。穀物法に反対する同盟に加担し、コブデン自身が放棄しようとした時も、それに物怖じせずに彼の勝利を高らかに述べた。一八四八年のフランス共和国に対して不信任と弾劾の意を述べて、イギリスにおいてその共和国に対するあらゆる賛同を抑え、遂に二十万人の特別警察を動員して急進派を監視し、四月十日に彼らを罠にはめた。新しいフランス帝国に対しては、最初は弾劾したがやがて賛意を示し、フランス同盟の成立とそれがもたらす結果についての基盤となった。内政問題、文学、社会問題について、ほとんど支配力を有しつつ介入していった。商業界にとっての脅威となった欺瞞行為についても、大胆不敵で時宜に適った対処をした。他方で、完全な印刷機械によって競合相手を攻撃し、相手方の売上を奪う。『タイムズ』紙の売上にとって唯一不都合なのは、印刷物の発行を十分に速く出来ないことである。というのも日刊紙が目新しく時宜に適っていられるのは数時間だけだからである。タイムズ紙と正反対な動きをする新聞でなければ危殆に瀕することになるだろう。というのも多数の新聞が、ピンからキリまで、この第一級の新聞に対して攻撃をすることにより糊口を凌いでいるのだから。

亡きウォルター氏は『タイムズ』の印刷係であり、次第に全機構を完全な組織体系へと仕立て上げるに至った。その会社の一部の株を要求して彼が拒絶されると「あなた方は『タイムズ』をこの事務所から持ち去っていっても構いませんよ、皆様方。私は次の月曜日の朝に『新タイムズ』を発刊致しますから」と言ったとされている。彼の印刷に関しての権限が余りに強すぎるとすでに不満を漏らしていた事業主たちは、自分たちが彼の掌中に収められていることに気づき、彼が欲するものは全て与えることになった。

ある日私は仲の良い友人と『タイムズ』社を訪れた。その会社はプリンティング・ハウス広場にある小綺麗な庭園を通って入り口へと至る。あたかも火薬工場に入っていくかのように幾分注意を払いながら歩いた。だがドアは穏和な老婆によって開かれていて、名刺を何枚か提示して、モリス氏の客間へとやがて案内された。とても温厚な人で、敵意も何ら感じられなかった。統計も今では古いものになってしまうが、彼の話によれば一日あたりの印刷部数は三万五千部とのことだった。一八四八年、三月一日が最高記録であった――五万四千部が発行された。二月以来、一日あたりの発刊部数は八千部の増加であった。この時に使用されていた古い印刷機は一時間当たり五千か六千枚印刷していた。新たなエンジンが搭載された新型の印刷機ならば、一時間あたり一万二千部発刊する。モリス氏は私たちを構内を案内するように礼儀正しい助手に命じて、そこで恐らく百二十人が働いていたと思う。走り書きの速記を編集していた報道記者を見た覚えがあるが、編集室とそこにいた人たちについては、人並の好奇心は持っていたのだが、結局見なかった。

『タイムズ』社の人員は常に優秀な人間によって構成されていた。先代のウォルター、スターリング、ベーコン、バーンズ、アルシガー、ホレス・トウィス、ジョーンズ・ロイド、ジョン・オクセンフォード、モズレー氏、ベイリー氏。各々の専門分野でその名声を打ち立てることに貢献した。そしてそれを助けるように第一級の寄稿についても不足することはなかった。それが内密な情報を手にする方法はとても不可解であり、フーシェの探偵話を、あれだけの知識を得ることができたのはジョセフィーヌ王妃を買収したと信じてしまうくらいのものを連想させる。あらゆる外国の街に経済と政治に関する特派員を派遣している。そしてその特報は政府御用の速達便よりも早い。記者たちの出世については、インディア・ハウスの職員たちのそれと似ている。記者たちの内の一人の手際の良さについて次のような話があった。治安判事たちが報道記者の立ち入りを厳しく禁じたある時、その記者は外套に手を突っ込み、片手には鉛筆をもう片手には紙を持ち、速記していったのである。

この新聞社の影響力についてはヨーロッパにおいて認識されていて、そして無論、それを最も認識しているのがその指導者たちである。記事の論調によってはそれが大陸の宮廷の公式機関から声明を出す原因となったり、外交問題を惹起することもあった。『タイムズ』が何と言うだろうか？パリ、ベルリン、ウィーン、クヴンハウン、そしてネパールにはおいて恐怖の言葉だった。このこの上なく発揮された分別と成功はイギリス人がいかに組み合わせる術を心得ているかを示す。日刊紙は多数の人間による成果であり、特に大学を出たばかりの若者やロンドンの事務室で法律を読んでいる見習い弁護士による成果である。そういったわけで大学的な気品や古典への暗示が紙上に込められていて、それが論説を華やかにする。また、論説に熱と礼節が込められているのである。だがその狙いの堅実さは、その火はより老練な者たちによって向けられ煽られていると思い込ませる。個々の持っている正確な情報、そして政治について確固たる視野を持っていることが、書き手たちに事実の基礎と目標を提供し、後は若者のエネルギーと雄弁性を活用して論説を訴えていくために活用したかのようである。この分業により審議者たちと経営者たちの両方が恩恵を得ている。同等の能力がある二人の人間がいて、片方が書かず社会の事件の成り行きにひたすら目を向けているならば、より高い判断能力を取得することになるだろう。だが各々の部門は調和が保たれていて、書かれる記事の全てが一つの意志から発せられているように思える。『タイムズ』は一旦主張したことについては決して撤回しない。編集者が不在だったとか、記事を書いた者が無思慮だったとか、そんな言い訳で我が身に危険を及ぶようなことはしない。述べることははったりでも堂々と言い、言ったことについては徹底的に固辞する。多くの学識や能力ある寄稿者たちから記事を受け取るが、それをより学識と能力がある人間によって監督され、訂正され、編集される。この秘密室について、その内情は完全に外と断絶されている。いかなる作家も無名の状態で記事が新聞に載る。優れた記事は、それがいかなる部門からくるものでも、編集された状態で載る。このように出来上がる新聞が全てで、書き手はどうでもいいものと看做すような態度により、その新聞紙の特性とその権威が獲得されるのである。

イギリス人がこの新聞を好むのは、まずその情報が完全だからである。『タイムズ』における事実の言及は、ハンサード議事録の文章と同程度に信頼できる。次にその独立不羈な所が好まれる。新聞を取り上げて読むまでは、その新聞がどういうことを言うのか予測がつかない。だが何より、新聞の論調がイギリス国民性と合致し、自信に満ちているということである。それはイギリス人全体に代わって考えている。彼らの理解と現代の理想を銀板写真のように明瞭に写し出したものである。イギリス人が『タイムズ』の記事を読んでいるのを見ると、次第によりイギリス人らしくなってくるように思えてくる。それには国民的勇気があり、決して性急でも短気でもなく、思慮と決断力に富んでいる。その攻撃からは権威や富を用いても守ることができない。公爵を警官が用意周到に行うように攻撃し、その際やたらと慇懃無礼な態度を取る。相手が海軍本部でも容赦はしない。司教議員についてはもっと危険である。ある司教は貪欲だとして、別の司教は偏狭だとして、三人目の司教はあまりに宮廷色に染まっているとして容赦ない攻撃を加える。国王に対してすら時おり暗示的な意見を述べ、それでいてその暗示が採用されることもある。広告欄においてすらもどこか自由な空気があり、そこでは外国人がイギリスの美点を読み取ることができる。私が一八四七年にロンドンに到着した日、日刊の広告欄において、かつて議員であり名前と称号も添えられたある貴族を、金銭詐欺の罪があるのでイギリスのどの地方の牢獄でもいいから投獄することが出来た人物には五十ポンドの褒賞を与える旨の広告があった。

この新聞の論調ほど尊大なものはかつてなかった。初めてこの『タイムズ』に論説を書こうとするオックスフォードやケンブリッジを卒業したばかりの人間は、その具体的内容を書くために腰を下ろす時、自分が地球を制圧したという感覚に襲われる。世界は『タイムズ』の会社に毎日の朝食のために跪くものと考える。だがこの尊大さも計算されたものである。もしその新聞が「推測し」、「敢えて告白し」、「思い切って予測する」等々の表現をして、誰が気にするだろう?気にしない、そういうものであり、そうあるべきだ。

『タイムズ』は国民の意見を代表して、決して理想主義にはならないことをその倫理性と愛国心により主張している。それは単なる多数はとしての主張をするのではなく、支配階級の者としての主張を行う。その編集者は抽象的根拠に基づいてロシアやオーストリアを守れとか、イギリスに属する権利を保護しろとかは言わない。そうではなくその時その時に基づいて指導的立場にある者の声を代弁する。そして『タイムズ』は永遠と移ろい行く支配力がどこにあるのかを嗅ぎつける本能を備えている。その時を支配している身分の者たちに共鳴し代弁し、世の中のうねり、つまりあらゆる急進派的な運動、国教会のあらゆる小競り合い、工場でのあらゆるストライキについての情報を手にいれ、変革の最初の胎動を察知する。毎年毎年の、個々の革新運動の指導者たちの厳しく辛辣な奮闘に目を光らせている――その態度は彼らを苛つかせたり妨げたりするだけである――だがやがて、彼らが事実を確立したことを見て取り、支配力が彼らの方へと移行する時がやってくる。そして彼らは王者のような声を出しながら吶喊していき、放棄された者たちと同様に助けられた者たちも驚いてしまい、勝利が確実なものとなる。勿論、野心家は『タイムズ』は唯一己の実力によって勝ち取ることができる幸運なものの一つだということは理解している。

『パンチ』紙は『ロンドン・タイムズ』と並んでイギリスの良識を表明しているものである。これは同じ良識の漫画版である。その風刺画の多数は当代最良のパンフレットと並ぶ出来栄えであり、社会の様々な出来事に対しての大衆の捉え方を瞬時に見る者にわからせる。その挿画は大抵は巨匠の筆によるものであり、時には天才性の発揮も見られる。それはあらゆる階級の人間にとって喜びをもたらすものである。なぜならイギリスにおいて支配的である趣向に基づいて画一的に描かれているからである。『パンチ』だけでなく、ジェロルド、ディケンズ、サッカレー、フッド、といった諧謔家も含めてイギリス的な機知と気質が人道的な自由主義への方向へと舵を切ったのが、十九世紀の新たな風潮である。

『タイムズ』は、他の全ての重要な制度と同様に、より善きものに至る道を示してくれる。それは巨力なイギリス的力の生きた指標である。この新聞が存在していることは知っていることを全て印刷したい人々、全ての事実を知ろうとする人、そして社会の災いを隠し立てすることによっていい気分に浸かろうとはしない人々にとっての名誉である。勇気の中には常に安全がある。更に私として付け加えたいのは、この新聞紙は大衆の感情を正しい方向へと導いていることから、それが行使する力も決して不遜なものではなく正当なものだということである。議会やその他の所で、イギリスの新聞紙は格調高い論説を述べるのだと普通言われている——だが実際はそうではない。それは強力で何物にも依存しない国家の王族的な調子を持っている。だが他の帝国と同じく、その調子は官僚的であるのみならず、薬局的な響きを持つ傾向すらある。『タイムズ』は支配者階級特有の仕草を持っていて、決して少数派に属しようとは願わないのである。もしそれが正義を遵守し、正義だけが唯一の手段と示し、人員を人間性の中心部から採用していくのなら、寄稿者全体の優秀さは今あるものよりも低いものとなるだろうが、その代わり天才たちが誠心誠意で絶対不敗の同盟を作るだろう。それは時には恐るべき集団の攻撃に対する矢面に立つこともあるだろうが、いかなる新聞も賢明な勇気によって破滅したことはない。このことによってイギリスの変革における適切なリーダーとなることだろう。ヨーロッパの声となり、専制君主からの亡命者や愛国者たちを守護者としての誇り高い使命を果たすのである。そして立派な人たちが夢見ながら未だ果たされていないとされる国際会議のために必要な権威を持つこともあるだろう。そしてその僅かな勝利によっても、イギリスに対して恩恵的な力を授かった新たな千年王国を築き上げるに至るであろう。

# 第十六章：ストーンヘンジ

私と友人のC氏とで、私がイギリスを去る前に互いに今まで見たことがないストーンヘンジを見に一緒に遠出しようと約束を取り交わした。この約束は記念碑と同行者という二重の魅了によって私の空想力をくすぐった。現代のどの本においてもその影響力が見受けられるような新進気鋭の思想家と一緒に、イギリスの最古の宗教的な記念碑を見に足を運ぶことは、新旧の両極点を結合させるような感じであった。私が今までの経験を少々整理し、その天才性をとても高く評価し、洞察力や義務についての厳格な考え方を他の誰よりも持っていると捉えているこの人物とイギリスの展望について道理に基づく少々の言葉を交わすことができるのは喜ばしいことであった。七月七日の金曜日に、南西鉄道に乗り、ハンプシャーを通過しソールズベリーに到着する。そこでエイムズベリーにまで運んでくれる馬車に乗った。ハンプシャーの天気もよく、私の友人は毎年夏にそこでしばらく過ごすためその地方の事情に通じていて、退屈することはなかった。アメリカからの旅行者や彼らがロンドンへと赴く通例の目的についても言うべきことは多大にあった。アメリカでは見られないような芸術作品の蒐集物や、少々の科学クラブや博物館というロンドンに魅力を添えるものについて時間を割くのは自然なことであった。だが同行の哲学者は不満気であった。芸術そして「高尚芸術」は彼の機知が好んで攻撃の的とするものである。「実際、芸術【Kunst】というのは大いなる幻想物であり、ゲーテやシラーはそれに途方もないくらい大事な時間を無駄にしたものだ」――だがゲーテが老年になるとこのことに気がつき、後期の作品では調子が変わっている。人が芸術、建築物、そして骨董の話をし始めると、ろくなことにならない。彼は無言のまま大英博物館を回ろうとし、大層なものを見ても無言を貫くことが誠実な人間だと考える。今日では建築家は必要なことだけを考えればよく、「あなたのような死んだ人間でその用途のために棺を建てることができますよ、装飾は施されませんがね」と言うべきだと考えていた。科学に対しては、可能なら、これ以上に容赦がなく、サマセット・ハウスの学者と『論語』に出てくる少年と比較している。その少年は孔子に「空には星がいくつあるのですか」と尋ねるが、孔子は「私は身近なことしかわからない」と答えた。そして少年は「あなたの瞼には何本の毛があるのですか」と尋ねるが、孔子は「わからないし気にもしない」と答えた。

アメリカ人の話に戻り、C氏は嘆いた。彼らはイギリス人の冷淡で排外的な態度を嫌い、すぐに同国人同士でフランスへと行ってしまう。そしてロンドンに堂々と滞在して学ぶべきことが沢山あるイギリス人と対峙し彼らの文化を取得する代わりに、フランスで楽しい時間を過ごすのだと不満を漏らす。

これに対して私はCに次のような話をした。私は目が眩むばかりで、イギリス人が述べることは何から何まで正しいものと思ってしまう。この国の至る所には分別と精神の証、そしてあらゆる種類の成功が見られる。私はイギリス人が好きだ。彼らは外見同様に心も美しい。何でも持っており何でもできる。だが他方で、私がマサチューセッツに戻ると、すぐにアメリカ人の方が大いに有利な形で競争を有利に進めていることを、アメリカの地理によって不可避的に思ってしまう。そしてイギリス人種の滞在場所と中心地はここではなくそこなのだ。同じ人種がその技術や営みによって、アメリカの驚異的な自然の力に対して長期間対抗することはできない。そして古くて消尽された島国のイギリスは、いつの日か他の親と同様に自分の子供だけが強い力を持つことに満足しなければならない時が来る。もっとも、このようなことを言ったとてイギリス人は誰一人真面目に受け取ろうとしないが。

私たちはソールズベリーで汽車を降りて、エイムズベリー行きの馬車に乗った。途中オールド・サラムを通った。そこは不毛で木が生えぬ坂であったが、かつて議会に二人を議員として送り込んだことのある街だった——今では小屋が一つも見当たらない。そしてエイムズベリーに到着すると、ジョージ・インという宿屋で宿泊することになった。夕食後、ソールズベリー平原へと出かけた。その広い丘原で灰色の空の下、家は一軒も見当たらず、あるのはただストーンヘンジで、それも広大な空間においては茶色の小人の群れにしか見えなかった——ストーンヘンジと、平原の周りに出来た緑色の突起物のような丘、そして少々の干し草山があった。山の頂に古い聖堂があったとしても、これほど見事な光景とはならなかっただろう。あちこちに少数の羊飼いとその羊の群れが散在していて、旅商人の乗り物が通りを沿って進んでいった。この狭苦しい島国の広い余地に設置されているこの太古の聖堂は、全ての宗教的構造と歴史が派生した発祥地であるとして敬意を払っているかのようのである。ストーンヘンジは百フィードの直径がある円形の柱廊であり、その内部に第二、第三の柱廊がある。我々は石の周りを歩いて手足でよじ登って、その奇妙な姿や構造をよく理解してみようとした。そして風を回避するための隙間を見つけると、そこに行ってC氏はタバコに火をつけた。このこの上ないくらい簡素な構造――直立した二個の石とその両者の上に置かれた一本の石材――がその後の全ての教会やすべての歴史が過ぎ去っていった後も残り続け、まるで地球上の表面に永遠を示すものとしてあるようなその様を見ることは喜ばしいものであった。これらの隆起物――トロイの平原のそれと同じような隆起物（ストーンヘンジの周囲三マイル内において百六十もある）が今なおヘレスポントスを通過する船乗りに対して、ホメロスの自慢話とアキレウスの名声を物語っている。金鳳花やイラクサが周囲に咲き、さらにその外側にはタイム草、雛菊、しもつけ草、アキノキリンソウ、アザミ、そして熱帯芝生が咲いていた。我々の頭上には雲雀が飛んでは囀っており――友人は「昨年孵化した雲雀、何千年も前に孵化した風」と表現した。私たちは最も大きな岩を数えてその大きさを測ってみた。この謎の神殿については結局何なのかわからずじまいではあったが、測量の結果九十四の石があり、当初はおそらく百六十の石があったと思われる。この神殿は円形であり覆いがなく、天文学に基づいて配置されていた――ここことアビリ村に入り口があり、それは「古代の洞穴の神殿のすべての入り口のように」丁度東北の方角にあった。どのようにして石がここに運ばれたのか？これらのサルセン岩あるいはドルイド砂岩はこの近隣においては見当たらない。これらのいわゆる犠牲用の石だけがその中で火の力に耐えられるものだが、それら百五十マイルの距離を運ばれたに違いないと本で読んだことがある。

全ての石において鉱物学者のハンマーと鑿の痕跡が見受けられる。内円にある十九の小さい方の石は花崗岩である。私はメガテリウムやマストドンを展示したセジウィック教授のケンブリッジ博物館を見てきたばかりであったので、なんらかの利口な象やミロドンがこれらの岩を抱えてきてここに積み重ねていったのではないのかと考えていた。だが見事な枘と枘穴を切って、幾つかの石の表面を滑らかにすることができたのだから高等な動物の仕業に違いあるまい。最大の謎は、千八百年もの間あらゆるムーサたちがこの国にずっと目を光らせていたのに、このような際立つ記念碑において謎が謎として残ることがどうして出来たのかということである。この石の構造物について今知られている以上のものを今後も判明することになるだろう。勤勉なフェローズやレイヤードの後継者がここにやってきて石を一個一個、それに纏わる歴史全体を徹底的なイギリス的分別と忍耐強さで吟味検討していくだろう。そういった人たちは今このストーンヘンジや巨人の寺院【Choir Gaur】を兎たちに任せていて、ピラミッドを明らかにしたり、ニネヴェの発掘に夢中だが、やがて気まぐれに駆られこれも探求するようになる。ストーンヘンジはその単純な構造とよき保存により、最近出来たばかりの様相を呈している。そして今から千年経過したとしても、人々はそれが変わらず発している歴史の縮図について我々の時代に感謝を示すだろう。私たちはストーンヘンジを出たり入ったりし、何度何度も初めて見るかのように神秘的な石に注意を向けた。太古のスフィンクスの前では、二人の国籍の瑣末な違いはどうでも良くなった。この巨石に対して、私たち巡礼者の心は寄り添い似通ったものとなった。その古くのイギリス的ない意味合いについて二人は等しく夢想に耽ることができた。我が哲学者は沈黙し、おとなしかった。この運命の静かな家でふと「私は行く所どこでも糸杉を植えるのだが、もし私が苦痛を求めて歩いていくのなら、正しい方向へと進むことができる」という言葉を漏らした。荒涼たる平原、灰色の巨石、その整頓されることを嫌うかのような乱雑な配置、それらが時の流れの速さと、信仰の変遷について彼に仄めかしたのだ。古のイギリスの時代は大いにC氏の心を動かす。彼が言うには、自分はここ数年は殆ど『聖人伝』しか読まないとのことだった。その五十三巻分は「ロンドン図書館」に収められている。その中に全てのイギリス史が含まれていると考えている。その本を読んでいくと年老いた聖人アイオナがそこに座って、人々に向けて何かを書く姿が思い浮かんでくるのである。『聖人伝』は当時の人々は、そのアビーや聖堂が立証するように、神を信仰し魂の不滅を信じていたことを明晰に語っている。だが今ではピューリタン主義ですら完全に喪失されてしまっている。ロンドンは異教の街である。イギリスのどんな作家よりも更に優れた人物がイギリスにかつていたのだと空想した。そして実際、それらの作家が台頭してきた時には、その人物たちはもうすでにいなくなっていたのだ。

黄昏の中、翌朝もう一度来ることを計画しながらこの隆起物を後にして、宿の方へと二マイル歩いたら、小雨が降ってきた。そして暗くなっていたにも拘らず、人々は男も女も広げていた干し草の列を守ろうとした。雨がよく降るイギリスでは草は密に生い茂っていた。宿に着くと、お茶の代わりに牛乳があるだけであった。もっと頼むと、少女が三滴ばかり持ってきた。私の友人はイギリスの宿屋を自慢の種としていたがこの事態を苦々しく思い、更に翌朝、ウィルトンの方へと向かうために唯一用意出来た乗り物である粗末な二輪馬車を見るとより苦々しく思った。私はその土地の好古物家であるブラウン氏に頼んで、一緒にストーンヘンジにまで来てもらい、そこに「天体的」そして「犠牲的」な石について知っていることを説明してもらおうとした。私は「犠牲的」な石の上に立つと、彼は垂直、いやむしろ傾いていた「天体的」とされていた石の方を指さして、その一番上に置かれている石が地平線の高さに来ることを教えてくれた。「本当だ」。よろしい。そして夏至になると、太陽はちょうどその石の頂にまでに昇り、そしてアビリ村のドルイド神殿において天文的な石があり、これと同じ関係性の下で配置されているのである。

無言の伝統において、この科学的な一つの関係は一つの重要なヒントとなる。だがこの問題を解決することなくその岩から離れることとなった。歴史家ジェフリー・オブ・モンマスが言うように、ヘンギストがその地で殺したイギリス貴族の墓として建てたユーサー・ペンドラゴンの墓となるためにマーリンがアイルランドのキララウスから運んできた「巨人の舞踏」がこの遺跡なのだろうか？それともイニゴー・ジョーンズがジェームズ王に説明したようなローマ人の遺跡だろうか？デイヴィスはケルト研究論文の中で東インドの太陽神の寺院とその規模と様式において相似しているとしているが、それが正しいのだろうか？あらゆる説明文の中で、ステュークリのものが一番信憑性が高い。この英雄的な好古家はこの遺跡の幾何学的な完全性に魅了され、それを世界最古の記念碑や宗教と繋げ合わせ、そしてイギリス人らしい大胆さで、「神はこの世界をストーンヘンジに模して創り上げた」と真っ向から述べている。ソールズベリー平原におけるカーサスは丘陵地帯にまでまるで地球の緯度線のように伸びていって、石の遺跡の上を通るその子午線はこの平地のまさにカーサスの中央と直交するのである。だがこの理論の最も重要な点は次である。つまりドルイドは磁石を持っていて、それを活用することによって道筋を確証していった。エイムズベリーやストーンヘンジその他の場所の基点は、磁石の変差により正確な東と西から少し外れる。ドルイドはフェニキア人であった。磁石の名前は「ヘラクレスの石」と呼ばれていて、ヘラクレスはフェニキア人の神であった。ヘラクレスは伝説では太陽に向けて矢を放ち、太陽神は彼に黄金の盃を与え、それを用いて大海洋を横断した。これは羅針盤でなくて何であろう？この盃あるいは小舟は、磁石が水の上に浮かび北の方角を示していた。これはピンで方角を示すよりも前の、羅針盤の原始形態であったのだろう。だが科学は秘奥として扱われ、イギリス人はフェニキア人の秘密であったように、その羅針盤も秘奥のものとし、テュロス人の貿易と共にそれは失われていった。またジェイソンが探し求めた黄金の羊毛もこの羅針盤であった――それは天然磁石の欠片であり、世界で唯一のものだと誤解されたのだ。そういったわけで海国の青年たちは野心と欲望に燃えてこの賢者の石を手に入れ我が物にしようと必然的に覚醒するに至るのである。アルゴーの船が言葉を喋り信託を述べたという寓話もここから来る。名前にも不思議な一致が見られる。アポロドロスはマグニスをアイオロスの息子とし、水のニンフと結婚した。このような暗示を受けて、ステュークリはまたもや巨石の柱廊を歴史的に辻褄を合わせ説明しようとし、羅針盤の知られている変差から逆算していき、この石の神殿が建てられたのを紀元前四〇六年と大胆に指定した。

これほどの大きさの石を取り扱い、運んだりすることは困難なことではあるが、現在では馬の力だけを借りてあらゆる街で毎日のように行われている。一年前ボストンのボウドイン広場のある工事場で、ストーンヘンジの一番大きい石柱くらいの大きさのある花崗岩をデリック起重機で楽々と動かしている作業員を見た。彼らは普通の石工で、畑を駆使するだけで別に格別なことを何かやっているという感じではなかった。おそらく千年前にもこれだけの仕事をできる人たちはいたことだろう。そしてストーンヘンジがどのようにして建てられ、そして忘れ去られていったのか頭を思い巡らせた。ここで三十分ほど時間を過ごしてから、二輪馬車に乗って丘隆地を通ってウィルトンへと向かった。何千ものイギリス人が飢えていて失業状態にあるのにこれらの広々とした平原を惨めな羊の散歩場所のままにしておくことについて、Cは地主たちに威嚇したり呪いの言葉を言うことをどうにも抑えきれなかった。だが後で聞いた話では、この土地を耕作することは経済的ではなく、開墾すればその年は収穫をもたらすものの、その後はやはり駄目になってしまうのだ。

ウィルトンに着き、そのままウィルトン・ホールへと向かった――そこはペンブルック伯爵の有名な邸宅で、シェイクスピアやマッシンジャーとも縁がある場所で、サー・フィリップ・シドニーは度々ここに我が家のように滞在したこともあり、『アルカディア』を執筆した。深い思考力を持ち詩人であったブルック卿ともそこで親交を結び、自分の墓標に「ここにサー・フィリップ・シドニーの友人、ブルック卿フルク・グレヴィル眠る」という碑文が刻まれることとなった。そこは今となってはペンブルック伯爵が所有権を握っており、彼の兄のシドニー・ハーバート氏の住居となっている。そしてイギリスの荘園邸宅として立派な見本として敬意が払われているのだ。私は、友人は管理人宛のハーバート氏の手紙を持っていて、すぐに家内に案内された。堂々たる広間は立方体二つ分で、高さ三十フィート、幅も三十フィート、長さ六十フィートである。隣室は立方体一つ分の大きさで、長さは三つとも三十フィートである。これらの部屋や書斎の長い壁には家族の肖像画やファンダイク、その他の絵画でいっぱいであった。立派な絵画もいくつかあり、中庭を囲む歩廊には古今の彫刻が並んでいた――

Cはカタログを手に持っていて、ずっとそれらを鑑賞していたが——だが私の目は窓の方へと引き寄せられ、外にある立派な芝生や、そこに生えているイギリス一の立派な杉に目を向けていた。これほど魅力的な庭園を私は見たことがなかった。私たちは外に出て、辺りを歩き回った。イニゴー・ジョーンズが小川に架けた橋を通っていき（その川の名前は庭師もわからなかった、アルフ川だろうか？）、鹿を眺めた。森が背景にある丘を昇り、侘しく彫られた東屋にまで登った。そしてイタリアの庭園に戻り、フランス人の胸像で飾られたフランス風の亭へと入っていった。そして邸内に戻ると、パン、肉、桃、葡萄、そして葡萄酒が私たちのために置かれた机を目にした。

ウィルトン邸を去り、ソールズベリー行きの馬車に乗った。完成された六百年経過したこの大聖堂は整然とした現代的な雰囲気を纏っており、その尖塔はイギリスで最も高い。どうしてかはわからないが、コヴェントリーで見た無名の尖塔が私に強い印象を与えた。それは地面から三百フィート上っていて、蔓草のような軽さを持っていて、教会とは別物だった。ソールズベリー聖堂はイギリスのゴシック形式の極到を示すものであり、控え壁は全く覆われておらず、側面から鮮明にその細部を観察することができた。聖堂の内部では中央のオルガンが屏風のように立ちはだかっている。実際の建築においては直線を渇望する目が滅多に満足されることがないことを不思議に思う。柱廊は長ければ長いほど美しいというのが芸術の原則である。そして教会の身廊が屏風により仕切られなければならないほど長いということは滅多にない。

教会内部を徘徊した。礼拝の時間になったので、合唱隊が歌っている時はそこから離れた。オルガンの音に耳を傾けていた時、私の友人は、音楽はいいが宗教的ではなく、修行僧が気品ある聖母に想いを焦がしている様を奏でているようだと述べた。C氏は気が進まないので、合唱隊を見せてくれとお願いすることはなく、その場所にあった別の古い教会を見てから宿屋に戻った。我々は汽車に乗ってクラレンドン公園を通りすぎて、森の一部分しか見られなかった。だがCはクラレンドン教令が発令されたこの場所に対して注意を払って見ておけと言った。ビショップストークで汽車から降りて、H氏が私たちのことを待っていてくれた、私たち二人を馬車に乗せて、ビショップス・ウォーザンにある彼の家へと案内してくれた。

激しい雨の日曜日にたくさんの話をした。私の友人たちの中にアメリカ人である者がいただろうか？――アメリカ的な思想を持っていた者はいるのか――アメリカの正しい将来についての考えを持っている者はいたのだろうかということだった。このように挑戦状を叩きつけられたものの、私は政党幹部の委員会や議会について思い浮かべるのではなく、また大統領や閣僚でもなく、アメリカを第二のヨーロッパにしたいと願う人たちを思い浮かべるわけでもなかった。私はただ単純で純粋な精神についてだけ思い浮かべた。私は「勿論います。だがその人たちは夢に取り憑かれた熱狂者であり、その夢についてはあなたたちイギリス人の耳に対して入れようという気にはとてもなれません。馬鹿げたものとして聞こえないかもしれませんからね――ですがそれが唯一の真実なのです」と言った。そして私は無防備で無政府についての独断的な意見を述べ、それについて相手は反対したり馬鹿にしたりしてくるものと思ったが、少なくとも耳は傾けてくれた。私はこう言った。この真実のために立ち上がるだけの十分な勇敢さを備えた人間はどこの国でもお目にかかったことはないが、このような勇敢さ以外に私が尊敬の念を払えるような勇敢さがないことは私にとって明白である。一般的な鉄砲礼賛がやがて破産することは目に見えている——最も偉大な人間は鉄砲礼賛者というものだが。そして神がいることで、鉄砲は別の鉄砲を必要とせず、ただ愛と正義の原理だけが無血の革命をもたらすことができることは間違いない。私の述べた話の中にも、C氏に対して何かしら心を捉えたものがあるだろうと考えた。そして私は次のように主張した。イギリスの実用主義的な考え方からすればこの考え方は明らかに馬鹿げたものだが、そのようなことは紳士にとっては違いのないものだ。そしてロンドンでもボストンでも、アメリカ人は羊肉とほうれん草を食べてしまう性質については、タレーランの「そんな必要は認められませんな、ムシュー」という言葉を魂が引用するだろうと。このように聖人のように話をしたので、夕食が告げられた時は、Cは私より先に食堂に入ることを拒み——「自分は全く罪深い人間だ」と遠慮した。私は壁に背をくっつけたままにしていて、我等の主人は自分が一番罪深く、自分が最初に入ろうと言ってこの居心地の悪さから機知を働かせて救ってくれた。それにCが続き、私が食堂に最後に入った。

主人と一緒に午後ウィンチェスターへと向かったが、その道中で私の友人たちはアメリカの風景、森、家——例えば私の家についてたくさんの質問をした。これらの質問にしっかりと答えるのは簡単なことではなかった。アメリカでは自然が眠っていて、ほとんど意識がある位に成長し過ぎていて、そこに登場する人たちに比べて倍ある状態で、夜に好物の露や雨を帯びて繁茂する沼地や森の草木のようである。そしてその風景に人が加わってもその印象を掻き消してしまう。その広大で微睡んだ大陸において、アレゲーニーの高原、海の如く一面に空が広がる平原がまだ呟いて偉大な母を隠しながら眠っている。イギリスの整った低木の列や過剰なまでに手入れのされた庭園からはもうずっと前に離れている。そして実際にイギリスに来てみると、このことをとても強く実感させられる。誰もが礼儀正しく、六時の夕食のために正装しなければならない。このように私は友人たちの質問に対して不十分な返答をしながらも出来る限り言い逃れしようとした。

ウィンチェスターの街に入るちょうど手前で、私たちはセント・クロス教会に立ち寄った。そして風変わりな古い建物を一通り見てから、一片のパンとビール一杯を注文した。それは一一三六年にこの建物を建てたブロワのヘンリーが入り口にこの注文をした者には全員渡せという命を下していたのだ。教会を管理していた老夫婦から両方とも頂いた。大体毎日二十人くらい同じ注文をするというのだ。この七百年続くもてなしがありながらもCは毎年二千ポンドの収入を得る聖職者に対して悪口を言って憚らなかった。それだけの金は貧者のためにあるのであり、ケチケチしながらこの少量のビールとパン屑にしか使わない。

大聖堂では少なくともその壮大な大きさについては私は満足した。その奥行きはイギリスの他のどの教会よりも長く、五五六フィートで袖廊の幅は二五〇フィートだった。ウェストミンスターとヨークのものを除けば、私はこの会堂が一番好きである。ここでクヌートが埋葬されていて、アルフレッド大王もここで戴冠式を挙げて埋葬された。サクソン諸王もいる。後に、己の所属教会で、ウィカムのウィリアムが埋葬された。建物は非常に古い。地下室の方に降りてそこで現在の教会が立っている元の教会のサクソン式やノルマン式のアーチを目にしたが、それは千四百、千五百年前に建てられたものであった。シャロン・ターナーによれば「アルフレッドはウィンチェスターの、彼が建てたアビーに埋葬された。だが遺骸はヘンリー一世の手によって、街の北部にあるハイドの牧草地の新しいアビーに移され、高い祭壇の下に安置された。その建物は宗教改革の時に破壊され、アルフレッドの遺骸は現代の建物の下に潜んでいるか、古い聖堂の廃墟の下で埋葬されているかである」。ウィカムのウィリアムの墓所が私たちのために解錠され案内され、Cは横たわっている像の両手をとって、愛情を込めて撫でた。というのもウィンザー宮殿、そしてこの大聖堂、ここの学校、そしてオックスフォードのニュー・カレッジ、これらを創設したこの勇者については正当に評価しているからだ。だが夕方も近づいていた。私たちはその古い建物を躊躇うように出て、主人と別れてロンドン行きの汽車に乗った。

# 第十七章：人々との思い出

イギリスの旅から忙しい七年が過ぎ、その間イギリスの人々や物事も大いに変化した。今では改訂されているその旅の記録の中で、私は第十六章とその名が社会の一般財産となっているような人物一人、二人を除いて、人物について直接言及することは控えてきた。それ故私はいくつかここで言及し、報いきれない恩への謝辞を表せたらと思う。私の旅路は新しく出会った友人たちの多数の親切によって楽しいものとなり、私のこの島国に対する印象は社会の公私の両側面においてとても心地よい思い出となった。そして幸せな家庭に囲まれ、「名誉と愛と服従と多くの友人をもつ」教養ある人間はイギリス以外ではあまり見られないものだが、これこそがあらゆる構造の中でも至高のものである。リヴァプールに上陸すると、マンチェスターの特派員が私のことを待っていてくれた。私のことを心から迎えてくれて、その後も私がイギリスにいる間は親切で効果的に私のために注意をずっと払い続けてくれた。良識のある文学者で、有力な地方新聞の編集者である彼は、高い徳性を持ちながらもとても人柄がよく気立てが良かった。この人物の心は蜂蜜に浸っていて、言動や行為も蜂蜜酒が迸るように滑らかな味わいが添えられていた。私の旅路はこれと同等の幸運によって幾度も恵まれた。そして最後にはイギリス人の心からの親切にも驚くことはなくなった。幸いなことに私の訪問はバンクロフト氏がロンドンのアメリカ公使をしていた。そして彼の家で、或いは彼の優れた手腕によって、私は卓越した人物との出会いや特別な場所に簡単にアクセスすることができた。カーライル氏の家でも、私は社会身分や文学界において名高い人たちと会うことができた。アテナイオン協会や改革クラブの恩恵を私も浴することが出来て、「地質協会」、「考古学界」、そして「王位協会」のサークルに入ることが出来た。ロンドンの毎日の生活では、社会に光を添える人たちと新たに出会うことが出来た。私はロジャーズ、ハラム、マコーリー、ミルンズ、ミルマン、バリー・コーンウォール、ディケンズ、サッカレー、テニスン、リー・ハント、ディズレーリ、ヘルプス、ウィルキンソン、ベイリー、ケニオン、そしてフォースターと出会った。さらに新進気鋭の詩人たちでは、クラフ、アーノルド、そしてパットモアと出会った。そして学問に携わる人たちとはロバート・ブラウン、オーウェン、セジウィック、ファラデー、バックランド、ライエル、デ・ラ・ビーチ、フッカー、カーペンター、バベッジ、そしてエドワード・フォーブズと出会った。さらにベイリー嬢、モーガン夫人、ジェムソン夫人そしてサマーヴィル夫人とも会話する栄誉にも授かった。その丁重なもてなしが個々の家庭ながら私の記憶に残り、愛しい存在となった。聡明で高潔な人柄を通常見出せるのは上流階級においてではなく、仮に見出せたとしてもその階級のみとは限らない。私がイギリスにおいて過ごした最良の時間を思い出す時、イギリスの様々な場所における私的な会話にまで戻り、話し相手は殆ど無名の存在であった。かといって幾つかの貴族の邸宅が私に対してその門を気軽に開いてくれたことについて、ここで彼らの名前を記載しないからといってそれは決して感謝の念を持っていないということにはならない。ロンドンで受けた特別な恩恵も、二、三の特別な日を特に喜びを以て思い出す。一つはサー・ウィリアム・フッカーに豊かな植物園を案内してもらったキューでの一日。次にイオニアの戦勝記念碑についての詳細な歴史をサー・チャールズ・フェローから聞いた大英博物館での一日。そして最後に、オーウェン氏が私と同国人であるH氏を案内してハンタリアン博物館を案内してくれた一日。

このように心から役立てようとする素直なもてなしを、私がどこにいようとどんな人たちだろうと見受けられた。バーミンガム、オックスフォード、レスター、ノッティンガム、シェフィールド、マンチェスター、リヴァプール。エディンバラではサミュエル・ブラウン博士の好意によってド・クインシー、ジェフリー卿、ウィルソン、クロウ夫人、チャンバー兄弟、廉潔な人柄で天賦の才を有した夭折した画家デイヴィッド・スコットを知った。

一八四八年三月にアンブルサイドで、エジプト旅行から帰ってきたばかりのマーティノー嬢の家に数日間滞在した。日曜日の午後に、彼女と一緒にライダル・マウントに出かけた。ワーズワースを数年前に訪れたことは前にも書いたが、この第二の訪問についてもここに書かねばならない。ワーズワース氏はソファの上で眠っていた。彼は最初老人らしく無言で不機嫌な顔をしていたが、突然昼寝から目を覚ました。やがてフランスについてたくさん話すようになった。彼はイギリス人としてフランス人に対しては辛辣だった。そしてスコットランド人に対しても辛辣であった。いかなるスコットランド人も英語で書くことが出来ないと言った。二つの典型を挙げてその説明をしたのだが、そのどちらかに歴史家ロバートソンの文章が該当していた。またジェフリーにも無理であり、『エディンバラ・レビュー』の人間も英語で書くことが出来ない……。彼らは英語の話者にとっての疫病神だとした。そして思い出したように、ギボンも英語を書くことが出来ないとした。『エディンバラ・レビュー』では面白そうなこと、売れることばかりが書かれていた。だがコールリッジが編集者に対してある手紙を宛てた時から文芸批評の調子は変化した。ワーズワース夫人はその編集者の返信を持っていた。テニスンについては幾分か気取っている所はあるものの確かに詩人として天才だと彼は考えていた。最初はテニスンの兄の方が優れた詩人だと考えていたが、弟のアルフレッド・テニスンが今では間違いなく本物だと考えていた……。私の知らない文体について話しながら、彼は「確かにそれは様式的なものだ。だが内容はそういった様式的なものから派生するものだ……」と言った。彼はリオ・デ・ジャネイロが世界の大都市で最良の場所だと考えた……。私たちはイギリスの国民性について話し合った。プラトン主義者であるトーマス・テイラーの翻訳はアメリカのどの図書館においても見つけることができるのに、イギリスではこの人物について全く知られていないのは信じられないことだと私は言った。仮にプラトンの『国家』が初めてイギリスにおいて発売されたとしたら、それは読み手を見出すことができるだろうかと訊いた。——彼はそれを否定した。「それでも」と彼は一旦無言になってから、生粋のイギリス人なら決して失わないような自信を持ちながら言葉を続けた。「私たちはそこに書いてあること全てを実現しているからね」

フランス人、イギリス人、アイルランド人、そしてスコットランド人に対する彼の考え方は、駅馬車つまり乗合馬車において自分や家族のメンバーから小耳に挟んだ話を性急にまとめたものであるように思えた。彼の顔は時折輝くこともあったが、話には格別な魅力も高邁さも感じられなかった。だがワーズワースのような男が名高い存在ではないことは、一般的なイギリス社会の発展において高い賛辞となるのかもしれない。彼は健康そうな様子をしていて、顔はどこか日焼けしていて、顔に、特に大きな鼻に皺が寄っていた。

ワーズワースの近隣に住んでいたマーティノー嬢による彼の称賛は、詩作に対してというより、その慎ましい倹約的な暮らしぶりに対してであった。慎ましい暮らしの模範を彼はその地域の人たちに示しており、それでいて見栄を張ることなく快適さと教養が保たれているのであった。彼が言うには、最初に住んでいた家の最初の頃は、友人にはパンと僅かな飲食物しか出さなかった。それ以上の贅沢を求める者は、自分でその費用を払わなければならなかった。それがその家でのルールであった。私が知っている中でもこれほどイギリス人の勇敢さを示すものはないと答えた。ここの近隣の人が、ウォルター・スコットがワーズワースの家に一週間滞在していた時の話を聞かせてくれた。スコットは散歩することを口実にして毎日家を抜け出して、白鳥酒場に足を運び、黒ビールと冷肉を食べていた。ある日彼がワーズワースと一緒にその酒場の前を通り過ぎていると、酒場主が黒ビールが欲しいのでしょうかとスコットに尋ねて、結果彼の行いがばれてしまった。もちろん、この事態はロンドンであったならまた別の形で受け止められるだろう。様々な文人たちも、ワーズワースはロンドンには個人的な友人がいない。なぜなら彼は愛想が悪く、けちくさい等々だからだ、と語っている。ランドールも基本人の悪口を言うことはないが、それでもワーズワースは誰のことをも誉めなかったと述べた。ロンドンのある紳士はかつてミルトンのものだったという時計を見せてくれた。蓋の上には彼の頭文字が彫られていた。彼が言うには、自分はかつてこれをワーズワースに見せたことがあるのだが、彼はそれを手に取り、自分の時計も取り出して、一同の前で二つとも並べて見せながらも誰も褒めることはなかったので、言葉は発さぬまま元に戻したとのことだった。ロンドンの学者がワーズワースを非難していることについては大したものではないと私は考えている。彼の作品をよく読み込んでいる人は、彼が自分の天才性の強烈な性向に従いながら、大衆だけでなく少数の学識ある者たちにも慮ることなく「自分が享受する味わいを作り出す」ことに自信を持っているのを見て取る。彼は自分が紡ぎ出した革命の成り行きを目撃し、そして「予測していたことを見る」ことができるくらいに長生きした。彼の精神には眠っているような部分があり、詩作にはどこか冷淡で退屈な箇所があり、その部分は気品や多様性に欠け、あるべき普遍性と世界的な視野が添えられていない。彼はイギリス政治と伝統に通じている所があった。題材の選び方と取り扱い方においても、独断的で子供っぽい所があった。だが彼の時代において、彼だけが人間精神を申し分なく取り扱い、絶対的な信頼感を込めたということは述べておきたい。彼が固辞した己の詩的な信条は、真実の着想に依拠していた。『不滅性への頌歌』は彼の時代において知性が到達した最高水準を示した作品である。彼の勇気により、ミューズの帝国において新しい創作法と新たな領域が付加されたのである。

# 第十八章：結び

イギリスは現在ある国々の中で最良の国家である。但しそれは理想的な建築物であるというのではなく、様々な時代に建てられ、修繕されては増築され、臨機応変に手を加えられた古い建築物である。だが外部は古くとも、中身は最高度に充実している。ロンドンは現代的な縮図であり、今日のローマである。胸が広く、腰の座ったチュートン人である彼らは、決められた範囲で正方形の揺るがぬ方陣を形成する。近代世界を成し、地の利を自分たちの手で掴み取り、困難が押し寄せた時もそれを守り抜いた。他の主要な人種とは異なった著しい特色を持つ。イギリス人には情愛がある。ローマ人にはなかった。イギリスはその特性により開放的という訳ではないが、私的な領域は神聖な場所だとされている。私的な生活には真実を、公には虚言を、というのが家庭を愛好する人々の特性である。政治活動を決定するのも普遍的な観点によってではなく、国内工作や個人や家族の利害によってである。イギリスから外に目を向けることは容易ではない。ギリシアやローマの歴史もイギリスの歴史家にかかると、イギリスの政党パンフレットのような調子へと退化してしまう。イギリスより外に目を向けることはできず、そして支配階級の利害以外についても思いを寄せることができない。「イギリス的政策」というのは財産権の問題のことを専ら指す。イギリスとスコットランドとアイルランドは協力して植民地を抑える。イギリスとスコットランドは手を取り合いアイルランドの商業貿易を抑制する。スコットランドを抑制するために、イギリス本土に人々は寄り集まる。イギリスにおいては強い階級が弱い階級を抑圧する。三千万近くある人口の中で、投票権を持っているのは百万人である。国教会は非国教会を虐待し、教育についても干渉してくる。最近までは非国教会員によって行われた結婚は正当だと認められなかった。辛辣な階級立法によって、法律を買収できるくらいに裕福な人間に力が与えられる。狩猟法は抑圧する合言葉となっている。貧民は国家に寄生しその働きを停滞させ、困難が押し寄せてくると手に負えなくなる。不況時代になると、粥が水で薄まる。多数の人々が貝と海藻でギリギリの状態で生きていった。都会では子供たちが乞食をする教育が施され、大人になると今度は強盗をするようになる。葬式代のために大人は子供を毒殺するという悪事を犯した。アイルランドの各地方では外見的に人々は畸形となった。鼻は沈み、歯茎は露出し、脳は萎縮し、動物のようになった。オーストラリア移民が実施されていた時、多数の人たちは衰弱であり移民としては不適切だとして、検察官によって追い返された。ロシア戦争の時、医学水準を緩めたにも関わらず、それを満たす志願兵は少数であった。

イギリスの外交政策は、野心的で金を惜しまないながら、常に寛大で正当であったとは言えない。大使の貴族的な趣味により抑制されつつも、基本的に貿易利害を最優先事項としている。このため大使は大陸の宮廷に心情的に味方になってしまう。ポーランドの分割には賛成し、ジェノヴァ、シチリア、パルガ、ギリシア、トルコ、ローマそしてハンガリーを裏切った。

多少の公共的な視点を彼らは持っている。西インド諸島では完全に奴隷制を廃止し、東インドでは人を生贄に捧げる風習を取りやめた。本国においても法律によって制定された博愛精神は持っている。イギリスは貿易国として当然にあらゆる国家へと門戸を開いている。これは彼らの既定概念の一つであり、千年間途切れることなく法律によって怒りを込めながらも認められてきたことである。マグナ・カルタにおいても、次のような条文がある、全ての「商人は、それが戦時であったり敵対国に属している場合を除き、イギリスに出入りし滞在し、水上と同時に陸上も通行していくことができ、不当な税金を取り立てられることもなく、既存の法定関税によって、物品の売買をなす行動の自由権が許されている」。これは制定法であり、強制された博愛主義であり、不本意ながら遵守されている。だがこの商業政策は一つの大きな効果があり、それはあらゆる政治的亡命者を冷淡ながら変わらぬ礼儀を以て迎え入れるということである。この事実は最も遠い惑星からも見えるような、地球のその部分は新たな光を照らすことだろう。だがこの義務的なもてなしは彼らの冷淡な風習に対して快適さを加えるものではなく、イギリス人ではない全ての者と一緒に共存することができないような威圧的な国民性を宥めるものでもない。

一国について語ることは様々な現象を表面的に観察して行われることである。一人の英雄として捉えるのではなく、悪徳や欠点のある個性としてその一部分や一時の発作に対して精力的に深く考察していくことはできない。だがその源泉の豊かさはイギリス的性質において存分に見て取ることができる。何たる力と才覚の多様性、何たる騎士的、貴族的、貴婦人的、王族的、忠実的な能力と豊穣さ、八百年間に亘り『コリントスの貴族名鑑』で示されている何たる誇り高い騎士道！何たる真実と頑強性に威厳は依拠していることか！戦争における武勇、労働における体力、職人の創意、発明者と技術者、船乗りと水先案内、聖職者と学者、これらは何たる存在か！それらを一人、あるいは少数を代表させることは無理だ。多数寄り集まった個性による国民である。常に文学と学問の源泉である中産階級が有利な立場を有していることから、多角的な視野を持っている。美的な産物がとても多様にあるのもこの所以である。彼らは多角的であるから、多数の国家を産み出したのである。植民によって、群島や大陸は結びつけられた。そして彼らの言語である英語が世界中の普遍的な言語になるのではないかと思われる。イギリス人の体質にはまだ力が貯蔵されていることに気づいた。その島国では、手綱を完全には広げようとはしない。北欧神話のような狂戦士的な憤怒もなく、ムハンマド時代のアラブ人のような、あるいは一七八九年でのフランス革命のような意志や知性の放棄や恍惚もない。だがこの巨大なバネが緩むこと、貯蓄された力の爆発の光景を見たいと思うものは、その群れに目線を向け続けるといい。今までの二百年もの間、イギリスの島国からあらゆる気候地帯、主に帝国の帯に沿ってあらゆる地方を抜けて航海し、陸を駆け、貿易をし、植民をし、自由と法則、芸術と思考のための本能も抱えながらサクソン的な種子を運んで行き――ある場所では本国以上の電気的なエネルギーを発揮した――世界を我が物にした。彼らの植民的な政策は、広大な帝国の必要性には順じつつ、自由なものであった。カナダとオーストラリアは実質的には独立が与えられている。インドにおいてはその国により適切な処置を施して利益をもたらしている。それはまず半島全体における灌漑工事を行い、道路や電信を設ける。そして第二に人々を教示し、イギリス人たちが本国へと帰る時にも自分たちで国を統治できるようにさせる。

彼らの精神は、発展を抑制された状態にある――ウルカヌスのように神聖なる不具者である、フーバーやサンダーソンのような盲目の学者である。普遍的、永続的な問題には拘泥せず、物質的な文明、つまり消耗品に対して拘りを見せる。だが善良な意図を以て学び、学んだことは実用化させる。抽象的な理論はそれを携帯可能な道具や役立つ制度へと変える。忍耐強さと実行力は強靭で、得た知識は悉く自分のものとして昇華させる。だから、イギリス人にだけ自由――諸刃の剣であり賢く強い人間以外にとっては危険な自由――を任せることができると言えるのだ。制度だけを自由なものとする形の上だけの王国を感傷的な国家だと彼らは言う。彼ら自身の文化は表面的な装飾に過ぎないものではなく、家庭や人種において徹底的に普遍的に染み渡っている。体質的に峻酷であり、それ以上に気品を備えている。彼らをアメリカ人と一緒に歩いている場面を見たことがあるが、イギリス人の方があらゆる点で優っていて、その同行者は骨の袋に思わざるを得なかった。

彼らの習慣や考え方には強い限界があり、退屈を覚えるくらいに型にはまっていて、爪で地面に強く引っ付きひっくり返らないようにする亀のような本能を持っている。惰性というブレーキによってあらゆる形での革命を押し留める。法律改正、軍備改善、選挙権の拡大、ユダヤ人解放、カトリック教徒解放――更に奴隷制度、強制徴用、刑法、限定相続制度廃止の諸々の運動を見てみるといい。世論があって初めて法律を適切に使用することができるということが、イギリスの法律制度の素晴らしさだという決まった口実の下、このブレーキを称賛する。これらの哀れな亀たちはしっかりと喰らいつかなければならない。というのも双方の肩に翼が生えていないことを知っているからである。だが心の奥底に何らかの神聖な温かさがあり、それがより幸福な時を待っている。それは頑強な意志の中に隠れている。「意志は力の尺度である」と古代哲学において言われている。そして人間性がこの人種の象徴である。彼の欲するものは、大いに欲する【Quid vult valde vult】。彼らの為すことは、意志を以て為す。イギリス人の成功を示すものは彼らのキリスト教でも、貿易でも、憲章でも、議会でも、文学でもなく、イギリス特有の大胆さであり、それは仮借ないエネルギーによっても妨害するのが不可能な位の強さをもってこれらのものを道具として駆使することにある。ゆったりとして無口であり、例えるなら駄馬よりも遅く進むが、一旦鞭打たれ拍車をかけられると、あらゆる競争相手を圧倒するような鈍いが立派な馬である。予想は外れることがあっても、感情は正気を保つ。

富と特権にまだ大きな格差があること、選挙権が制限されていること、特定の階級のみに保護と出世が与えられる社会的な仕切りがあること、そしてそれ以上に一般の人々がこのことに服従的でいることは封建制度がなお現代においても存続していることを示す。学校において下級生を従僕扱いする慣習は、社会階級においても繰り返される。イギリス人は自分より下の者には何ら容赦しない。そして自分より上の階級にも容赦してくれようとも思わない。上の者が寛容的な態度を示せば驚いてしまい、褒められたりすれば取り乱してしまう。だが長い歴史の目で見れば、この封建制度もそれほど苦痛のものではない。腐敗選挙区が少なくなる作用を見れば、その働きは効果的で、本質的な正義は遂行されたのだ。フォックス、バーク、ピット、アースキン、ウィルバーフォース、シェリダン、ロミリー、他のイギリス人を誰でもこの法によって議会に送り込まれたのであり、仮に選挙権を持つ者を拡大したとしても彼らが選出されたかどうかは疑わしい。そういうわけで今言えることは、イギリスを正しく評価する尺度は輩出した人々にあると言える。五百年間において、イギリスは他のどの国よりも多くの卓越した人間を生み出した。摂理を翻弄し、十人の偉人の産出と一万の通俗的な人間の幸福が成就される機会のバランスをとるようなことは冒涜的なものだとしても、過去の歴史を振り返ってみれば百万の愚かな民主主義者よりも、一人のアルフレッド大王、一人のシェイクスピア、一人のミルトン、一人のシドニー、一人のローリー、一人のウェリントンを好んだとしても不当ではあるまい。

アメリカの体制はイギリスよりは民主的で人間的であるが、アメリカ人はそれでもより優れた卓越した人間を産出したとは言えず、また多数の発明や著作や恩恵を残したとも言えない。アメリカの議会はイギリスの議会よりも賢明であったり優れているという訳ではない。フランスは息が詰まるような旧君主政体を転覆させたが、かといって以前よりも優れた叡智や徳性を示したわけではない。

実行力は他のどの国よりも優れていた――それは価値の創造であった。イギリス人は個人を尊重したが、これはあらゆる社会の主要な目的で果実であった。全ての人間は個性を発揮することができ、なりたい自分になることを奨励され、思うことを存分にできる。「マグナ・カルタは君主が欲さないものである」とラッシュワースは言った。この一般的な活動と個人の神聖さによって、七百年の自由な主張を発展させていった。愛国者、殉教者、賢者、そして吟遊詩人の土地であり、この島国を表出させた海が再び呑み込んでしまうことがあっても、不滅の法則、自由の石版を成す人の先天的権利の宣言によって、名高い島国として記憶に留められ続けるだろう。

## 第十九章：マンチェスターでの演説

一八四七年十一月、私がマンチェスターに到着してから数日後、マンチェスター市立美術館が自由貿易会館で毎年の祝宴を催した。他の招待客と共に私も招聘され、講演するよう求められた。私の発言についての最近の新聞の報道を読んでいると、私がイギリスに来た時の感情を適切に表明していて、この本のもっと前で記載したもっと優れた思い出とうまく調和するのでそれを再度印刷してみようと思った歴史家のサー・アーチボルド・アリソンが開会の辞を述べて、司会をした。コブデン氏、ブラックリー卿その他の人間たちによる講演があり、その中には『パンチ』紙に寄稿したクルックシャンク氏も含められていた。欠席のお詫びをするディケンズ氏の手紙が読まれた。ジェロルド氏はその名前が告げられたが、出席していなかった。紹介された上、私は次のように講演した――

司会の方及び紳士の方々。これほど多くの人々による輝かしい集いに私も参加できるのは喜ばしいものであり、多数の高名な方々の顔を見られるのは更に喜ばしいことであります。ここにおられる多数の方々についてはすでに存じております。私がアメリカにいた時も、皆様と同じ程彼らのことを身近に感じておられました。同盟の指導者とその主張は自由貿易の友人ならば皆知っております。陽気さや天才性、政治や社会や学問において鋭い機知を発揮している『パンチ』はボストンやニューヨークでしっかりと二週間毎にあらゆる少年少女に配られております。これは船長の所有物ですが、船室の卓上においては『ヨーロッパの歴史』が置かれているのを発見しました――それは海の旅行者であるニュー・イングランド人に対して上陸した後どこに行くべきかを示すプログラム、あるいは芝居の筋書きでした。またディケンズの小説の主人公であるドンビーについて申しますなら、印刷する紙のある国では必ず出版されており、文字を読める者なら皆それを読み、もし読めないのなら読める人に縋る形で読んでもらいます。

だがこのようなことは私が言うべきことではありません。譬え真実にせよ、これらの賛辞は私以上にこれらの美点について感じ、理解している者が言うべきでしょう。私がこうして講演しているのは皆様方のご機嫌を伺うためではなく、ここにおられる方々が褒められるよりも必ずやもっと興味深いと思われることを話すためです。それは祝日でも平日でも変わりなく、どの世紀においてもやはり変わりないものです。イギリスを見たいと願いながら一人で森の中を歩くアメリカ人を魅きつけるもの、それはサクソン族の独特な道徳性であります。――正義と誤謬に対する強靭な分別――正義への愛と献身――これは王者的な特性であり、世界の王としての王笏を手にすることであります。サクソン族の貴族的な性質の根底にはこれが流れています。もちろんそれが道を外れて奇行にも及ぶことはあり、それによってその源泉についても見失ってしまい、そうなったらそれ自体が麻痺してしまいます。ですがそれは貿易や工場では仕事遂行の誠実性、徹底的で堅実な労働をもたらすもので、それがイギリスの国民性なのです。この良心は一つの要素でありますが、もう一つの要素として忠実な愛情、友情の慣習、人から人への敬意があらゆる階級に流れているということがあります――毎年毎年、若者から老人まで、博愛的に相応しい人間を選び出し、親切に温かく強い助力的な行為――それは与える方にも受け取る方にも愛すべき、立派な行為であります――他の民族に見られるような表面的な愛着、過剰な礼儀、短命な絆とは著しく対照的です。

皆様は私が言葉を衒い過ぎると思うかもしれません。今日はお祝いの日でありますが、だからといってそれ自体には私は何ら関心がありません。というのも私が祝うのは表面的ではない真性の楽しみなのですから。今は陰鬱で商業上不幸に見舞われており、苦難と貧困の中にありますが、かといってこの祝宴の開催を中止しなかったことは正当なことだと私は思います。皆様方の中には次のように言われる方がいるかと思われます。今までに起きたことも、我々の毎年の祝宴の装飾からたった一つの花冠、たった一枚の樫の葉も取り去ることはないということを。これに対して私は申し上げなければなりません。私は幼少期から次のように教えられてきました。私の祖先たちがやってきたイギリスの島国はハスの実が咲く庭園でもなければ、清澄な空や薔薇や音楽や喜びが一年中ずっと続く楽園でもなく、実際は冷たく、霧が立ち込め、悲しい国で、頑強な男と徳性ある女、優れた体質と忍耐心の持ち主以外は外気においては成長しない国なのだと。彼らの最良の美点はゆっくりとしか明らかにならない。彼らの徳性は口論しない限りは発揮されない。最初から全力を出すことはない。立派な愛と立派な憎しみを持ち、長い間見続けなければ彼らの音はほとんどわからず、その営みを見なければ彼らの優れた点もまたほとんどわからない。繁栄にある時は塞ぎ込んでいて悲しそうだが、逆境において彼らは威風を放つ。賢明な古人は華やかな色合いで港から出発した船を讃えることなく、旗は破れや船腹は凹み幕も無くしてしまったが、嵐は完全に乗り越えて帰還した勇敢な船乗りだけを賛美したと言いませんか？皆様、歴史あるイギリスは富も名誉も勝利も持っているのですが、更に千年も間で身につけた弱さもまたあるのです。それは今すぐには変えられないような多数の古くからの慣習が必然的なものとして染み込んでいるのです。貿易の変遷に害され、新しく全く不可解な流行、建築、芸術、機械、そして確執を伴う国民がいます――ですがイギリスは決して落ち込むことなく、弱くなることもなく、かつて暗い日をすでに見たことがあることをよく思い出します。実際、イギリスは曇りの日だと多少元気になり、戦や災害の嵐の時には大砲の如き逞しさと活発さを示す本能を持っていように思えます。今やイギリスは老齢にありますが、老衰したわけではなく未だに若々しい状態にあり、自分の忍耐心と発展について敢然と信じております。このことを踏まえ私はこう言います。万歳！国々の母であり英雄の母よ、未だに時代に相応しい強さを持っているのだ。そして目下において人類の精神と心が必要とする政策を立案する聡明さと実行する迅速さを持っているのだ。かくて異国人に対してもてなし、土から生まれ、思慮深く寛大な者には真実の故郷なのだ。かくあれよ、かくあらしめよ！もしそうでないのならば、もしイギリスの勇敢さが商業的危機によって消え去ってしまうのならば、私はマサチューセッツの岬、故郷の河辺へと戻り、同国のアメリカ人に対して、古き人種は全て消え去った、そして人類の活力と希望は今後は必ずやアレゲーニー平野のみにあり、他の何処にもないと告げるでしょう。

# エピロゴス

ソクラテス：君は国民性というのはあると思うかね。

マテーシス：国民性ですか？やはりあると思います。人間というのはもちろん一人一人違うのですけれど、確かにその国ごとの国民に似たような特徴はあります。ある国では感情的でやたらと陽気であったり、また別の国ではやたらと礼儀正しく遠慮しがちであったりと確かに特徴があります。

ソ：確かに君の言う通りだね。ではその国民性は一体どのようにしてできるのかと君は思うかね。

マ：一つは周囲に感化されていくことによって形成されていくのではないでしょうか。いわゆる「朱は赤く混じる」というやつです。周りが陽気な振る舞いをしていたら自分も陽気な振る舞いを自然とするようになる。同じく周りが礼儀正しければ自分も知らず知らずのうちに礼儀正しくなる、そういう感じです。そういえば以前面白い経験がありました。外国にいた時、ギリシアへと帰国するために船に乗ろうとしたのですが、そのため受付に行ったのです。その受付では複数の人が受付をしていて、各々の人が向かうことになっている各々の国を担当していたのです。受付を担当しているその各々の人自体は皆同じ当地の人なのですが、担当している行先の国によって様子がかなり違うのです。つまり行先として礼儀正しい国を担当している人の場合やたらと愛想がよく礼儀正しいのです。行先が陽気な国ならやはり陽気であるし、陰気な国ならどこかむっつりとしているのです。その国を行先として担当していると言うことは、その国の国民が多いと言うことになりますから、その国民の癖、つまり国民性が知らず知らずのうちに身についてしまうのでしょうね。

ソ‥なるほど、中々面白いことに気づくね、君は。君の言っていることは国民性の存在だけでなく、それだけ人間というのは移ろいやすい存在であることも意味している。「その人間の四分の三は外から輸入してきたものだ」と言う言葉があるのだが、その四分の三の部分が国民性を表していると言えるかもしれない。だが、君の話を聞いていると一つ疑問となる点があり、つまり感化される元となったものはどのようにしてできるのかと言うことだ。周囲に影響を受けて国民性が形成されるとのことだが、その周囲はどのように形成されたのかと言うことだ。

マ：周囲の影響、ですか。それもまた周囲から影響を受けるのではないでしょうか。

ソ：ある人間が周囲から影響を受け、その周囲もまた周囲から影響を受ける。とするならば周囲が影響を受けたその周囲も更に周囲から影響を受けていく。なんというか帰納的というかドミノ倒しみたいだね。あるいは事物の第一原因を探っていくような。

マ：そうですね、ごっちゃになります。

ソ：だがそれには不動の動者がいるはずだ。つまり影響を受けるのではなく、その影響を放つ存在が何かしらいると思うのだが。

マ：確かにそうですね。しかしそれは一体何なのでしょうか？

ソ：その判断は中々に複雑であり、これだ、と言い当てることは難しい。だがそれっぽいものについて思い当たる節はあると思っている。

マ：ほほう、それは何でしょう？

ソ：環境だよ。

マ：環境、つまりやはり周囲ということですか？

ソ：それもあるが、人間以外の環境ということだ。気候、住んでいる国の地形、一番よく獲れる食材、経済状況、その他にある多数の要因だ。結局のところ、性格というのは必然に基づいて形成される。言い換えれば、生きるにあたってできる限り最適な形を目指して発展していく。周囲から影響を受けるというのも、結局は周囲と合わせることであり、これもまた生きるにあたっての最適なものと言える。無論、各々の環境要因がその人間に具体的にどのような影響を与えていくかについては具体的に考察していかなければならないがね……

マ：しかしとなると、その環境要因こそが国民性形成のための不動の動者ということになるのですか。

ソ：いやそれがだね、マテーシス。自分で言っておきながら実際は不動の動者でも、第一原因でもないと考えている。

マ：というと。

ソ：環境要因はいくらでも変化し得るものだ。経済は有為転変が激しいし、他国との交易において思わぬものがその国に流入していく。また環境からその国民が影響を受けるのと同様、その国民が環境へ影響を与えることもある。だから相互作用といった方が正しいだろう。これは人間的な環境要因、つまり周囲からの影響においても同様なことが言えるだろう。つまり人間は周囲から影響を受けて周囲とどことなく同化していくが、同時に自分が他人や周囲に影響を与えることもある。一方通行ではないということだ。

マ：なるほど。

ソ：またその国民性の寄与においてもう一つ大きな要素があると私は考えている。

マ：それは一体何でしょう？

ソ：それは遺伝だと思っている。

マ：遺伝？

ソ：子というのは結局親に似るものだ。無論突然変異みたいなものもあるが、大抵の子は親の性質を受ける。その受け継いだ遺伝はいわば本能としてその人間に組み込まれ血肉と化すものだ。だから先ほど君が船の受付においてあげたように、やたらと礼儀正しくなったその受付もあくまで表面的な部分に過ぎないのかもしれない。好戦的な国の人間が礼儀正しい国に置かれた場合、確かに表面的には礼儀正しくはなるだろう。だがその本能的な部分、祖先から受け継いできた好戦的な本能自体は決して消えることはない。その人間は表面的には礼儀正しい振る舞いをしながらも、私的な部分ではやはり元となった好戦的な振る舞い、それが具体的に何かはわからないが、をしているのではないだろうか。つまりだ、我々には生まれた時から本能が植え付けられていて、外部がそれを捻じ曲げようといつかは本能へと立ち帰っていくのだ。そしてある意味では本人にすらよくわかっていないその本能が多数集まり、国民性を知らず知らずのうちに形成していくのではないだろうか。

訳者紹介
高橋 昌久（たかはし・まさひさ）
哲学者。
Twitter: @mathesisu

カバーデザイン　川端 美幸（かわばた・みゆき）
e-mail: bacxh0827.miyukinp@gmail.com

イギリス的国民性

2025 年 1 月 23 日　第 1 刷発行

著　者　　ラルフ・ウォルドー・エマソン
訳　者　　高橋昌久
発行人　　大杉　剛
発行所　　株式会社 風詠社
〒 553-0001　大阪市福島区海老江 5-2-2 大拓ビル 5 - 7 階
Tel 06（6136）8657　https://fueisha.com/
発売元　　株式会社 星雲社（共同出版社・流通責任出版社）
〒 112-0005　東京都文京区水道 1-3-30
Tel 03（3868）3275
印刷・製本　小野高速印刷株式会社


ISBN978-4-434-34732-0 C0098